庫 SF

ジョナサンと宇宙クジラ

ロバート・F・ヤング
伊藤典夫編・訳

早川書房

5944

JONATHAN AND THE SPACE WHALE

And Other Stories

by

Robert F. Young

目次

ジョナサンと宇宙クジラ

九月は三十日あった

Thirty Days Had September

ウィンドウの張り紙には、こうあった。**学校教師売ります、値は格安。**そして小さな文字で、**料理、針仕事の心得あり、家事手伝いに重宝です。**

彼女を見て、ダンビーは、デスクと黒板ふきと秋の木の葉を思いうかべた。本と夢と笑い声を思いうかべた。その小さな古道具屋の主人は、彼女に陽気な色のドレスを着せ、小さな赤いサンダルをはかせていた。ガラスのむこう側、たて長のケースの中に立つ彼女は、生命を吹きこんでくれる持主を待つ等身大の人形のようだった。

ダンビーはそのまま春の通りを歩いて、ベイビー・ビュイックをとめてある駐車場へ行こうとした。ローラはもう夕食のダイアルをすべて回し、テーブルについて彼の帰宅を待っているだろう。遅れたりすれば、かんしゃくをおこすにちがいない。だが彼の足は、その場から動かなかった。ほっそりした長身の男。去りゆく青春の名残りは、今なおもの思わしげな茶色の瞳の中にたゆたい、ふっくらした頬にほの見えている。

ダンビーは自分の優柔不断にとまどっていた。駐車場から会社へ、会社から駐車場への道すがら、この店の前を今まで何回通りすぎたかわからない。だが立ちどまり、ウィンドウの中を見たのは、これがはじめてなのだ。

もっともウィンドウに彼のほしいものが飾ってあったのも、これがはじめてではなかったか？

彼は問題を直視しようとした。学校教師がほしいのか？ まさか。だが家事を手伝うものがいれば、ローラが喜ぶのはたしかだ。といって自動メイドを買う余裕はない。ビリーだって、テレビ授業以外の勉強がすこしぐらいあっても音をあげることはないだろう。テレテストも近づいていることだし——

それに——それに彼女の髪はダンビーに、九月の日ざしを思いださせた。彼女の顔だちは、九月の日々を思いださせた（アメリカでは学校の新学期は九月から始まる）。九月のかすみが彼をつつむとともに、とつぜん優柔不断は去り、彼は歩きだしていた——それまでめざしていた方向へではなかったが……

「ウィンドウに出ている先生はいくら？」とダンビーはきいた。

店内には、ありとあらゆる形の古道具が乱雑にならべられていた。店の主人は、ジンジャーブレッド色の目をした、豊かな白髪頭の小柄な老人だった。老人自身、古道具のひとつのようだった。

「お気に召しましたかな？」老人はにっこりした。

ダンビーは顔がほてるのを感じた。「いくら？」と、くりかえした。

「四十九ドル九十五セント、べつにケースのお代として五ドルいただきます」

ダンビーは耳を疑った。学校教師がこんなに珍しくなってしまった今では、値は上がるのがふつうだ、下がるものではない。しかも、ほんの一年足らず前、ビリーのテレビでの勉強の助けにと、再生品の三級教師を買おうとしたときには、いちばん安いものでもゆうに百ドル以上していたのだ。その値でも彼は買っていただろう、もしローラの強い反対がなかったら……。ローラは本当の学校を知らないので、そういう気持ちがわからないのだ。それにしても、四十九ドル九十五セントとは！　料理と針仕事までできて！　これなら
ローラも反対はすまい――

反対するチャンスを与えなければいいのだ。

「機械――機械の調子はいいのかい？」

店主は心外そうな顔をした。

「完全にオーバーホールをしてありますよ。おろしたてのバッテリー、おろしたてのモーター。テープはあと十年はりっぱに使えるし、記憶バンクはおそらく永久にもつでしょう。

待ってください、出してお見せしますから」

ケースにはキャスターがついていたが、取り扱いが面倒だった。ダンビーは老人に手を貸して、ケースをウィンドウから室内に運びいれた。二人は、店内でいちばん明るいドアのそばにケースを立てた。

老人は見ほれるようにあとずさりした。

「人間が古いせいかもしれませんが、テレビ教師なんか本物の足もとにも及びませんな。お客さんは本当の学校へかよわれたんでしょう？」

ダンビーはうなずいた。

「だと思った。おかしなものでしてね、見るとわかる」

「動かしてくれないか」とダンビー。

作動器は小さなボタンで、左耳たぶのうしろに隠れていた。店主はちょっと手探りしていたが、やがてかすかなカチャリ！という音があり、ついで聞こえるか聞こえないほど低いうなりが始まった。ほどなく頬に赤みがさし、胸が上下しはじめ、青い目がひらかれた――

ダンビーは両の手のひらに爪をくいこませていた。

「何かものを言わせてくれ」

「ほとんど何にでも反応いたしますよ」と老人はいった。「言葉、風景、状況……お持ちかえりになって、ご満足いただけないようでしたら、返しにいらしてください。代金はそっくりお返ししますから」老人はケースに向いた。「あなたの名前は？」ときいた。

「ミス・ジョーンズと申します」その声は九月の風だった。

「あなたの仕事は？」

「専門は四学年の教師です。でも、一学年から、二、三、五、六、七、八学年までの授業を代行でき、人間一般についても充分な基礎知識を身につけています。また家事も得意で、料理はうまく、ボタンの縫いつけから、靴下の穴や、衣服のかぎ裂き、ほころびのつくろいまで、簡単な手仕事ならこなせます」

「終わりごろの型には、付属能力をたくさんつけたんですよ」老人は独り言のようにいった。「テレビ教育がどっしりいすわりそうだとわかると、あらゆる手を使って加工穀物《シリアル》会社に対抗したんですがね。けっきょく、どうにもならなかった」そして、「ケースから出てくれませんか、ジョーンズ先生。あなたのすてきな歩き方を見せてください」

　彼女はすすけた部屋の中をひとまわりした。小さな赤いサンダルが埃っぽいフロアの上できらめき、ドレスがはなやかな色彩の雨を降らせた。やがて彼女はもどり、ドアのわきに待機した。

　すこしのあいだダンビーは言葉もなかった。ようやく、「いいだろう。ケースにもどしてくれ。持って帰る」

「わあ、おみやげ、パパ？」ビリーが叫んだ。「ぼくの？」

「そうさ」ダンビーはケースを押して小径を進み、ささやかなフロント・ポーチにそれを押しあげた。「ママにもだよ」

「なんだか知らないけど、上等のおみやげのほうがいいわよ」ローラは戸口で腕組みしていた。「夕食が冷たくなっちゃったわ」

「あたためればいいさ。そこをどいて、ビリー！」

ダンビーはすこし荒い息でケースを持ちあげ、敷居をこえると、奥行きのない廊下から居間へと運びいれた。居間は、ピンクの上着を着た物売りに占領されていた。男は百二十度スクリーンを通じてずかずかと押しいり、最新の二〇六一年型リンカーネット・コンバーチブルの性能を大声でまくしたてている。

「絨毯に気をつけて！」ローラの声がとんだ。

「おちつけよ、きみの絨毯に傷なんかつけやしないから。それから、だれかテレビを消してくれないか。これじゃ考えることもできやしない！」

「ぼくが消す、パパ」

ビリーは九つの子供のせかせかした足どりで部屋を横切ると、スクリーンの上の物売りをピンクの上着もろとも抹殺した。

ダンビーは、ローラの息づかいをえり首に意識しながら、ケースのふたと取り組んだ。やっとふたがあくと、「教師！」とローラが叫んだ。「大の男が妻に持って帰ってくるものが、よりによって！　学校教師なんて」

「ふつうの教師じゃないんだよ。料理はできる、針仕事はできる――とにかくなんでもできるんだ。メイドがほしいって、いつも言ってたじゃないか。それが手にはいったわけさ。ビリーのテレ勉強を見てくれる先生もできたし」

「いくらなの？」そのときになって、ダンビーははじめて妻の心の狭さを思い知った。

「四十九ドル九十五セント」

「四十九ドル九十五セント！　ジョージ、あなた気でもちがったの？　今までなんのためにお金をためてきたと思う？　今のベイビーBをキャディレットの新車に買いかえるためよ。それをポンコツの学校教師なんかにつかってしまうなんて。こんなものにテレ教育の何がわかるもんですか。五十年も時代おくれの代物に！」

「ぼく、こんなものにテレ勉強を見てもらわないよ！」ケースをにらみつけて、ビリーがいった。「テレビの先生がいったもの。こういう昔のアンドロイド教師は、いいところなんかないって。子供をね――子供をぶったんだよ！」

「それはちがう！」とダンビー。「パパは知ってるんだよ、八年生までずっと本当の学校へかよったんだから」彼はローラに向いた。「それにポンコツ教師なんかじゃない。五十年おくれてもいない。きみのテレ教師たちよりずっと本当の教育を知ってる！　それに今いったように、針仕事はできるし、料理はできるし——」

「じゃ、夕食をあたためるようにいって！」

「ああ、いうとも！」

彼はケースの中に手をのばし、小さな作動ボタンを押した。青い目がぱっちりとあくと、「こちらに来てください、ジョーンズ先生」といい、キッチンに案内した。

彼女の反応は、ダンビーの胸をときめかせた。どのボタンを押し、どのレバーを上げ下げし、どのインジケーターをどの数字に合わせるといった指示に、彼女はてきぱきと従うのだった。夕食はたちまちテーブルから消え、おいしそうな湯気をほかほかたてて、またたくまにもどってきた。

ローラさえ態度をやわらげていた。「そうねえ……」

「だろう！」とダンビー。「料理ができるっていったじゃないか。もう泣きごとをいわなくてもいいんだ、ボタンが動かないとか爪を割ったとか——」

「わかったわ、ジョージ。そう恩きせがましくいわないで」

ローラはいつもの顔つきにかえっていた。もちろん、いくらか線の細すぎる感はあるが、ふつうはそれも魅力のひとつなのである。加えて、きらきら輝く黒い瞳と、一点非の打ちどころない口。胸は新しく整形したばかり、金と緋のおろしたてのランジェリーを着た姿は文句なく抜群だった。この程度の騒ぎでおさまったからまだよかったのだ、とダンビーは思った。彼はローラのあごに指をあて、彼女にキスした。「さあ、食べよう」なぜかダンビーは、そのときまで息子の存在を忘れていた。テーブルについて目を上げると、ビリーはキッチンの入口に立ち、コーヒーの用意をするのに忙しいミス・ジョーンズを険悪な顔でにらんでいた。

「ぼくをたたかないや！」ビリーはそういって、ダンビーの視線に答えた。

ダンビーは笑った。戦いに半分勝った今では、気分は晴れていた。残り半分はおいおいかたづければよい。

「たたくわけはないさ。さあ、いい子だからおいで。夕食にしよう」

「ここにおいで」とローラ。「早く。ウェスタン・アワーで『ロミオとジュリエット』をやるのよ。一分だって見逃がしたらたいへん」

とうとうビリーも折れた。「うん、いま行くよ！」だがミス・ジョーンズをなるべく避けるようにしてキッチンにはいり、テーブルの自分の席についた。

ロミオ・モンタギューは器用な手つきでタバコを巻くと、ソンブレロの影の中にある口にそれをくわえ、キッチン・マッチで火をつけた。そして月影さやかな丘の中腹からキャピュレット牧場のランチハウスへと、つややかな毛なみをしたパロミノ種の馬をみちびいた。

「こりゃあ、よっぽど用心してかかったほうがいいぜ」とロミオはひとりごちた。「ここのキャピュレットの連中は羊飼い――牛飼いを昔っからやってるおらん家《ち》とは、先祖代々の敵同士《かたき》だ。隙さえありゃ、こっちが何もしないうちに弾丸《たま》をめりこませかねないやつらだからな。しかし今夜のパーティで見た娘っ子は、それくらいのやばい目にあってみる値打ちはあるぜ」

ダンビーは眉をひそめた。古典の改作に反対ではないが、改作者が牛飼い対羊飼いの設定を誇張しすぎているような気がしたのだ。ローラとビリーは、しかし、いっこうに気にかけていないようすだった。二人は観賞チェアから身をのりだし、百二十度スクリーンをくいいるように見つめている。とすると改作者たちは、そんなことは百も承知で書いているのかもしれない。

ミス・ジョーンズさえ楽しんでいるようすだった……だが、そのようなことはありえない。ダンビーはすぐに思い返した。楽しめるはずがないのだ。スクリーンを見つめる青い瞳がどれほど知的であろうと、じっさいにはすわってバッテリーを消耗させているだけなのだから。ローラの忠告を聞いて、スイッチを切っておけばよかったかも――

だが、なぜかそうしたくはなかった。一時的ではあれ、彼女の生命を奪うことに一種の残酷さを感じたのだ。

ばかばかしい。世の中にこんなばかげた考えがあるか。ダンビーは観賞チェアの中でいらいらと姿勢を変えた。ドラマの筋がわからなくなったのに気づき、いらだちはさらに増した。筋に追いついたときには、ロミオはキャピュレット牧場の石塀をのりこえ、果樹園を忍び足で抜けて、低いバルコニーを見上げるけばけばしい庭に立っていた。

ジュリエット・キャピュレットが時代錯誤のガラス・ドアをあけて、バルコニーに現われた。白いカウガール——というより、シープガール——の服に、太ももまでのスカート。プラチナ・ブロンドの巻き毛の上に、つば広のソンブレロをのせている。彼女はバルコニーの手すりから体をのりだすと、庭を見おろした。「どこなのよ、ローム？」と、ものうげに。

「こんなお話ありません！」ふいにミス・ジョーンズがいった。「台詞《せりふ》、衣装、所作、場所——みんな、まちがっています！」

ダンビーはぽかんと見つめた。そして思いだしたのは、古道具屋の主人の説明だった。言葉ばかりか、風景、状況にも反応するという。彼としてはもちろん、老人が教師の職務に直接かかわりのある風景や状況をいったのであって、あらゆる風景や状況ではないと思っていたのである。

おだやかならぬ予感が、ちらりとダンビーの心を走った。気がつくと、ローラとビリーは目の保養を中断し、信じられないという顔でミス・ジョーンズを見つめていた。危険な瞬間だった。

ダンビーは咳払いした。

「べつに〝まちがっている〟わけではないんですよ、ジョーンズさん。改作されているのです。いいですか、原作のままでは見る人間はいないし、もしだれも見なかったら、スポンサーだって寄りつかないでしょう?」

「でも、西部劇にする必要がありますの?」

ダンビーは不安げに妻のほうをちらりと見た。彼女の目にあった不信は、今では激しい怒りに変わっていた。彼はあわててミス・ジョーンズに注意をもどした。

「西部劇はいま大流行なのです、ジョーンズさん。テレビ時代初期の一種のリバイバルで。大衆が喜ぶから、スポンサーも自然につく。だから作家は自分の主義にはずれても、スポンサーの気にいるようなものを書くんです」

「でも、カウガールの服を着たジュリエットなんて! 娯楽メディアの最低基準にも劣ります」

「いいわ、ジョージ、もうたくさん」ローラの声は冷たかった。「五十年おくれてるといったとおりだわ。スイッチを切らなければ、わたしは寝ますからね!」

ダンビーはため息をつき、立ちあがった。椅子にすわるミス・ジョーンズのところへ行き、左耳うしろの小さなボタンに手をのばしながらも、なぜかやましい気がしてならなかった。彼女の両手は膝におかれたまま微動もしない。人造の鼻孔を通して、呼吸がリズミカルに行なわれている。その目はおだやかに彼を見つめていた。

殺人を犯したような気持ちだった。ダンビーはぞくっと身震いして観賞チェアにもどった。

「あきれたものだわ、あなたも学校教師も！」とローラ。

「うるさい！」とダンビーはいった。

彼はスクリーンに目をすえ、ドラマを楽しもうと努めた。だが心はさめたままだった。つぎの番組もドラマ——推理もので、『マクベス』という題名だった。これもさめた心を奮いたたせてはくれなかった。自然にミス・ジョーンズを盗み見てしまうのだった。彼女の胸の動きは静まり、目はとじられている。部屋はひどくさむざむとして見えた。

とうとう我慢の限度に来て、ダンビーは立ちあがった。「ちょっとドライブしてくるよ」そうローラにいい、家を出た。

ダンビーはベイビーBをちっぽけな車回しからバックさせると、郊外の道路から街なかの大通りへと車を乗りいれた。そのあいだも、なぜ旧式の学校教師にそれほどひかれるのか、何回も何回も自分に問いかけていた。たんなるノスタルジアでないことはわかっていた。もちろんノスタルジアもその一部ではある——九月と、本当の学校と、九月の朝の教室、そして始業のベルと同時に、黒板わきの小部屋から現われた先生がいう言葉、「おはよう、みなさん。よい天気だこと。さあ、きょうもしっかり勉強しましょうね」——そのすべてへのノスタルジア。

といって、ほかの子供と比べてとりわけ学校が好きだったわけではない。それに彼自身、九月には、本や秋の夢のほかにも何か意味があることに気づいていた。成長の過程のどこかで失くした何か、言葉にはいいあらわせない、かたちのない何か、今の彼にとってもっとも必要な何か——

せかせか走る豆自動車《オートモビレット》のわきをすりぬけながら、ダンビーはベイビーBに乗って大通りをとばした。〈相棒フレッド〉の店があるわき道にはいるとき、角に新しい店が建ちかけているのに気づいた。大きな看板にはこうあった。**キングサイズ炭焼きホットドッグ——本物の火であぶった本物のホットドッグ！　近日開店！**

そこを通りすぎ、〈相棒フレッド〉の店の駐車場に乗りいれると、春の星をちりばめた夜空の下に出、横のドアから店内にはいった。中は混みあっていたが、あいた仕切りが見つかった。すわると、給仕マシンに二十五セント貨を入れ、ビールにダイアルをあわせた。汗をかいた紙コップが現われた。彼はふさぎこんでビールをすすった。風通しのわるい席で、前にいた客のにおいがこもっていた——アル中だな、とダンビーは思った。昔はどうだったろう——酒場にプライバシーなどというものが存在しなかったころは？　すこしのあいだ、そんな疑問が彼をとらえた。その時代には、酒場では客は肘をくっつけあわせて飲まなければならず、だれがどれくらい飲み、どれくらい酔っているか、たがいにまる見えだったのだ。つぎの瞬間、彼の心はふたたびミス・ジョーンズのことにもどっていた。

給仕マシンの上に小さなテレスクリーンがあり、スクリーンの下に文字。**トラブルですか？　バーテンの相棒フレッドにダイアルをあわせてごらん——悩みを聞いてくれるから**（三分間たったの二十五セント）。ダンビーはコイン・スロットに二十五セント落とした。かすかなカチャリという音がして、いま入れたコインが払いもどし口にころがり落ち、相棒フレッドの録音された声がいった。

「今ちょっとたてこんでるんだ。すぐ行くからな」

ビールのおかわりと一分の待ち時間ののち、ダンビーはもう一度コインを入れた。今度は二方向スクリーンが明るくなり、相棒フレッドのピンクのあごと陽気な顔がゆらめきながら焦点を結んだ。

「よう、ジョージ？　景気はどうだ？」

「まあまあだよ、フレッド。まあまあってとこだ」

「だけど、もうちょっとなんとかなったほうがいいんだろ、え？」

ダンビーはうなずいた。「お見通しじゃないか、フレッド。お見通しだ」彼は、ビールがぽつんとおかれたカウンターに目をおとした。「じつは……じつはね、学校教師を買ったんだよ、フレッド」

「学校教師だって！」

「それは、変なものを買ってしまったことは認める。しかし坊主のテレ勉強の助けにすこしはなるだろうと思ったんだ――テレテストがもうじきあるし、問題ができなくて賞品がとれないと、子供がどんな気持ちになるかわかるだろう？ それから女房にも――これは特製の学校教師なんだよ、フレッド――家事の手伝いをしてくれるだろうから。いろいろ考えて……」

スクリーンに目を上げるにつれ、ダンビーの声はか細くなり、消えた。相棒フレッドは人なつっこそうな顔を重々しく横にふっていた。ピンクのあごがゆれていた。ややあって、

「ジョージ、いいか？ その教師を放りだせ。聞いてるのか、ジョージ？ 放りだすんだ。アンドロイド教師なんていうのは、昔の本物とおんなじだぞ――息をしている人間の教師とおんなじように性質《たち》がわるいんだ。わかるか、ジョージ？ 信じないかもしれんが、おれは知ってる。連中は子供をなぐってたんだ。これは本当だぞ。子供をなぐって――」ブーンという雑音がはいり、スクリーンがちらつきはじめた。「時間切れだ、ジョージ。もう二十五セント聞きたいか？」

「いや、けっこう」ダンビーはビールを飲みほし、席をたった。

学校教師は、だれもかれもに嫌われているのだろうか？　もしそうなら、なぜテレ教師は嫌われないのか？

翌日仕事をしながら、ダンビーはずっとその矛盾を考えつづけた。ちょうど世紀の変わり目に、高級車がサイズと価格を大幅に縮小することによって経済問題を解決したように、五十年前には、教育問題を効果的に解決するのはアンドロイド教師だと信じられていたものだ。アンドロイド教師の出現は、たしかに教員の不足を解消した。だが、けっきょくそれは問題のもうひとつの面を強調しただけだった——校舎の不足である。教室の数もろくにないというのに、教員ばかりいっぱいいて何になるというのか？　そして国が、より良い新しいスーパーハイウェイ建設の必要に常に迫られているというのに、新しい校舎を建てる金をどのように充当するというのか？

公立学校の建設が公共ハイウェイの建設に優先すると考えるのは、ナンセンスだ。なぜなら、もし国がハイウェイをなおざりにすれば、自動的に、一般市民の新車購買欲は低下し、それはひいては国家の経済力を弱め、不況を生み、新しい校舎の建設をはじめのころよりいっそう実現不可能にすることになるからだ。

その問題まで来ると、どうしてもシリアル会社に敬意を表さねばならなくなる。テレ教師とテレ教育を導入したことにより、シリアル会社は国家の窮地を救ったのである。右に黒板、左に映画スクリーンをおいて教室に立つ一人の教師は、それだけで五千万の生徒を教えることができた。もし生徒の中に授業のやり方が気にいらないものがいれば、その生徒は別のシリアル会社がスポンサーになっている別のテレ教育番組にチャンネルを変えればよい（生徒が授業をさぼったり、テレ進級テストに合格しないのに、上級生の授業を見たりしないように注意するのは、もちろん各生徒の両親の役目である）。

だが、この独創的な方式が成功した最大の理由は、シリアル会社が経費をすべて負担してくれるという願ってもない事実にあった。これによって納税者たちは、教育費という厄介な義務から解放され、財布の中身を、売上げ税、ガソリン税、道路通行料、自動車の代金などの支払いにふりむけられるようになったのである。そしてシリアル会社がその優れた公共奉仕に対して要求したのは、生徒に――さらに、なるべくなら両親にも――会社の製品を食べてもらうことだけだった。

とすれば、矛盾はけっきょく矛盾ではないことになる。学校教師は無駄づかいの象徴だから厄病神であり、テレ教師は大型徳用パッケージの象徴だから、尊敬される公僕であるわけだ。だが、その違いがもっと深いところにあることを、ダンビーは知っていた。

学校教師への偏見は、一部は先祖がえり的なものだが、おおかたは、シリアル会社が彼らの計画を実行に移すときに展開したプロパガンダ・キャンペーンによって生まれたものである。アンドロイド教師が生徒をなぐるという、巷間《ちまた》に広く行きわたった神話は、それらシリアル会社がでっちあげたものであり、疑いを抱くものが出てこないように、彼らはときおりそれをむしかえすのだ。

問題は、ほとんどの人びとがテレ教育の恩恵を受け、真相を知らない点にあった。ダンビーは例外だった。彼は、テレビが受信できない、山あいの小さな町に生まれた。だから一家が都会へ引越すまで本当の学校へかよい、その経験から学校教師が生徒をなぐらないことを知っていた。

ただし、アンドロイド社が誤まって欠陥品をひとつふたつ配布してしまったのでなければ、の話である。だが、それはありそうもないことだ。アンドロイド社は、けっこう良い仕事をする企業である。彼らが製造する優秀なガソリン・スタンド係員を見ればよい。彼らが市場に送りだす、有能な速記者やウェイトレスやメイドを見ればよい。

もちろん、うだつの上がらぬ平均的サラリーマンや、平均的な世帯では、アンドロイドを持つ余裕はない。しかし――ここでダンビーの思考は、こみいったホップ・ステップ・ジャンプをした――そういう事情があるからこそ、ローラは代用のメイドで満足しなければならないのではないか？

だが彼女は満足していなかった。それを知るには、夕方帰宅し、妻の顔を見るだけで充分だった。彼は一点の疑いもなく彼女が満足していないのを知った。

ローラの顔がそれほどこわばり、唇がそれほど薄くなっているのを、今まで見たことはなかった。

「ジョーンズさんは？」とダンビーはきいた。

「ケースの中」とローラはいった。「あしたの朝、買ったところへ持って帰って、四十九ドル九十五セントを取り返してきてくださいね！」

「もう、ぶたれないからいいな！」そういうビリーは、テレビの前でインディアン式のあぐらをかいている。

ダンビーの顔から血の気がひいた。「ぶったって？」

「ううん、そんなにはっきりとじゃないわ」とローラ。

「やったのか、やらないのか？」とダンビー。

「ぼくのテレビの先生のことをなんといったか、パパにいってよ！」ビリーが叫んだ。

「ビリーの先生は、馬に教える資格もないっていったのよ」

「ヘクトルとアキレスのことでなんといったか、パパにいってよ！」

ローラはふんと鼻を鳴らした。

「『イリアッド』のような古典から、カウボーイ対インディアンのメロドラマを作って、それを教育と呼ぶなんて恥知らずだといったわ」

話はじょじょに明るみに出てきた。ミス・ジョーンズは、その朝、ローラがスイッチを入れた瞬間から切る瞬間まで、知性をふりかざして暴れまわっていたらしいのだ。ミス・ジョーンズによれば、ダンビー家にあるものは何もかもまちがっているという――ビリーが、自分の部屋の小さな赤いテレビ・セットで見る教育番組や、ローラが居間の大型テレビで見る午前と午後の番組はいうまでもなく、廊下の壁紙の図柄（小さな赤いキャディレットの群れが、入り乱れるハイウェイを走りまわっている情景）から、キッチンにある自動車用風防ガラスの見晴らし窓や、本の少なさまで。

「想像できる？」とローラはいった。「まだ本が出版されていると思っているのよ！」

「ぼくが知りたいのは、ビリーがぶたれたかどうかということだけだ」

「今それを話すところ――」

三時ごろ、ミス・ジョーンズはビリーの部屋の掃除をしていた。ビリーはいい子になって勉強机にむかい、神妙に授業を受けていた――カウボーイたちがインディアンの村トロイを攻撃する場面にわれを忘れていたのだ。そのとき、とつぜんミス・ジョーンズが狂ったようにかけよると、『イリアッド』を改竄《かいざん》したという冒瀆的な言詞をはき、授業の途中でテレビを切ってしまった。ビリーの悲鳴を聞いてローラがとびこんだとき、ミス・ジョーンズはビリーの腕をつかみ、今にもなぐりかかろうとするように片手をふりあげていたという。

「危いところ」とローラはいった。「放っておいたら、何をしていたかわかりゃしないわ。ビリーを殺していたかもね！」

「どうかな」とダンビー。「そのあとは？」

「ビリーを引き離して、ケースにもどれと命令したわ。それからスイッチを切って、ふたをしめただけ。ねえ、おねがい、ジョージ・ダンビー、あのままふたをしておいて！　さっきもいったように、あしたの朝になったら返してきてくださいね——ビリーとわたしに家出してほしくなかったら！」

ダンビーは、その晩ずっと気が重かった。食欲もなく夕食をつつき、ウェスタン・アワーを見るともなくながめ、ときおり、ローラが自分を見ていないとわかると、ドアのわきにひっそりとおかれたケースに視線を走らせた。ウェスタン・アワーのヒロインは、ダンス・ホールの踊り子——サイズ39・24・38のブロンド娘で、名前をアンティゴネといった。彼女の二人の兄はガン・ファイトで相討ちになったらしいのだが、町のシェリフ——クレオンという人物——が、ブート・ヒルに正式に葬るのを許可したのはそのうちの一人だけで、もう一人のほうは理不尽にも、禿鷹がついばむままに砂漠に放っておかれた。アンティゴネはその処置に耐えられず、妹のイスメネに話をもちかけた。兄の一人がりっぱな墓に葬られるのなら、もう一人もそうされてよいはずだ。自分はその兄にも墓を作ってやりたいと思う。イスメネよ、手を貸してはくれないか？　だが、イスメネは意気地なしだった。そこでアンティゴネはいった。わかった、自分だけでこの問題を片づける。と、その町へ、テイレシアスという金鉱さがしの老人が馬でやってきた——

ダンビーはそっと席を立つと、キッチンにすべりこみ、裏口から抜けだした。車に乗って町にはいると、窓を全開にし、暖かい風に身をまかせながら大通りをとばした。横丁へと曲がりながら、ダンビーはぼんやりとその店をながめた。〈相棒フレッド〉の店はすいており、彼はいいかげんに空席のひとつにはいった。狭苦しい仕切りの中にぽつねんと立ったまま、かなりの街角のホットドッグ・スタンドは、もう完成まぢかだった。

ビールを飲み、考えにふけった。妻と息子が眠りこんだころ、彼は家に帰り、ミス・ジョーンズのケースをあけてスイッチを入れた。

「きょうの午後のことですが、ビリーをなぐるつもりだったのですか？」とダンビーはきいた。

青い目がゆるぎなく彼を見つめた。まつげが間をおいてリズミカルに上下し、ローラが消し忘れた居間の明かりに、瞳がしだいに焦点を合わせた。やがて、「わたしには人をたたく能力はありません。保証書にその条項があると思います」

「保証書の期限は、しばらく前に切れているでしょう、ジョーンズさん」声ははっきりせず、言葉はしどろもどろだった。「それはいいんです。あなたはビリーの腕を本当につかんだのですか？」

「しかたがなかったのです」

ダンビーは眉根をよせた。体がぐらつく。彼は千鳥足で居間にもどった。

「こちらへ来てすわって、聞かせてください、ジョーンジュ――ジョーンズさん」

彼女はケースから出て、こちらにやってきた。歩き方がどこかぎごちない。軽快さがなく、重たげといったほうがよかった。体のデリケートなバランスは失われ、傾いでいた。足をひきずっているのだ。それに気づいて、彼はぎくりとした。

ミス・ジョーンズは長椅子にすわり、ダンビーはとなりに腰をおろした。

「ビリーが蹴ったんですね？」

「ええ。止めなければ、また蹴っていたでしょう」

部屋にくすんだ赤みがみちわたり、ダンビーの視界をくもらせていた。だが、ひとつの発見が心の中にかたちをとるにつれ、赤みもすこしずつ晴れていった。そう、格好の武器が手にはいったのだ――ミス・ジョーンズへの拒否反応をいっさい封じる心理的な痛棒が今の彼にはあるのだ。

しかし赤みの一部はまだ消えずに残っており、それは悔恨にみちていた。

「本当にすみません、ジョーンズさん。ビリーはどうも攻撃的すぎるようです」

「そうなってもしかたがありませんわ。きょう、わたし驚きました。ビリーの教育が、あんなどうしようもない番組ばかりからなっていると知ったときには……。あの子のテレ教師は、生半可な教養しかないコマーシャル・タレントと五十歩百歩です。いちばんの関心は、自分の社のコーンフレークを売りこむことだけ。この時代の作家が、なぜアイデアに窮して古典に走ったかも、今になるとわかります。きまりきった表現が、創造力を胚芽のうちに摘みとってしまうのです」

ダンビーはうっとりしていた。こんなふうに話す相手と出会ったのは、はじめてだった。話の内容はさほど重要ではない。違いは、話し方にあった。精巧なスピーカーから送りだされる〝声〟だとはいえ、その背後には、想像もつかないほど複雑微妙な記憶バンクに接続するテープがあるだけとはいえ、彼女の声には確信がこもっていた。

ミス・ジョーンズのそばにすわり、彼女の唇の動きを見つめ、彼女のまつげが青い青い目の上にいくたびとなくおりるのをながめていると、まるで九月がこの部屋に訪れ、いすわってしまったかのように思えるのだった。とつぜん、まったく安らいだ気分が、ダンビーをつつんだ。九月の芳醇な日々がつぎつぎと目の前を過ぎてゆき、ダンビーは、それらがほかの月の日々となぜ違っていたか、理由を知った。違っていたのは、九月の日々には、深みと美しさと静けさがあったからなのだ。九月の青空には、より芳醇な日々の到来を約束するものがあったからなのだ――

違っていたのは、その日々に意味があったからなのだ……

せつないほど甘美な瞬間だった。ダンビーはそれを終わらせたくなかった。過ぎ去ると考えることと自体が耐えられないような苦しみだったので、それを持続させるため、ダンビーは自分にできる唯一の行動をとった。

彼はミス・ジョーンズの肩に腕をまわした。

彼女は動かない。ひっそりとすわっている。規則正しく上下する胸、青い澄んだ水面を飛ぶかわいい黒い小鳥のように、ときおり下がる長いまつげ——

「ゆうべ見たドラマ」とダンビーはいった。「『ロミオとジュリエット』ですが——なぜ、いいと思わなかったのですか？」

「いやらしいと思いましたの。あれでは道化芝居ですわ——けばけばしくて、安っぽくて、芝居の美しさも台無しです」

「台詞《せりふ》を知っていますか？」

「ええ、すこし」

「聞かせてください」

「はい。バルコニーの場の終わりごろ、二人の恋人が別れるとき、ジュリエットがいいます、〝おやすみなさい、さようなら！　別れがこんなに甘い、こころよい悲しみなら、いっそ、わたし夜明けまでこうしてさようならを言いつづけます〟するとロミオが答えます、〝あなたの目には眠りが、あなたの胸には平和が宿りますように！　わたしがその眠りや平和ならば、あなたの上に憩うこともできるだろうに！〟なぜ、あの部分をはずしてしまったのでしょう？　なぜですの？」

「安っぽい世界に住んでいるからですよ、わたしたちが」いったとたん、ダンビーは洞察の鋭さにわれながら驚いた。「安っぽい世界では、高価なものは無価値なんです。しょこ——そこの台詞をもう一度きかせてください、ジョーンズさん」

「〝おやすみなさい、さようなら！　別れがこんなに甘い、こころよい悲しみなら、いっそ、わたし夜明けまでこうしてさようならを言いつづけます——〟」

「あとはわたしにいわせてください」ダンビーは精神を集中した。「〝あなたの目には眠りが、あなたの胸には——〟」

「〝——平和が宿りますように——〟」

「〝わたしがその眠りや平和ならば——〟」

「〝——あなたの上に——〟」

「〝——あなたの上に憩うこともできるだろうに！〟」

ふいにミス・ジョーンズが立ちあがった。「今晩は、奥さま」と彼女はいった。

ダンビーは立ちあがる手間を省いた。そんなことをしてもなんの足しにもならない。どちらにしても、いますわっている場所からローラを見ることはできた。ローラは、居間の入口に新しいキャディレット・パジャマを着て立っていた。階段をおりるとき音をたてないようにしたのだろう、下ははだしだった。パジャマの絵柄となっている二次元の車の群れは、鮮やかな朱色で背景からきわだっており、まるで彼女は、自動車に体の上を走りまわられるのを、乳房や腹や脚を汚されるのを楽しんでいるようだった……

その偏見にみちた表情、その冷たい無慈悲な目を見れば、説明が無駄なことはすぐにわかる。ローラは理解してくれないだろう──理解できないだろう。そのときダンビーは愕然と悟った──自分がいま生きているこの世界では、九月は何十年も昔に死んだのだ、と。ベイビーBにケースを積みこむ翌朝の自分が、目に見えるようだった。朝日にきらめく街の通りを車でとばし、小さな古道具屋の主人に金を返してほしいと頼んでいる。そのあとのできごとも目に見えるようだった。ダンビーは耐えきれず首をふった。そしてわれに返ったとき見たものは、けばけばしい居間にまったくそぐわないミス・ジョーンズの姿だった。彼女は、傷のついたレコードのように何回も同じ言葉をくりかえしていた。「どうかなさいましたか、奥さま？　どうかなさいましたか？」

〈相棒フレッド〉の店へ気軽にビールを飲みに行けるようになるまでに数週間かかった。そのころにはローラも口をきいてくれるようになり、周囲の世界も、昔とそっくり同じというわけにはいかないが、かつての様相をある程度取りもどしていた。ダンビーはちっぽけな車回しからベイビーBをバックさせると、郊外の道をとばし、大通りの極彩色の混雑に車を乗りいれた。晴れわたった六月の夜で、星々は、都会からたちのぼる冷たい白い炎の上高く、つぶつぶの水晶のように輝いていた。街角のホットドッグ・スタンドはもう完成し、営業を始めている。客が何人か鈍く光るクロムのカウンターの前に立っており、ひとりのウェイトレスが、じゅうじゅうと音をたてるウインナ・ソーセージをクロムの木炭火ばちの上で回している。陽気な雨を思わせる彼女のドレスや、彼女の身ぶりには、どこか見おぼえがあった。のぼる朝日のように美しい髪と、柔和な顔だちにも——。彼女の新しい持ち主は、そこからすこし離れたところでカウンターにもたれかかり、客のひとりと話している。

ベイビーBをとめて外に出、コンクリートのエプロンを横切ってカウンターに着くまで、ダンビーの胸には何か固いものがはりつめていた——こめかみにも規則正しい脈動が感じられた。世の中には、避けられないとわかっていても、くいとめる努力なしではすまされないものがある——その努力がどれほど高くつこうとも。

ダンビーは、店主のいるカウンターのすぐそばまで来ていた。てかてかしたクロムのカウンターの上に身をのりだし、とりすました脂肪ぶとりの顔にびんたをくれようとしたときだった。クロムの芥子入れに、小さなボール紙の札がたてかけられているのに気づいた。札にはこうあった、**ウェイター募集**……

ホットドッグ・スタンドは九月の教室にはほど遠く、ホットドッグをくばる学校教師は、夢をくばる学校教師とは比べものにならない。だが何かにひどく窮しているときには、どんなに粗末なものでもつかみ、それに満足する……

「夜だけしか働けないんですがね」とダンビーは店主にいった。「六時ごろから十二時ぐらいまで――」

「うん、それでいいよ。すまんが、はじめはあまりたくさんはあげられそうもない。ごらんのとおり、開店したばかりだもんでね。それに――」

「かまいません。いつから仕事にかかりますか？」

「そりゃ、早ければ早いほうがいいね」

ダンビーは、はねあげられたカウンターの出入口に行き、スタンドの内部にはいると上着をぬいだ。ローラは世間体《せけんてい》を気にするだろうが、勝手にしろだ。しかし万事まるくおさまるだろう。彼が持ち帰るアルバイト収入は、ローラの夢――例のキャディレット――の実現を早めることになるからだ。

店主がよこしたエプロンをつけると、彼は木炭火ばちの前にいるミス・ジョーンズとならんだ。

「今晩は、ジョーンズさん」

その声に彼女はふりむいた。青い目が輝いたように思われた。その髪は、靄《もや》の深い九月の朝、東からのぼる太陽だった。

「今晩は」とミス・ジョーンズはいった。すると、六月の夜のスタンドに九月の風が吹きぬけた。まるで、無限に長い空虚な夏休みが終わり、ふたたび学校にかよいだしたようだった。

魔法の窓

Magic Window

その場によりそぐわなく見えたのはどちらだろう――その娘か、それとも彼女の絵のほうか、わたしにはなんともいえない。

道ばたの画廊に作品を陳列している画家たちのなかで、一枚のカンバスのほか何も出していないのは彼女だけだった。絵のそばにおどおどと立つその姿は、だれかに目をつけられ、からかわれるのを怖れているかのようだった――でなければ、まるきり無視されるのを怖れていたのかもしれない。ちょっと見には、彼女は子供のようだった。ふしぎな青い瞳と、まばゆい金色の髪（いたずらな四月の風が、そのひと房をひたいにこぼしている）。画家の着るブルーの上っ張りと不似合いなベレー帽といういでたちでおとなの真似をしている、チャーミングな未成熟の少女。

さて、彼女の絵だが――まず、なだらかに起伏する広い草原が、薄むらさき色の低い丘陵まで続いているさまを想像していただきたい。草原のあちこちには小さな湖が見え、星かげが湖面でさんざめいている。そして視線をあげる。最初に目にとまるのは、星かげにほの白くうかぶ、雪をいただいたエキゾチックな山脈の尾根だ。ついで、星をびっしりとちりばめた夜空――青い星、白い星、赤い星、黄色い星――そこには闇のはいりこむ隙もない。

題名をつけるとすれば――〈星かげの湖〉……

「あのう――見えるんですか？　見えるのね、星が？」

気がつくと、わたしは立ちどまっていた。絵画鑑賞はわたしの趣味ではないし、この画廊を歩いていたのも、車をとめた駐車場とこれからたずねる得意先のオフィスとのあいだに、たんにそれがあったからにすぎない。「え、もちろん見えるさ」と、わたしはいった。彼女の目がみるみる輝いた。これほど美しく輝いた目を、わたしはいままで見たことがない。

「それから――それから、草原や湖も？」

「山脈だって見える……ぼくは盲目じゃないんだぜ」

「盲目ばかりだわ。燭台屋なんか、特に」

「燭台屋だって？　今どき燭台を手間暇かけて作ってる人間はいないよ」

「だけど、ここを通る人たちはみんな燭台屋の考えるようなことを考えてるみたい。ものを見る目もおんなじよう。肉屋とパン屋はそれほどひどくはないわ。すこしは目が見えるもの。でも燭台屋は完全な盲目ね」

わたしは彼女を見つめた。無邪気な眼差しだが、あまりにも真剣すぎてとまどいを感じる。

「さて」と、わたしはいった。「そろそろ行かなくちゃ」

「この――あたくしの絵、気にいりません？」

彼女の話しかたや眼差しには、どこかさしせまったものがあった。そして、もうひとつの要素――偽りを許さない何かが。

「そうだね、あんまり好きじゃないな。見ていると、こわくなるんだ」

青空を雲が流れすぎるように、青い瞳の上で一瞬まつげが踊った。そして、「いいんです。言いわけなんかいりません」

言いわけを考えていたわたしは、先を越されて言葉がなくなってしまった。どうしたものかと、しばらくそこにとどまっていた。まったく理屈にあわない話だが、ある重要な瞬間がおとずれ、通りすぎていったのに、その意味さえつかみそこねた愚かもののような感じがしてならなかった。しかしけっきょく帽子に手をかけると、「じゃ」と小声でいってその場をはなれた。

どうも調子のよくない朝で、時間のたつのがおそかった。いつもの口達者はすっかり影をひそめ、最初のふたつの得意先からはありきたりの注文しかとれず、三つ目は収穫ゼロだった。原因はわかっていた——

あのろくでもない絵のせいだ！

どちらを向いても、わたしにはあれが見えるのだった——草原と湖と星々が。わたしの心はその原画に、草原を歩くひとりの娘の姿を加えた——ほそおもての顔と、青というにはすこし風変わりな色の瞳を持つ娘。不似合いな画家の上っ張りを着て、存在しえぬ夜空の下を散歩する妖精のような娘……

わたしは正午にミルドレッドとおちあい、それほど有名ではないが上品なレストランで昼食をとった。ミルドレッドはわたしの婚約者だ。もうしぶんない女性で、家柄もよい。彼女の父親は小さいが名の通った会社の社長で、わたしがいいだしさえすれば、いつでも販売部の部長の席を提供するといってくれている。彼が提示した給料は現在の収入をはるかにうわまわる額だから、わたしがオーケイするのも遠い先ではないと思う。

わたしたちの結婚生活はきっと幸福なものになるだろう。郊外にいなか《ランチ》家風の邸宅を買い、子供をつくり、ニオイヒバや、トショウ、マツなどを植える。夏の夕方は裏庭でバーベキューをしたり、いなかにドライブに出かけたり、そして冬の夜はテレビを見たり、ロードショーを見に行ったり、そしてたぶん、わたしはその地方のフリーメースンの団体にうけいれられ、ミルドレッドは〈東方の星〉（フリーメースンの重要なメンバーには、それぞれ称号が与えられる。これもそのひとつ）になるだろう……そう、わたしたちはきっと幸福な結婚生活をおくるはずだ。中年になるころには多少つかれも出て、人生の先が見えてくるかもしれない。だが幸福は一夜のあいだに飛去ったり、月夜にこつぜんと裏庭におりてきたりするものではない。それは、家や、新車や、同僚たちとの一体感から生まれてくるものだ。それは、恩給の小切手と、保険の年賦金と、E型貯蓄債券のなかにあるのだ——

すくなくとも、そう信じようとしてきた。

何回も何回も自分にいいきかせて……

昼食のあいだ、ミルドレッドはいつものおちついた物腰できまりきった会話を続けた。わたし自身もいつものとおりで、おかしなことは何もいわなかったと思う。ところが勘定を払って出ようとしたとき、彼女は眉根を寄せ、あの何もかも見通しているような眼差しで、こういったのだ。「きょうはどうしたの、ハル？　心配事でもあるみたい」

あの絵のことをうちあけようかとも考えたが、それが時間の浪費にしかならないことはわかっていた。ミルドレッドが無理解な、心の狭い女だというわけではない。しかし自分にもわからないことが、彼女にわかるはずがないではないか。それればかりでなく、絵のことを話せば、当然その娘のことも話さねばならなくなる。なぜかわたしは、その娘をミルドレッドの女性的な詮索の前にさらしたくはなかった。

だから、わたしはこういった。「憂うつな月曜日《ブルー・マンデイ》というのを聞いたことがないかい？きょうがそれなんだよ」

「憂うつとはちょっとちがうわ」と彼女はいったが、それ以上は追及しようとしなかった。

その日の午後は、アドルベリーへ行く用事があった。そこで小さな機械工場を経営しているわたしの常得意が、新型のカムシャフトをきわめて硬い合金で作ろうとしており、それをどうやったら安あがりに生産行程にのせられるかという点で助言を求められたのだ。問題は、わたしの会社のスーパーカッター・タングステンを使うとすぐに解決した。そして喜んだ経営者の大量注文で、わたしのトラブルも解決した。市へ帰ってきたのは、六時半に近いころで、シャワーをあび、着替えをするためにアパートへ直行すべき時刻だった。七時にミルドレッドと待ちあわせる約束をしていたのだ。

だが、わたしはそうしなかった。そのかわりに、今朝画廊がひらかれていた通りへ寄り道をした。それは、まったく理性に反した行動だった。展示が一時間も前に終わっていることはちゃんと承知していたのだ。

だが展示はまだ続いていた。といっても、今朝と同じ光景がそこにあったわけではない。たったひとり、まだ残っている画家がいたのだ。たった一枚の絵を出したまま。駐車禁止区域へと車を寄せながら見ると、寒さのため彼女の顔が青ざめているのがわかった。

ほそおもての顔は、今朝見たときよりなおやせてみえる。〈星かげの湖〉のあざやかな色彩が、かたむいた陽の最後の光をだいたんに照り返していた。

わたしは車からおり、その娘のところへ歩いていった。彼女の目にふたたび輝きがよみがえった。こんどのそれには、希望もこめられていた。「その絵、いくら？」と、わたしはきいた。

「五ドルです」

「二十ドルの値打ちはあるよ」わたしは財布から札をだすと、彼女にわたした。興奮のあまり、わたしの両手はふるえていた。「だれも――ほかにはだれも買いたいという人はいなかったのかい？」

「ええ。ふりかえってもくれなかったわ――あなたを別にすれば」

「夕食はすました？」

彼女は首をふった。そして絵を紙につつむと、わたしによこした。「あんまり、おなかすいてないんです」

「軽く食べるくらいならいいんだろう？　行こうじゃないか」

「ええ」

わたしは彼女を数ブロック引きかえしたところにあるレストランへ連れていき、二人でステーキとフレンチ・フライとコーヒーに舌つづみをうった。食事を終えたのは七時十五分だった。ミルドレッドに会いに行くにはもう遅すぎる。だがどうしたことか、すこしも気にならなかった。わたしはタバコを出し、二杯目のコーヒーを前にして二人でタバコをすった。「きみの名前は？」と、わたしはきいた。

「エイプリル」

「エイプリルか」わたしはくりかえした。「おかしな名前だね」

「そうでもないでしょう。〝エイプリル〟なんて女の子、たくさんいるわ」

「ぼくはハルっていうんだ……絵はたくさんかいているのかい？」

「今はそうでもないわ。マーケットは年々小さくなっていくばかりだし」

「きみの絵は、ふつうの人間には飛躍がありすぎるんじゃないのかな。〈星かげの湖〉もそうだけど」

「あれに飛躍がありすぎるはずがないわ。あたしのキッチンの窓から見える景色なんですもの」

「じゃ、きみはこの都市《まち》には住んでいないんだね」むしろ、「この地上に」というべきだったかもしれない。そのほうが似つかわしいように思えた。

「いいえ、ここに来てしばらくになるわ――あたしのキッチンの窓からは何でも見えるの。あなたの家の窓からだってなんでも見えるはずだわ――見ようと努力しさえすれば……

〝魔法の窓〟と、あたし呼んでいるの」

わたしはハイスクールの教科書で読んだキーツの詩を思いだした。「〝失われたおとぎの国の、危険な泡だつ海原へとひらく魔法の窓〟」わたしは引用した。

彼女は厳粛にうなずき、「そうよ」といった。その瞳にやどる思いつめたような光は、空色の色調がそれを和らげていなかったら、恐怖さえおぼえかねないものだった。「キーツは知っていたんだわ。それから、ワーズワースも。〝われわれは心を遠くに捨ててきてしまった〟……詩はお好きなの、ハル？」彼女の問は、天真爛漫といえるほど直接的だった。

「悲しいことだけど、読まないね。いまはもう毎朝とどく新聞と、ときどき買う雑誌を読むだけで手いっぱいさ」

「じゃ、テレビも見ないのね」

「テレビがどうしたんだい？」

「あれは燭台屋のためのメディアよ」

話はふたたび出発点にもどってしまった。

「出よう」と、わたしはいった。「家までおくるよ」

彼女のアパートは、通りに面してたちならぶ同じようなたて長のビルのひとつだった。

彼女が、すこし寄っていかないかと誘ったときには、わたしはどう答えてよいかわからなかった。外見こそ子供っぽいが、彼女はりっぱなおとなだ。だが知りあってまもない男を、すぐ自分の部屋に招き入れるような女だとは、わたしは思いたくなかった。ためらっていると、彼女はいった。「〝魔法の窓〟をお見せするわ」

「それではおじゃましようか」ミルドレッドはもうとっくにかんしゃくをおこしているだろう。あと四、五分遅れたって、事情が大して変わるわけではない。

　エイプリルの住まいは三階にあった。三〇三号室。部屋は四つ。むしろ小部屋といったほうがいいだろう。こじんまりした客間と、寝室、キッチン、それにバスルーム。彼女はわたしのコートをとると、それを椅子にかけ、キッチンにわたしを案内した。みすぼらしいキッチンだった。ちっぽけな料理用ストーブ、前洪水時代的な冷蔵庫、鋳鉄製の流し、使い古したテーブルと椅子。流しの上に窓がひとつあり、それが部屋のなかで美しく清潔な印象を与える唯一のものだった——数枚の小さなガラスからなる両開きの窓で、フレンチ・ドア（ガラスをはった両開きのドア）のように外側にひらく仕掛けになっていることから、そんなふうに感じたのだろう。

　彼女は冷蔵庫からビールを二本出すと、ふたをあけて、その一本をわたしにさしだした。こんなに若いのにビールを飲むのか、とわたしは軽い驚きをおぼえたが、若く見えるのは外見だけだろうと思いなおした。もしかしたらわたしと同じくらいか、もっと上かもしれない。

彼女はびんから直接ビールを飲んだ。わたしもそれにならった。そのときになって、流しのそばの壁にたてかけられている画架に気づいた。パレットと筆が食器棚にのっている。わたしは窓に目を上げた。

「これが〝魔法の窓〟かい？」

彼女はちょっとはずかしそうに、「ええ」といってうなずいた。そして流しの上に体をのりだすと、窓の留め金をはずし、とびらを両側に押しあけた。春のしっとりとした夜気が、部屋にしのびこんできた。

わたしは彼女の肩越しにそとをながめた。もちろん、草原や星かげに照らされた湖が見えるとは思ってもいなかった――それほどバカ正直ではない。しかし何か風景らしいものが見えるだろうとは思っていた。せまい裏庭とか、遠くの公園とか、精神に不安定なところのある人間が、ついさっきわたしの買ったような幻想的な絵の素材に利用してもおかしくない風景だ。

そういったものは何も見えなかった。開かれた窓から十フィート足らずのところに、となりのアパートのれんが壁があり、キッチンの明かりがその上に黄色い光の長方形を投げかけている。

ったエイプリルは思いつめたようにわたしを見つめていた。「川が見えるわ」と、彼女はいった。「青い川。むこう岸には、金色の木がたくさんしげっていて、そのあいだに空色のよろい戸をおろした銀色の家がひとつ建っているわ。小石をしきつめた小道が曲がりくねりながら川岸に通じている。道の両側には、ユリがいっぱい咲いているの……あなたには何が見える？」

「れんがだね」

彼女は小さなため息をついた。射るような青い瞳に見つめられて、わたしはびくっとした。

「見ようとしてごらんなさい」

わたしは努力した。両の手のひらが汗ばみ、ひたいを冷汗が流れくだるのがわかった。そして、川や、金色の木々や、小石をしきつめた小道を見たいと念じている自分に気づいた……その窓が、幻覚を合理化する都合のよい手段であることをやめ、じっさいに〝魔法の窓〟であってほしいと必死に願っていた。

だがけっきょく見えたのは、れんがだけだった。

わたしは首をふり、窓から目をそらした。彼女はうつむいたが、一瞬早く、わたしはその目にうかぶ失望の色を見いだしていた。すると、なぜかはらだたしくなった。

「何もないところに何が見えるというんだ？」わたしはいった。「ぼくはアブノーマルな人間にはなれないよ」

「でも、あたしの力を借りれば見えるようになるわ、ハル。あたしにはその力があるのよ！」彼女はわたしに近づくと、服の折り衿をこわばった指でつかんだ。見上げた彼女の目は大きく、そのなかの青さは、とつぜんの嵐を前にした四月の空のように暗くかげっていた。「みんなの考えかたに押し流されてはだめ、ハル。世間の人たちのカーボン・コピイになってほしくないの。この世界には魔法があるのよ、事実や統計が何を証明しようと――あたしが見えるようにしてあげる。でもそれには、あたしを信じてくれなくては！」

わたしは、折り衿をつかんだ指がはなれるまで彼女の手首をにぎっていた。そして居間にはいるとコートをとりあげた。「もう帰る時間だ」と、わたしはいった。

彼女はキッチンからわたしのあとを追ってきた。その目から嵐は過ぎ去っていたが、それとともに青さも消え失せていた。彼女はもう子供のようには見えなかった。疲れきった老婆のようだった。「あたし、もう決して帰ってこない」なかば自分にいいきかせるように、彼女はいった。「決して……」そして、「食事にさそってくださってありがとう――それから、あたしの絵を買ってくださったことも。結婚なさったあとも、その絵をマントルの上に飾っていただけるかしら？　あなたの子供たちがよごさない場所にかけておくと約束してくださる？」

「約束するよ」わたしは嘘をついた。

「さようなら、ハル」

「さようなら」

その後、わたしは一度だけ彼女と出会った。その月のみそかのことで、ミルドレッドとわたしは深夜映画を見るため山の手へ車で来たところだった。車からおり、歩道へまわろうとしたとき、ふと目を上げたわたしは、通りをこちらへやってくる彼女に気づいた。

この世のものとは思えないほど、彼女はやせ細っていた。目の下には黒い隈があり、頬の肉はげっそりと落ちていた。色あせたジャケットを着、しわだらけのスカートをはいていた。むきだしのすねは、闇のなかにひらめく青白い光だった……

わたしが驚いたのは——ショックをうけたといったほうがいいかもしれない——彼女の孤独さだった。周囲には何十人もの人がぞろぞろ歩いており、通りは車でこみあっている——

だが彼女はひとりぼっちなのだ。まったくひとりなのだ。

通りすぎるとき、じっとわたしを見たが、すぐ眼をそらしてしまった。わたしは彼女に呼びかけたかった、あとを追いかけ、ひきとめたかった。だが彼女の名は喉もとで凍りつき、わたしの足は粘土のかたまりに変わっていた。つぎの瞬間、彼女の姿は人ごみのなかに、闇のなかに呑みこまれ、消えていた。

わたしはむりやり車のうしろをまわり終えると、そのドアをあけた。そして車から出るミルドレッドに手を貸した。彼女に与えることができるのは、わたしの手だけだった。わたしの心はそこになかった。ひとりぼっちの娘が散歩する、広々とした草原と星かげのさんざめく湖の世界に飛んでいた……

ようやく暇を見つけて、あのたて長のアパートをたずねたのは、翌日の午後も遅いころだった。三〇三号室のドアをノックしてだれもいないとわかったとき、最初はビルをまちがえたのだろうと思った。だが一階までおり、夕食をとっている家主にたずねたところ、そうではないという返事がかえってきた。たしかにこのアパートだけれども、あなたのさがしておられる娘は、昨夜ひきはらってしまった。そんな説明だった。

家主は戸口に立ち、ペイパー・ナプキンであごをふいた。「十一時半ごろだったかな」「そうですか」正面の壁に大きなカレンダーがかかっているので、わたしは無意識に日付けを見た。五月一日。

五月一日……

そのとき頭にわきあがったのは、とほうもない考えだった――あまりにも常軌を逸していたので、すぐにもそれを否定し、世界がふたたび自然の平衡状態にもどるように祈りたくなる、そんな考えだった――

「彼女が――彼女がチェックインした日はわかりませんか？」

「宿帳を調べてみよう」

家主は旧式なデスクに歩みよると、留め金をしばらく押したり引いたりしたのち、ふたを押しあげた。そして、いちばん上の引出しから宿帳――垢じみた、ぼろぼろの帳簿――をとりだし、ていねいな手つきでめくりはじめた。キッチンからは夕食時の物音が聞こえ、アパート全体にタマネギや、フレンチ・フライや、その他得体の知れないにおいが充満していた。となりの部屋からは、テレビ司会者の休みなくしゃべりつづける声が聞こえてくる。わたしは汗をかいているのに気づいた――

「ほら、ここにある――チェックインしたのは三月三十一日だね……そうだ、思いだしたよ。寝ているところをおこされたんだ。真夜中に近かったかな。雨が降っていて、カラーに花の模様のある青いレインコートを着ていた。はじめはことわろうと思ったんだ。荷物を何も持ってないんでね。それで、よく問題をおこすことがあるじゃないか。ところがあの娘さんを見ていたら、なにか……どうしたんだね？」

「いえ」と、わたしはいった。「いえ、べつに。なんでもありません。ありがとう――お手数かけました……」

――そしてとほうもない考えを否定しきれないときは、あと自分に残されたたったひとつの手段をとる。それを頭のなかでもっともらしく合理化してしまうのだ。

わたしは自分のアパートへもどるまで、その作業に没頭した。それもけっこううまくゆき、部屋のドアをあけたときには、世界はほとんどもとの状態に回復していた。わたしはあの絵のことを思いだし、昨夜は勇気がなくてとうとうできずじまいだったことをした――物置きから、隠してあった絵をとりだすと、窓ぎわへ運んで包みをといたのだ。

まるで馬車がカボチャに、従僕たちが白ネズミに変わってしまったかのようだった。四月《エイプリル》の幽霊は杖こそ持っていなかったが、彼女の魔力は――驚異を忘れたこの世界の住人に、多少とも衝撃を与えられたという意味では――シンデレラ物語のあの母代わり妖精の魔法と同じくらい効果的で、しかもはかないものだった。

そこには、れんが壁の絵があるだけだった。

ジョナサンと宇宙クジラ

Jonathan and the Space Whale

彼には、ジョーナという名がいちばんふさわしいだろう（ジョーナは、旧約聖書に現われる小預言者ヨナの英語名。海で大魚にのみこまれ、その腹のなかで三日すごし、無事岸に投げだされる）。だが正確には、そうではなかった。彼の名は、ジョナサン——ジョナサン・サンズといった。

年はまだ二十九だが、若いころからさまざまな経験を積んできた男だった——その一部をあげるだけでも、学生、宣教師、バーテン、広告マン。一度は本を書いたこともある。だが彼以外、読者はいなかったところをみると、これはとりたてて記すまでもないかもしれない。この物語の幕があくすこし前、彼は新地球宇宙軍《ニュー・アース・スペース・ネイビー》に入隊し、砲手になった。

そのころの砲手は、砲術の実践面とはあまり縁がなかった。仕事らしい仕事は、砲撃カプセルを整備し、大砲をいつでも発射できる状態にしておくことであり、割りあてられた熱核弾をひとつたりとも暴発の危険にさらさないように気をくばるのが、最高の使命だった。だから精神的な圧迫を感じるのは砲撃演習のときだけで、それさえ大した重圧ではなかった。総じて砲手の生活は気楽なものだったといえよう――もっとも、ありあまる睡眠時間、ありあまる単調さ、ありあまる漫画マイクロフィルムが性にあっていればの話だが。ジョナサンはそうしたものが嫌いだった。栄《はえ》ある戦艦ファーストスターが寄港するたびに、仲間の兵員たちが没入する三大慰安――つまり、酒、女、ストング――にも興味がなかった。広告マンや宣教師に不向きだったように、彼はスペースマンにも不向きだったのだ。おのれの適性がどこにあるか見当もつかないばかりか、おそらく一生気づかないままに終わっていたかもしれない――もし宇宙クジラが現われなかったなら。

　二三三九年四月二十三日、それが太陽系に侵入し、小惑星帯の一部をパクリとやるまで、宇宙クジラはただの神話にすぎなかった。商船員のあいだでは、この数十年それを目撃したというほら話がいろいろ語り伝えられていたけれども、船員仲間以外まともに受けとるものはなかった。宇宙空間にすむクジラだって？　全長一千マイル、胴まわりも同じくらいで、流星群や宇宙塵や漂流物を常食とする大魚《レバイアサン》？　光速をこえる飛行能力を有する宇宙生まれのクジラ型生物？　ハーマン・メルヴィルもびっくり！　たしかに宇宙には、たくさんの――確認された――驚異がある。だが宇宙クジラは、その中に含まれてはいないのだった。

　しかし、スペースマンたちの噂と公認目撃報告とはまったく別物である。そのうえ、火星の大きなほうの月に匹敵する小惑星が一個消失したとなると、これは軽々しく見過ごすわけにはいかない。というわけで、天王星の月ティターニアほどもあるクジラ型UFOがどこからともなく出現、小惑星の数を一個減らし、アンドロメダ座方向に飛びたったとの報告が、火星発外惑星圏行きの新地球《ニュー・アース》船イカロスから〈シレーンの海〉基地にもたらされると、被害の拡大をくいとめる措置がいちはやくとられた。艦艇配置図のすばやい照合によって、怪物の軌道付近を航行する戦艦はファーストスター一隻であることがわかり、ただちに同艦の艦長にむけて命令が発せられた。「小惑星をむさぼり食う、衛星大のクジラ状生物」の警戒にあたり、「発見しだい撃沈せよ」（海軍語《ネイバリーズ》はアメリカ最初の宇宙飛行士とともに軌道にのぼり、かつて海においてそうであったように、今ではそれは宇宙の一部となっていた）。

　ファーストスターの艦長——正確を期すならば、サディアス・S・オルブライト艦長——は、すぐさま待機ブザーを押した。年季をつんだスペースマンである彼は、作戦の成功をはばむ最大の障害が、艦をひとのみする宇宙クジラの大きさではなく、生物の質量がひきおこす重力にあることをじゅうぶん心得ており、必然的な結論として、宇宙クジラを撃破する最善の手段が、ファーストスターのような艦の持ちえない超機動性にあることもまた見通していた。そこで彼は砲術長に、砲撃カプセル一隻の発進準備を命じた。選ばれたのは、ジョナサン・サンズの担当するカプセルだった。

レーダー室が最初に目標をとらえ、まもなくスコープにもそれが写りだした。クジラは宇宙空間そのもののように黒く、遠い太陽の光が、弱々しいながらも表面に照り映えていなかったら、識別することもおぼつかないような物体だった。オルブライト艦長は、はじめオタマジャクシを連想した。だが宇宙に親しんだものの直感で、この距離からでもオタマジャクシに見えるのだから、それが今後も同じ針路をとりつづけるなら、いくらもたたぬうちに、もっとはるかにおそろしいものに似てくるにちがいないと確信していた。実際そのとおりとなり、ほどなくそれは、艦長が想像したとおりの——つまり、クジラの姿をとって迫ってきた。だが、それでもまだ十万マイルの距離を残しているのだった。

彼はふたたびインターカムにいった。「カプセルをおろせ。それから、砲手につないでくれ」

カプセルはなめらかな黒い卵のようにファーストスターの下腹部から落下し、ゆらゆらとうかんだのち、自力で飛びたった。そのジャイロスコープ的中心、卵黄があるべきところには、ジョナサン・サンズがすわり、発射台の色あざやかなコンソールを器用にたたいていた。数秒後には、照準器の十字線に宇宙クジラをとらえた。彼はカプセルを慣性飛行に切り換えると、照準を維持する微調整をはじめた。

ヘルメット・ラジオを通して、オルブライト艦長の声がひびいた。「われわれは後退する——軌道に引きずりこまれてはかなわんからな。横腹をかすめる手前でとらえ、全力で逆噴射をかけるのだ。一発でしとめろ——二発目を撃つ時間はないぞ」

白目が見えたら発射しよう、ジョナサンはきっぱりと自分にいいきかせた。ところが、それには目がなかった。口すらなかった。顔にあたる部分には、のっぺりした表皮があるだけ——まっ黒な平面。何エーカーもあるだろう。いや、それどころではない——何平方マイルだ。そのときになって、ジョナサンははじめて宇宙クジラの大きさを実感した。頭部の直径は、すくなく見積もっても七百マイルあり、〝下半球〟は比較的短い胴体とくびれなしにつながって、うしろに一対の巨大な尾ひれがついている。この角度からでは、尾ひれはあまりよく見えないが、それらが固体であることはじゅうぶん察しがついた。どちらにしても、宇宙の真空中で、尾ひれがその名に相当する役目をはたしているとは思えない。

大きい、そう思ったのではなかったか？　とんでもない、桁はずれの生き物だ！　漆黒の巨体は、いまや星空の半分をおおい、一ミリセカンドごとにひろがりつつあった。こんなブロブディングナグ的生物にも、知性はありうるのだろうか？　その行く手にはちっぽけな蚊が、熱核の針をとぎすませて待ちかまえている——間近にせまった死に、それは気づいているのだろうか？

「発射用意」オルブライト艦長がいった。

ジョナサンはすでに用意を終えていた。宇宙クジラまでの距離は、もう一万マイル足らずだった……九千。痛みを感じるだろうか？　と彼は思った。血と肉からできているとは思えない。だが痛みを感じるためには、血と肉がなければならないのか？……八千。彼自身がこれこれこういうもので成りたっているからといって、感覚を持つためには同様な物質がなければならないといいきれるのか？……七千。そのようなものからできている人間だけが、快楽と悲哀を理解している唯一の知覚体なのか？……六千——

「何をぐずぐずしている、ばかめ！」オルブライト艦長の罵声がとんだ。「撃て！」

——風や雨や日ざしを感じ、壮麗な星空と雄大な夜、甘美な夜明けと静かな夕暮れを知り——「撃て！」オルブライト艦長が絶叫した。「軍法会議にかけるぞ、きさまの皮をはいで、きさまの——」

ジョナサンは発射ボタンを押した。そして同時に逆噴射ボタンを押した。だが瞬間的行動は、それだけにとどまらなかった。不必要な照準調節ボタンまでいくつか押していたからだ。十字線から宇宙クジラの像が消え、発射体は千マイルもそれて茫漠とした虚無に吸いこまれると、明るい星となって燃えあがった。カプセルは反動と逆噴射によってふきとばされ、クジラの周囲をまわる軌道にはいった。これまでの人生のどこかで、ジョナサン・サンズは慈悲の神とめぐりあっており、その影響はまだ彼の中に残っていた。

それは申し分ない軌道とはいえなかった。ロシュが見ればおそらく眉をひそめただろうし、またそれだけの根拠もあった。なぜならその軌道は、ふつうにはありえない相対密度の不均衡を考慮にいれても、ロシュの定めた限界よりかなり小さい半径ではじまっていたからだ。となれば、結果はひとつしかない。そのとおり、カプセルは一時間足らずもちこたえたのち、来たるべき分解のさきぶれとなる軋りを発しはじめた。

彼の運命はきまったわけではなかった。だが実質的には、きまったも同然だった。通信は途絶し、宇宙服のタンクにはまだ十時間分の酸素が残っているものの、かりにその倍の量があったとしても、この窮境を脱出できる見込みは薄かった。覚悟をきめて、崩壊したカプセルの破片とともに、クジラの頭部をめぐる小さな月になるほかはなかった。この悲しむべき事態はまもなく到来し、やがて彼は、紐につながれたヨーヨーほどの自由もない人間衛星になった気分を、身をもって知ることになった。うしろには、発射されなかった熱核弾がうかび、前方にはカプセルの上部がそっくりそのまま、星かげに照らされてものうげに回転していた。ここまで近づくと、クジラはもはやクジラではなく、山脈もなければ、海も、安らぎの場所もない黒い巨大な惑星だった。

彼はオリオンのベルトを基準に、公転周期をはかることにした。一回目は二〇・三分つづいた。二回目は十九・六分、三回目は十八・九分。そこまできて彼は、熱核弾とカプセルの上部がいつのまにか周囲から消え、自分を見捨てて飛び去ってゆくのに気づいた。状況がのみこめたのも、その瞬間だった。彼がクジラに引き寄せられてゆく一方、熱核弾やカプセルの残骸はますます大きな軌道に押しやられているのだ。最終的には、それらは宇宙のかなたへ飛び去るだろう。最後の瞬間はもうまもなくだった。

十八・二分。神のみもとに召されるときが来た。だが目はとじなかった——その必要もなかった。かわりに彼は、星をちりばめた広大な宇宙の暗黒に目をむけた。そこに神のおもざしを見たことはこれまで何回もあったが、いまの彼にもそれが見えるのだった。無窮の、永遠の、するどい目をした顔——新星に傷つけられ、宇宙塵に隠されながらも、一兆の一兆倍もの星々の光に輝いている。彼はつかのま目をとじた。その美と荘厳に、心がひるんでしまったのだ。ふたたび目をあけたときには、軌道はもはやなく、彼はクジラにむかって落下していた。

いまや、あとに残してきたもののことを考えるときだった。光と笑いと愛のこと。炉ばたの火と高価なワインのこと。のぼる朝日としずむ夕日のこと。恋人もひとりいた。月の地底の庭園をいっしょに歩いた記憶があった。彼女の名前を思いだそうとしたが、どうしても頭にうかばなかった。顔を思いだそうとした。ハート形だったろうか？　卵形か？　丸かったか？　細かったか？　わからない。おぼえているのは、二人の歩く道の両側に咲きほこっていた、さわやかな美しい花々のことだけだった。自分が思っていたほど、彼女が好きではなかったのかもしれない。

彼は最後の瞬間のために身構えた。その必要はなかった。最後の瞬間は訪れなかったからだ。クジラには口があったのである——常識的な意味での口ではないが、やはり口にはちがいない。それまで口はしまっていた。いま、それはあいていたが、ふつうの口のようにあいたわけではないので、ある意味では、しまっていると同じことだった。その構成分子をならべかえ、他の分子——この場合、それは全体としてジョナサン・サンズなる存在をかたちづくるわけだが——が通りぬけられる通路を作ったにすぎない。そのプロセスは、体内にはいってからも続いていた。われにかえると、ジョナサンは完全な闇の中を、底知れぬ谷底にむかって落下していた。しかし落ちながらも、下降速度がすこしずつにぶるのが感じられ、やがて落ちているというより、うかんでいるといった状態に近づいたことに気づいた。ほとんど感じとれないほどゆっくりと下にむかってただよっている——いや、下ではない、上へだ。クジラの喉もとに危険がないことはわかった。問題は、腹の中におさまったときどうなるかだった。

思いがけなく、光が周囲にみちあふれ、一瞬ののち、背中のあたりにかたい地面が実体化した。ジョナサンは起きあがり、目を疑った。光のみなもとは、みどりがかった空にかかる小さな太陽だった。彼のいる地面は、広大な岩だらけの土地の一部で、それは三方向にひろがり、下向きではなく上向きのカーブをえがいてなだらかに傾斜し、空にとけこんでいた。第四の方向——彼の真正面——には、穴だらけの玄武岩のかたまりが空高くそそりたっており、彼ははじめ山と勘ちがいした。よくよく見て、それは山ではない——すくなくとも、当初は山ではなかったことがわかった。それは小惑星なのだった。

半信半疑のまま、ジョナサンは立ちあがった。重力が金星とほとんど変わりないので、新地球《ニュー・アース》にいるといっても通りそうだった。だが小さな太陽は、その理論を断固として否定しており、みどりがかった空と小惑星がそれを裏づけていた。小惑星までおそらく半マイルはあり、地表から突出しているのは、そのほんの一部だろう。目に見える部分だけでも、それはエヴェレストほどもあった。

とすると、ここはクジラの腹の中なのだ。

ジョナサンは、自分が震えているのに気づいた。それは、恐怖のような取るに足らない感情から来るものではなく、畏敬から来るものだった。宇宙クジラが大きいことは知っていた。だが、これほどだとは――ひとつの世界ではないか！　空、太陽、大地――

空気もあるのだろうか？

酸素タンクの容量をつげる計器は、ヘルメット内部の、ちょうど目の高さのところに取り付けられていた。ちらりとながめ、十五分足らずの分量しかないことを知った。そうなると、選択の道はふたつということになる。十五分待ってヘルメットをはずすか、それとも今すぐはずしてしまうかだ。かりに待つほうを選んだ場合、貴重な十五分をどのように使うのか？　彼は自問した。月の地底の庭をいっしょに散歩した、あの恋人の顔をなんとか思いだそうか？　ふいに彼は笑いだすと、ヘルメットをはずし、太陽にむかって放り投げた。

彼は思わずあえいだ。空気がなかったのではなく、逆にありすぎたのだ。新地球ではこれまでも、そして今後も望めないような、酸素をたっぷりと含んだ大気だった。旧地球でも、こうはいかないだろう。彼は宇宙服をすっかりぬぎすてると、立ちつくしたまま深呼吸した。顔にふれる日ざしが暖かかった。そよ風が鼻に、育ちゆくもののかおりを運んだ。花、草、穀物。夏のみずみずしい木々——

彼はあたりを見まわして首をひねった。岩と小石と砂ばかりの土地だ。どこを見ても、木一本なく、草花ひとつ——

(ここはだめ、ジョナサン。ここはまだ加工されていない土地——いいかえれば、荒野だから)

彼はふりかえった。声はうしろから聞こえたのではないし、声でさえないことも知っていたが、どうしようもなかった。自分のものではない言葉が心にひとりでにうかんできたら、じっとしているわけにはいかないではないか。

(けれども、それはあなたの言葉でもあるのです、ジョナサン。わたしの考えが、あなたの言葉を着て現われただけ。ちょうど今、あなたがこの考えに言葉を着せているように)

「きみはだれだ?」とジョナサンはいった。

(わたしは、あなたが立っている大地、あなたが吸っている空気、あなたを暖めている太陽、あなたを宇宙の真空から守っている隔壁です。宇宙クジラと呼びなさい——本当は、

あなたのイメージにあるクジラよりずっと高度な生物だけれど)

ジョナサンは両手をあげ、てのひらで両側のこめかみをおさえた。くぐりぬけてきた試練が強烈すぎたのだ。精神が異常をきたし、とうとう無用の言葉をつくりだすようになってしまった。

(無用ではありません、ジョナサン。これは、あなたの語彙という衣装を借りたわたしの考えなのです。知りたいことを考えてごらんなさい。答えてあげましょう。でも、急いで。外的な条件がわたしの注意力を乱したら、コンタクトはとぎれます)

(大きい)と彼は思った。(ばかでかい……桁はずれだ……みにくくて)ややあって、(テレパシーを持ったクジラなんだ!)

(わたしがみにくいかどうかは、見るものによります。仲間の一部のものたちからは、わたしは——美しい、といわれていました)

(雌のクジラだって!)

(そう——わたしは女です。わたしという生き物のいのちを奪うにしのびなかったあなたの思いやりを知って、あなたのいのちを救った女です)

(では、ぼくがねらっているのを知って——カプセルがこわれたとき、ぼくをわざとのみこんだんだな)

(〝のみこんだ〟のではありません——〝吸収した〟のです。ほかに方法はなかったのです、ジョナサン。あなたを死なせたくなかった……いまあなたが立っている加工されていない土地のむこうには、ちがう土地があります。みどりの土地が。そこには、あなたと同じ人たちがいます――わたしの太陽の下にきずかれた文明世界に、あなたの住む場所も見つかるでしょう。行きなさい、その土地へ、人びとのところへ。これは、あなたへの恩がえしです、わたしのいのちを救ってくれたのだから、たとえそれも――それも――）言葉がとぎれた。やがて、（あなたがいま向いている方角にまっすぐ進みなさい。谷が見えてくるでしょう。その谷へ行けば、人生も笑いも見つかります――もし運がよければ、愛も。行きなさい。ジョナサン。ジョナサン。さあ）

彼はしびれたように立ちつくした。（文明だって？　クジラの腹の中に文明世界？　しかし、どうして？　なぜ？）

彼の待ちうける心はからっぽのままだった。

いらだつ意識の地平には、ひとことの言葉も現われなかった。

（しかし、どうして？）彼はふたたび思った。

「しかし、どうして？」彼は声に出して問いかけた。「なぜ？」

太陽は無言の光を投げかけ、みどりがかった空に手がかりはなかった。風は言葉を失っていた。

（そうか、それならいい）ジョナサンは心にいい、宇宙服をヘルメットにつめこむと、酸素タンクをおきざりにして荒野を歩きだした。

こうしてジョナサン・サンズは、クジラの体内にある谷へはいった。それは、美しい谷だった。広々として、一面みどりにおおわれていた。木々があり、道があり、家があり、遠くにはきらめく都市が見えた。海草のかわりに草があり、闇のかわりに光のある世界だった。

日ざしが肩に暖かく、踏みしだく草はしなやかだった。木々の下には、深い涼しい影があった。木々は豊かな葉のあいだに花をつけて魅力を競いあい、枝の上では、虹色の小鳥たちが素朴なアリアをうたっている。ところどころに、旧地球の空を思わせる青い小さな湖があり、両側にはどこまでも耕された畑がつづいている。畑は進むにつれ、いっそうみどりを濃くしていった。そよ風には、あまいかおりがあった。

彼は道路を見つけ、道づたいに歩きだした。なめらかな、かたいマカダム道路だった。うしろに低い音が聞こえるのに気づき、ふりかえると、四輪の乗物がやってくるのが見えた。やがて、それは自動車であることがわかった。本物の自動車を見たのははじめてだが、本——歴史の本——で写真を見たことがあったので、自分がまもなく対決する未知の文明の手がかりをひとつつかむことができた。現実は彼の予測をまったく裏切るもので、はじめ彼はどうしても受けいれることができなかった。

運転者はジョナサンに気づくと速度をゆるめ、車をとめた。男は車体の色と同じ淡いブルーの服を着ていた。中年だろう、こめかみのあたりには白いものがまじっている。「シティまで乗ってくかね？」と男はきいた。

古風な英語で、強い地方なまりがあった。だが、たしかに英語であり、目の前に立ちはだかる現実を無視することはもはや不可能だった。ここにあるのは、『旧地球の書』からの抜刷り——「二十世紀中葉のアメリカ」と題された章なのだ。しかも、それを——こともあろうに——宇宙クジラの腹の中で見つけるなんて。「どうも」と彼はいい、呆然と車に乗りこんだ。そして考えもせず、「なんというシティですか？」

男はじろじろと彼をながめると、膝にある宇宙服をつめこんだヘルメットを一瞥した。車が走りだした。「〝なんというシティか〟といったね？」と男はきいた。

「しばらく——いなかったものだから」ジョナサンはおずおずといった。

「しかし自分が思いこんでいるほど長くはないさ。第二プロスペリティ（繁栄）はまだ完成しておらんよ——あと二年はかかるな……まだ〈魔境〉に金鉱さがしに出かけるものがいたとは知らなかった」

ジョナサンは分別ある沈黙を守った。「死を賭けてまで、ああいうところに行くやつの考えというのは、さっぱりわからんな」男はつづけた。「かりに何か見つけたとしても、それだけの苦労をする値打ちがあるかどうかだ。竜巻や地震にあわなくても、風や雨だけでもたいへんだろう」ややあって、「で、収穫はあったのかい？」

ジョナサンは首をふった。黙っていればいるだけ、まちがったことをいう危険もすくなくなる——それとともに、運転者がこの文明についての情報をあかすチャンスも増えるわけだ。だが、どうやら男は、誘いの水を向けないかぎりもう話すことはないらしく、二人のあいだには沈黙がおりていた。

ジョナサンはその沈黙をたくみに活用した。大気のみどりがかった色あいを、土地のなだらかな上向きカーブと結びつけ、宇宙クジラの体内は、裏返しにされた惑星のようなものだという結論に達した。明らかに、それは生き物の全外殻を占めており、あらゆるものを所定の位置におさめている重力は、おそらく生き物の表皮にある磁場かなにかの作用にちがいない。しかし太陽は——それが実際、太陽であるならば——彼の理解をこえていた。それは球の正確な中心にあり、あらゆるものを固定している力が、それもまた今の位置にとどめているのだろう、彼はそう推測した。しかし、このような異常な環境のなかでの太陽の存在は、彼を困惑させるばかりで、その役割や特徴の分析まではとても考えがまわらなかった。

人間の存在は、はじめ思ったほど信じがたいことではなかった。クジラが彼をのみこんだのは事実なのだから、ほかの人間をのみこんでいたとしても不思議はない。また小惑星をまるごとのみこめるのだから、宇宙船一隻ぐらいたやすいことだ。クジラの寿命を千年あるいはそれ以上と仮定すれば、いまここに住んでいる人びとが、そういった船——これは必ずしも単数形である必要はない――の乗客なり乗員の子孫だという説も、じゅうぶん成りたつ。行方不明になる船は多い。この数世紀、そんな事件がたびたびおこっており、いまだに発見されないものもある。しかし、なぜこの社会が『旧地球の書』の黄ばんだページの引写しなのか、その秘密をさぐる鍵はこれまでのところどこにもなかった。

彼は憶測を一時中断し、周囲の田園に注意をむけた。道路ぎわに、およそ四分の一マイルの間隔で、パステル・カラーの低い家が点々と見えるようになった。家と家のあいだは、畑や果樹園やブドウ園で、数はすくないが牧草地もあった。ときおり遠くに、窓のたくさんある横に長い建物――なにかの工場だろう――が見えることもあり、一度は、原始的な平炉の存在を示す、高い煙突のたちならぶ風景にも出会った。畑や果樹園やブドウ園には、人びとや機械が見え、牧場では牛の群れが草をはんでいた。もちろん、道路もそうした活動から取り残されているわけではなかった。いま彼が乗っている車とよく似た乗物がたくさん走り、加えて荷物運搬車らしい、型のちがう、もっと大きな乗物も見えた。

とあるカーブで、一台の荷物運搬車に追いぬかれたが、それがいきなり正面に出たため、二人の乗った車はどぶにはまりそうになった。ジョナサンの恩人は、ろこつな悪たいをついた。「ハイウェイも近ごろじゃせまくなったものだ」男は愚痴をこぼした。「いくら新しい道路をつくっても、経済成長の速度にはとても追いつかん。第二プロスペリティの完成が待ちどおしいよ。農業は多少ダメージをうけるかもしれんが、すくなくとも人口問題は解決だ」

ジョナサンは考えぶかげに男を見た。「第二プロスペリティがいっぱいになったら、どうするんですか？」

「そりゃ、もちろん、第三プロスペリティの建設にとりかかるさ。第三プロスペリティがすんだら、第四プロスペリティだ。聖書にあるとおりにな……あんた、おかしな話し方をするな、いままでいわれたことはないかい？」

「うまく舌がまわらなくて」とジョナサンはいい、ややあって、「いつかは新しい土地だってなくなるでしょう。そのときは、どこへ行くつもりですか？」

もし好奇心にかられていなかったら、ジョナサンは恩人の投げた視線に、身のちぢむ思いをしたことだろう。「なくなる？　こんなに大きな宇宙でかい？〈魔境〉には近寄らんほうがいいな、あんた。それだけは忠告しとこう。世界を見る目がゆがんでしまう」

「しかし、ほかの意味でいくら奇蹟的だといっても、クジラの腹が無限じゃないことぐらい見当はついているはずだ！」

こんどはすばやい一瞥があっただけだった。宇宙服をつめたヘルメットにも、同じ視線がとんだ。「……クジラの腹だって？」

ジョナサンはいらだちはじめていた。「まさか、クジラの腹の中に住んでいるのを知らなかったなんて、そんなことは言わせませんよ！」

恩人の顔がみどりにかげった。「もし——もしよかったら、ここからはひとりで行きたいんだがね。この先にある十字路で待てば、車をひろえるだろう」

ジョナサンは言葉をかえさなかった。そして車がゆっくりととまると、とびおりた。

「ありがとう」そういおうとして口をひらいたが、相手の姿はなかった。車は全速で走りだしており、後部車輪がそれに調子をあわせようとしゃにむに回転していた。ジョナサンは笑った。なにはともあれ、ひとつ勉強したわけである。クジラの体内に住む人びとは、故意に事実を無視しているか、でなければ、本当に気づいていないのだ。どちらにしても、この問題は今後さけるほうがよさそうだった。

彼はまた笑った。正気を疑われたのははじめての経験だったので、考えるうち愉快になったのだ。やがて彼は、両側にひろがる畑を、前方にまっすぐのびる道路を見やり、木々と作物と家々をながめた。そして、みどりがかった空に目をあげた——

クジラの腹の中だって？

だが、すぐに視線は宇宙服におりた。彼は安堵のため息をもらした。金属とゴムと布とワイヤの集合体にすぎないが、それは彼の正気を裏付ける証拠品なのだ。とはいえ、どれほど心強い証拠品であっても、宇宙服は異邦の客があちこち持ち歩くのに適した品物ではない。はやく始末できれば、それにこしたことはない。近くの雑木林にはいると、彼は葉むらにつつまれた樹木のまたに宇宙服を隠し、道路にもどった。

徒歩行をつづけるうち、恩人の話していた十字路に出た。角に一軒の農家があり、道路に面して小さな農産物店をひろげていた。ジョナサンは、そこにならぶ果物や野菜を見てあっけにとられた。新地球の産物とまったく同じだったからだ――初期の移住者たちが持ちこんだ種から育ったトマト、キュウリ、トウモロコシ、マスクメロン、コショウ、さや豆。見つめるうち、空腹がこたえてきた。汁気をたっぷり含んだトマトが、喉のかわきを痛烈に意識させた。

若い女が青いドレスを着て、農家の庭先の木かげにすわっていた。ジョナサンが足をとめると、女は立ちあがり、店にやってきた。黒っぽい髪、卵形の顔、グレイの目。日焼けした肌には、かすかな金色の輝きがあった。「はい？」と女はいった。

彼は作業服のからのポケットを、気乗りしない指でさぐった。最後にもらった給料のわずかな残り分は、栄《はえ》ある戦艦ファーストスターの宇宙金庫におさまっている。かりに今持っていたとしても、何の役にもたたないだろう。新地球のことなど聞いたこともない人びとの築いた社会で、新地球政府の通貨が役にたつはずがないではないか。

彼はとりわけ大きなトマトを指さした。「これを買うには、どれくらいはたらけばいいんだろう?」

女はゆるぎない眼差しで彼を見つめた。一風変わった発音に気づいた瞬間、かすかにまつげが上下した程度だった。右頬の上に小さなあばたがひとつある。子供のころかかった水ぼうそうのあとだろう。「畑仕事の手が足りなくてこまっているの」やがて彼女はいった。「本気で仕事をする気があるのなら、雇ってあげてもいいわよ。農作業にはそれ相応の給料をお払いするわ」

それ相応の給料とはどれくらいだろう、と彼は思った。だが、きかないほうが分別だろうと思いなおした。いずれにせよ、ほかに道はない。食べるためには、はたらかねばならない。それに、始めるならどこだろうと同じことだ。「いますぐかかってもいいんですが」とジョナサンはいった。「でも、その前に水を一杯ください。

「どうぞ」

女のあとについて家の裏にまわると、彼女は深い冷たい井戸の水をタンブラーになみなみと注いだ。彼がのみほすのを見て、女はもう一杯注ぎ、それから家に行くと裏のドアをあけた。「ちょっと店を見ていて、ママ。新しい作男をパパに紹介しに行くの」女は彼のそばにもどると、「用意はできた？」ときいた。

ジョナサンは彼女に案内されて、太いタイヤのあとが深く彫りこまれた細道を歩いた。どちら側にも畑がひろがり、遠くから、原始的なトラクターのリズミカルなうなりが聞こえてくる。何時だろうと思ったが、たずねる決心がつかなかった。太陽がいつも頭上にある世界には、彼の知っているような時間は存在しないにちがいない。

女の長い脚は道のりを短時間でカバーした。彼の疲れた脚は、追いつくのに精いっぱいだった。

「あなたの名前をきいておかなくちゃ」と女はいった。

彼は自己紹介し、相手も名乗るだろうかと思った。彼女はいわなかった。いま二人はトウモロコシ畑のへりを歩いており、となりの畑では、トラクターが耕転機《こううんき》を引っぱって、トマトの畝《うね》のあいだをやってくるところだった。これまで見てきた乗物と同様、それもガソリンを燃料にしているようだった。背の高い、やせた、中年の男が、トラクターを運転している。

男は畝の終わりでエンジンをとめると、トラクターからおり、ジョナサンと娘がそばに来るのを待った。男の顔は風雨にたえて日焼けし、その淡いブルーの目には、生涯はたらいてきた畑が映っていた。「こちらはジョナサン・サンズよ、パパ」と娘はいった。「ここではたらきたいんですって」

それは嘘だ、とジョナサンはにがい気持ちで思った。だが何もいわず、やせた男がトラクターの側面の道具かけから鍬《くわ》をとり、トウモロコシ畑にむかって歩きだすと、すなおにあとに続いた。女はいま来た道をもどっていった。「暑いな」と、やせた男はいい、一本のトウモロコシの茎の周囲で手ぎわよく鍬をふるった。「かるく耕して、土をすこし茎のまわりに盛ってくれ」男はジョナサンに鍬をわたすと歩き去った。

鍬を使うのは、ジョナサンにとってはじめての経験だった。最後の経験になればいいのだが――時がたつにつれ、彼は真底そう思いはじめていた。しばらくするうち、漠とした無感情が彼をつつみ、思考は停止した。ひとつの畝をのぼり、つぎの畝をくだり、のぼり、くだる。ふいにジョナサンは、日ざしに何かがおこりかけているのに気づいた。日が沈むのだろうか？　彼は目もくらむような驚きを感じた。だが沈むはずがない。ここは新地球ではないのだ。ここはクジラの腹の中であり、彼はジョーナ、トウモロコシ畑のジョーナなのだから。

彼は背をのばし、空を見上げた。日は沈みかけているのではなかった――消えようとしているのだった。さっきまで、太陽はまばゆい黄色をしていた。いま、それは淡い赤だった。クジラの腹の中にも、やはり闇はおりるのだ。

肩に手をおくものがいた。「帰ろう」と、やせた男がいった。

ガタガタブルブルと進むトラクターのあとについて、ジョナサンは農家にもどった。太陽の輝きはますます薄れ、闇が地上をおおいはじめていた。やせた男がトラクターを家の裏手の納屋に入れるのを見ながら、ジョナサンは井戸をめざした。井戸水を顔にあびせ、一方の手首に、ついでもう一方の手首にかけ、水の冷たさを存分に楽しんだ。女がタオルを持ってきた。「食事はいっしょにどうぞ」と彼女はいった。

体をかわかすと、彼女といっしょに家にはいった。ランプやその他の照明は、原始的な送電にたよっていた。料理にはガスが使われていた。台所はなかなか居心地がよかった――

―壁は明るい色で、食器棚もカラフルだった。ぴかぴかの電気器具があちこちに見える。彼女の母親は、彼女がそのまま年をとった姿だった。母親が秋、娘は春だった。

娘は自己紹介した。名前はダーリーン・メドウズ。彼女はジョナサンを母親に紹介し、父親がはいってくると、四人そろってテーブルについた。ジャガイモ、トマト、さや豆、ステーキという献立だった。ジョナサンは昼間見た牛の群れを思いだした。クジラの世界には、何ひとつ不足しているものはない。

食事がすむと、メドウズ氏は手をあげ、ジョナサンをおもてに案内した。太陽はいまではほとんど輝きを失い、かろうじて輪郭が見える程度になっていた。メドウズ氏がおもてのランプをつけると、光がポーチの階段から芝生へとあふれた。メドウズ氏は咳ばらいした。

「よければ、しばらくはたらいてもらおう。息子がコピーライターになるといいだしたんで、野良仕事をかたづけるのに猫の手も借りたいくらいなんだ。近ごろは渡り者もすくなくなった。はたらく気のある渡り者なぞ、ほとんどいない」

ジョナサンは苦笑した。とうとう渡り者になったわけか。もしかしたら、最初からそうなる運命にあったのかもしれない。「寝る場所が要りますね」と彼はいった。

「こっちだ、おいで」

二人は庭を横切ると、ガレージをかねた納屋に行き、せまい階段をのぼって小さな屋根裏部屋にはいった。メドウズ氏が明かりをつけると、せまいベッド、テーブル、椅子、タンスが光のなかに現われた。

「いちおう揃っているはずだが、どうかな？」

ジョナサンはうなずいた。ファーストスターのせまくるしい居住区に比べると、ここは宮殿だった。

「ほかに用がないようだったら、横になりたいのですが」と彼はいった。「疲れました」

メドウズ氏が行ってしまうと、彼はベッドに横たわり、目をとじた。だが眠りはしなかった。眠れなかったのだ。筋肉はこわばり、心はこれまで吸収したふしぎな、ちぐはぐなデータに刺激され、さまざまな理論のせめぎあう場となっていた。星空の下をすこし散歩すれば、緊張もとけるかもしれない――

星空だって！　何を考えているのだ？　クジラの腹の中に、星空などあるわけがない。とにかく散歩はしてみよう、星はなくとも夜空の下を。それから眠るのだ。クジラの腹の中で。

夜気は冷たく、さわやかな風が吹いていた。彼は納屋の裏にまわり、畑のあいだをうねとのびる道に出た。畑はかすかにきらめきながら闇の中に青白くうかび、足もとの道もくっきりとしていた。光があるのがふしぎだった。太陽は消えたはずなのに。彼は夜空に目をあげた――

そして星を見た。

何百、いや、何千とある。青い星、赤い星、黄色い星――

（そうよ、星です、ジョナサン――なぜ、ないと思ったの？　空には星があるものでしょう）

こんどこそジョナサンは、その思考を冷静に受けとめた。（しかし、きみの空は星がはいるほどの大きさじゃない）と彼はいった。（ひとつだってはいりきらないんじゃないか？）

（そうです――はいりません、わたしの小さな太陽を別にすれば。わたしの宇宙は、果てしない海のほとりの、石だらけの海岸にあるひとつの小石といえばいいでしょう。わたしの星は、本当の星ではありません）

（そうはいっても、本当にそこにあるみたいだ）

（そこにあるのです――ちゃんとした実体があるので、わたしの世界の住人たちは、テレビ電波をそれに反射させ、各地に送っているくらいです。でも実際には、それは星ではありません。広い意味では、暑いまぶしい夏の日にあなたもときどき見る飛蚊《ひぶん》（眼球のガラス体液がにごって、眼の前を小さな点が動いているように見える現象）に近いものです。わたしの太陽は、いろいろなはたらきをしていますが、ひと口にいえば視覚器官。わたしの――わたしの目なのです）

（では、きみは体内のこの世界のほかに、宇宙や星も見ることができるのか？　こうした夜の闇の中に立っているぼくまで？）

（ええ、あなたを見ることもできますよ——同時に、何パーセクもむこうの宇宙空間にあるものも。テレパシーの交信は、何百万マイルはなれていてもできるし）

（宇宙クジラの生活はきっとすばらしいものだろうな）

（つらい、さびしい生活です。でも、わたしはそんなことを話すために、あなたとコンタクトしたのではありません。あなたが満足しているかどうか知りたかっただけ）

（これ以上ないくらいだ）とジョナサンはいい、それから、（きみの世界——この宇宙だけど——これが何かのかたちできみの栄養になっていることはわかる——だが、どんなふうにしているんだ？）

長い沈黙があった。やがて、（あなたにはむずかしいかもしれないけれど、なんとか説明してみましょう。こう考えてごらんなさい——この土地、さまざまな成分を含むこれがわたしの食物で、太陽や雨、鳥や虫や非病原性の単細胞バクテリア、夜と昼のサイクルなどは、わたしの消化液なのだ、と。なまの土地をわたしが吸収すると、その成分はじょじょに体に同化されて、エネルギーに変換されるのです。エネルギーの一部は、原子力としてわたしが宇宙を飛ぶのに使われます。でも、それと同じくらいわたしの健康にとって重要なのは、消化液が土地の表面に行なう作用——表土の製造や植物の栽培、それがもたらす光合成のプロセス、腐敗と死と新しい生命の育成なのです。宇宙クジラは、大地を体内に持ったまま生まれてくるのです、ジョナサン、大地と空気と水を持ったまま。ただ大き

くなるにつれ、ときどきは栄養の補給もしなければなりません)

(すると、小惑星を吸収したのはそういうことなのか?)

(小惑星、宇宙塵──それから太陽系の第六惑星みたいな、惑星をめぐる輪の中の氷)

(漂流物は?)

(ときどきは)

(宇宙船もかい?)

前にあったよりさらに長い沈黙がおりた。やがて、(宇宙船は禁じられています。でも、むかしのわたしは向こう見ずで、年長者のいいつけもきかず一隻吸収してしまいました。あなたの暦で、三百年ぐらい前のことになるかしら。船の名前はプロスペリティといって、地球から金星──あなたのいう〝新地球〟──へむかう初期の移住者の一団を乗せていました。いま、あなたといっしょにいる人びとは、その移住者たちの子孫なのです)

(しかし、ぼくらの年で三百年前といっても、人類の文明はこれよりはるかに高かったはずだ。なぜここには、四百年近くも前にほろびた社会の原型がそのまま残されているんだろう? なぜ連中は、宇宙クジラの体内に住んでいることに気づいていないんだ?)

(幼稚な質問ね、ジョナサン──こんなに苦労して説明してあげたのに! 第一の質問から始めるとすれば、この社会は偶然の産物ではなくて、最初の移住者──建国の父たちの注意深い計画によるものなのです。彼らは子孫に、自分たちが享受したようなかたちの科学技術と社会をのこすことはできないと知っていました。理由は単純、そうした社会を作る知識も技術も、ほんのすこししか持ちあわせていなかったからです。そのため彼らの文明は、前進に必要な足場がかたまるまで、数百年後退しなければなりませんでした。でも世代が変わるころには、彼らはある書物を書きなおし、増補することによって、新しい植民地が足場をつくったとき、予定のコースを進めるようすべての準備を終えていました。試みは成功し、いまそれはますます速いピッチでおし進められています。でも、建国の父たちが知っていた文明のレベルに達するには、まだ何十年もかかるでしょう。

第二の質問の答えは、いま答えたなかにもいくらか含まれています。建国の父たちは、彼らが住みついたこの世界から脱出する方法はないと信じて、子孫に誤った希望を与えてはかえって重荷になると判断したのです。そこで彼らは子孫にこう教えました——船にちなんで〝プロスペリティ〟と名づけられた新植民地は、人類文明の新しい出発点であり、それが発生した世界こそ全宇宙なのだ、と。わたしがさっきいった書物も、そうした目的にそって書きなおされ、宇宙船は無用な混乱を避けるため処分されました。はじめのうち、わたしは住民と精神的ふれあいができるとは知らず、できると気づいたときには、手遅れだったのです）

（何が手遅れだったんだ？）とジョナサンはきいた。

（今ではどうでもいいことです）

(きみはさっき、宇宙クジラの生活はさびしいものだといったね)ジョナサンはつづけた。(なぜなんだ? 仲間もいるらしいのに)

待ちうける彼の心は、しばらくからっぽのままだった。やがて、(ええ、仲間はたくさんいます——でも、みんな行ってしまいました。二百年前、みどりの天地を求めてアンドロメダ深淵を横断する旅にのぼったのです——メシエ31とあなたがたが呼んでいる島宇宙めざして)

(ところが、きみはあとに残った——なぜだ?)

(ある意味では、わたしはあなたの世界の古代神話にあるアンドロメダと似ています。ある意味では、わたしもまたアンドロメダなのです——海岸の岩に鎖でつながれ、果てしない海を見ながら怪物に食べられるのを待っているアンドロメダ。でも、神話のアンドロメダとちがって、わたしにはペルセウスはいません——かりにいたとしても、彼にはわたしを鎖からときはなつことはできないのです)

(わからないな)とジョナサンはいった。(さっぱりわからない)

(そのほうがいいのです)

(もうひとつわからないことがある)彼はつづけた。(きみは何百万マイルはなれていてもテレパシーで交信できるといった。もしそれが本当なら、カプセルがきみの軌道上で待ちかまえているのを知ったとき、ぼくの殺意にも気づいたはずだ。なのに、なぜきみは前進をつづけた？　なぜコースを変えなかった？）

　こんどの心の空白はあまりにも長く、クジラがコンタクトを切ったのではないかと思ったほどだった。だが、そうではなかった。しかし意識の地平に現われた言葉は、彼の予想をまったく裏切るものだった。（もしかしたら、わたしは死にたかったのかもしれない）

（どうして死にたかったんだ？）

（ペルセウスのいないアンドロメダには、生きるのは空《むな》しいことです。海岸は暗くさびしく、鎖は体を容赦なくしめつけています。まもなく死ぬとわかっていたら、生きる意志などふるいおこせようもありません）

　彼はショックを受けた。（それでは、怪物は本当にいるんだね！）

（ええ、ジョナサン。まもなくそれは、わたしを食いつくすでしょう。まもなく、わたしは死ぬでしょう）

（しかし、それから逃げられるはずだ。鎖は現実のものじゃない！）

（そう、現実のものではありません。しかし、それが比喩的なものでも、わたしには切ることはできないのです。さあ、もうおやすみをいわなくては）

（いやだ）とジョナサンはいった。（もっと話してほしい）

（もう話しすぎるほど話しました。それに、あなたとコンタクトしたのは、自分のことではなく、あなたのことを話すためなのですよ）

（またコンタクトしてくれるかい？）
（あなたがそうしてほしければね）
（お願いだ）
（わかりました、またコンタクトしましょう。おやすみなさい）
（おやすみ）とジョナサンはいった。（おやすみなさい――アンドロメダ）

宇宙クジラの体内では、夜は九時間、昼は十五時間ときまっていた。一時間は六十分で、一分は六十秒だった。一日が二十四時間というこのわざとらしい偶然の秘密は、秒の中にあった。この世界の一日は、建国の父たちが旧地球で親しんでいた一日よりほんのわずか長かったため、それだけ一秒の長さが引きのばされたのである。

過去の暦法への固執は、同様に新地球でも見られ、それは新地球宇宙軍においても適用されていた。しかしクジラの体内の一日とちがって、金星の一日は旧地球のそれとはかなり異なるものだった。金星では一日があまりにも長いため、人類の感覚でそれを一日と呼ぶには無理があり、その結果、旧地球暦がやむをえず採用され、金星においても、グリニッジを通過する本初子午線に対応するものが定められたのだ。それはともかくとして、ジョナサンが知っていた年は、クジラの世界におけるそれと一致したものの、月の単位は、数世紀にわたって積み重ねられた一日の長さのずれによって、違いが見られた。彼にとって今月は四月――ところが、クジラのそれは三月なのである。だが、その差になれるのに大した手間はかからず、クジラの腹に住みついて二日目の夕暮れが訪れるころには、まったく気にしなくなっていた。

同様に、このような環境に十二ヵ月の観念が存在することも奇妙だった。クジラの世界には衛星も軌道もない。ところが、一年三百六十五日というきまりが、グレゴリオ暦にもとづいて頑固に守られており、四年ごとに、二月には必ず余分な二十四時間がつけ加えられるのである。後者の理由をジョナサンがおもしろ半分にたずねると、ダーリーンはいいかげんな説明でごまかした。彼女によれば、聖書がそう定めているから、そうなのだった。そして、そのような問題は深く考えてはいけないことになっていると、するどくつけ加えた。ジョナサンはそれ以上追及はしなかった。

月があれば週もあり、週があれば週末もあって、そのひとつが間近にせまっていた――二三三九年三月（クジラ暦）の最後の週末である。ガレージの屋根裏部屋にあるカレンダーを見て、ジョナサンは今まで以上の当惑をおぼえた。このクジラの世界の住民――自称プロスパー人は、彼らの短い歴史を、どうやってその年号の持つ意味や、それ以前にある数々の年に相関させているのか？　世界の終末が近いいまとなっては、その疑問もさほど重要ではないが、知りたい気持ちに変わりはなかった。おそらく聖書に、その答えが見つかるだろう。プロスパー人の家庭には必ず一冊あり、メドウズ家にあるそれを読む機会は、今夜にも訪れそうだった。寝室がガレージの屋根裏にあるからといって、そこを居間にする必要はすこしもないと、ダーリーンが声をかけてくれたからである。そんな暗黙の誘いに加えて、彼女は兄のベンの衣装ダンスから、パステル・カラーのスラックス数本とシャツ数着を出して、彼にわたした。ベンはいまプロスペリティに住んでいて、週末に帰ってきてもビジネス・スーツしか着ようとしない、服が無駄になるだけだ、というのだった(厳密にいえば、〝プロスペリティ〟は植民地の名前であって、その中央にある都会の名前ではない。だが、いなかに住む人びとは自分たちを別の集団と考え、都会人と区別しようとしていた)。

聖書をさがすには、なんの苦労もなかった。それは暖炉のかたわらの小さなテーブルの上にあり、〝聖なる書物〟であることをいたるところでうたっていた。「もしよかったら、これをちょっと読みたいんですが」夕食ののち、ダーリーンに誘われて応接間にはいると、ジョナサンはいった。「長いあいだ、見たこともなかったので」

ダーリーンのグレイの瞳に、あたたかい光が宿った。「どうぞ、読みたいだけお読みになって」彼女はいい、テレビの前のソファにすわると、スイッチをいれた。

ジョナサンは彼女のとなりにすわり、膝の上で聖書をひろげた。はじめに『旧約聖書』を調べることにし、「創世記」のページをあけた。それは、欽定訳聖書とドゥエー版聖書の折衷版だったが、これといって目だつ改訂のあとはなく、せいぜいこのクジラの世界に見られない現象を扱った部分――たとえば、夜をつかさどる存在として神が創った「小さい光」など――が抜けている程度だった。同様な削除部分は、「ヨナ書」をのぞいてあらゆる書に見られた。「ヨナ書」は完全に削除されていた。どうやら祖先たちにとって、苦難はよほどのものだったようで、なんとしてでもそれを思いだすまいと心に決めたらしかった。

つづいて彼は『新約聖書』にはいった。これもまた小さな改訂ばかりで、答えを見つける希望は空しいものに終わりそうだった。ところがページをめくるうち、驚いたことに、第三の聖書に行きあたったのである。

それは『今約《きんやく》聖書』と呼ばれ、五部にわかれていた。第一部は「第二の洪水」とあった。そこには、キリストはりつけにつづく二十二世紀間、地上を見守って人間の堕落ぶりに激怒した神が、ふたたび地に水をみなぎらせ、地のおもてを変えたいきさつが語られていた。しかし、それを実行する前、神は、ジョージ・シムズ、ジム・コナーズ、エド・マズア、トニイ・リヴェラの四人に率いられる〈敬虔な少数の徒〉に方舟《はこぶね》を作らせ、プロスペリティと名づけて、その中につぎのものを積みこむよう命じた――雄雌あわせてふたつのホルスタイン牛、ふたつのヘレフォード牛、ふたつのヨークシャー豚、ふたつのランブーイエ羊、ふたつのロードアイランド・レッド鶏、ふたつのナランガンセット馬、ふたつのペキンダック、全員が不自由しないだけの必需品、あらゆる野菜、果物、花の種子／球根／株、大工道具、工具、エレクトロニクス要具、下記の本各一部——聖書、『機械工ハンドブック』、『大工仕事の手引』、マルローズ・ダフィ著『やさしい物理学』、アルバート・ウィトルトン著『百万人の数学』、デイヴィッド・コーリイ著『広告入門』、そしてジョーン・オプティマム・ピーティ著『あなたに作れないものはない』。すべてはスケジュールどおりに進み、四十日と四十夜ののち水がひくと、シムズ、コナーズ、マズア、リヴェラとその仲間たちは、新文明の建設にのりだした。そのとき——といっても、そこに書かれていることをまじめに受けとるとすればの話だが——キリストの再臨がおこった。『今約聖書』の第二部は、「聖ジョージによる第二の福音書」とあった。そこでは、情け深い神がその息子をふたたび地球におくり、こんどこそだれもが正しい道を進むよう見守らせたいきさつが書かれていた。降臨した神の子は、人びとに新文明の青写真を与えた——前進的な経済体制をかためるための明解な手引と、つぎなる信条である。信条は文体、文法とも、第三の聖書ぜんたいの典型ともいえるものだった。「わたしの父は、あなたが何不自由なくしあわせに暮らせるように、この世界をあなたに与えた。だから必ず実行しなければならない。また、つぎのことを忘れないように——人はみな平等なのだ。ある人びとが、かりにあなたより大きな家に住み、大きな車を持ち、有利な仕事についているとしても、彼らがあなたより優れているわけではない。それから、わたしの父の空に近づいてはならない——父は人がそこに行くことを望んではおられないからだ！」

『今約聖書』の第三、第四、第五部は、それぞれ「聖ジムによる第二の福音書」「聖エドによる第二の福音書」「聖トニィによる第二の福音書」と題されていたが、前にある福音書と比べて本質的な相違はなかった。ただし、「聖ジムによる第二の福音書」には、ガソリンで動くモーターの建造法が記されており、「聖エドによる第二の福音書」には、電気を動力とするモーターの建造法、そして「聖トニィによる第二の福音書」には、発電の方法と原油の精製法を述べた――冗長ではあるが――目を見はるエッセイが含まれていた。プロスペリティの建設者たちを非難する材料はいくらでもある。しかし彼らを夢想家として攻撃することはだれにもできないだろう。

ジョナサンは聖書をテーブルにもどし、ふたたびソファにかけた。頭の中には新しい知識が渦巻いており、興奮を鎮めるため、彼はテレビ番組に心を集中しようとした。それは一種のドラマらしかったが、物語も演技も、いままで見慣れてきた洗練されたドラマと比べると稚拙の一語に尽き、すぐにしらけてしまった。ダーリーンのほうは夢中だった――しかし、おもての車まわしにはいる自動車の音と、砂利道を歩いてくる足音に気づかないほどではなかった。

彼女は立ちあがり、半秒でドアにかけつけた。その日は午後から空に雲がむれはじめ、彼女が玄関のドアをあけたときには、雨音が聞こえるようになっていた。「ママ、パパ！ベンが帰ってきたわ！」

メドウズ夫妻があわただしく台所からとびだしてくると同時に、あか抜けしたパステル・カラーのビジネス・スーツを着た、背の高い、茶色の髪の若者が戸口に現われた。「おちつけ、おちつけ」妹の腕から体をふりほどいて、若者はいった。「たった一カ月うちをあけただけなのに、まる一年も顔を見なかったみたいじゃないか！」彼は母親にキスし、父親と握手をかわした。「コーヒーをわかしてよ、ママ。面倒な仕事をかかえてきちゃったんだ。とりかかるなら、早いほうがいいから」

そこでダーリーンはジョナサンに気づき、二人を引き合わせた。ベンの目は妹と同じグレイだったが、そこには疲労のかげが見えた。彼はジョナサンの手をにぎると、「さて、仕事だ」といって台所にはいった。

ダーリーンとメドウズ夫妻があとにつづき、ジョナサンもこれといってすることはないので、それに従った。ベンはブリーフ・ケースをあけると、テーブルに色あざやかなレイアウトをひろげ、その上にかがんだ。「三つのグループにこれをテストしてみたんだが、どこでも反応はゼロなんだ。どころがダームズさんは、これでいいといいはる。問題がどこにあるか調べてこいと、この週末は一日超勤さ。月曜に手ぶらで出社したら、どんなかみなりが落ちるか、今から気もそぞろだよ」

「問題って？」ダーリーンがきいた。

「こんなにかわいい女の子の絵までつけたのに、どうして彼女のすわっている美しい椅子が売れないか、ということさ」

「それは、こういうことじゃないんですか」考える間もなく、ジョナサンはしゃべってい
た。「椅子が売れないのは、女の子がそれにすわっているからです」

ベンはゆっくりとふりかえった。「よくわからないな」

ジョナサンは、二十世紀中葉の社会について知っているすべてを念頭にかきあつめ、ち
ょっと考えたのち言った。「そういう椅子は、一家のあるじ向きのものでしょう。魅力的
な女性との取りあわせを考えたのはいいが、熱心さあまって、あなたは椅子を女性に同一
化させてしまった。夫のためにすわり心地のよい椅子をさがしている妻は、本能的にこの
同一化に反発し、一方、自分のための椅子をさがしている夫には、その女性しか目にとま
らない。そうならないようにするには、椅子のそばに女性がほほえみながら立っている絵
を、画家にかかせるんです。彼女の手には、男性用のスリッパを持たせておく。すると、
夫のための椅子をさがしていた妻は、自分をその女性に同一化できるし、夫は夫で、椅子
からその女性へという連想がはたらくわけです」

ベンは彼を見つめていた。「うん、そうだ。そのとおりだよ。きみは広告マンだったの
か？」

「ええ、まあ——ずっと前のことですが」

「それがしがない作男で満足してるなんて！」ベンは信じられないという顔をした。「ど

こではたらいてたんだ？」

ジョナサンは裏のドアににじりよった。「つまらない代理店ですよ。とにかく、お役にたてて光栄です——役にたったかどうか、あまり自信はないのですが。おやすみなさい」

「待ってくれ。こっちのいのちを救っておいて、そんなふうに行っちまうてはないぜ！」

「いいんですよ、これで」とジョナサンはいった。「そうさせてください。疲れているので」

「あしたの朝、会社にこれを持っていって、きみの提案のことをチーフに話してみるよ。きみのこともいっしょにな」

ダーリーンの瞳には星が輝いていた。ジョナサンはうろたえてドアをあけた。「あしたの夜、帰ったら、どうなったか教えてください。そのときまだ話したかったら、話しましょう。おやすみなさい」

屋根裏部屋の闇の中に寝ころびながら、彼はうしろめたさを禁じえなかった。ここより四世紀近くも進んだ社会に住んでいる人間には、じつに単純な問題であり、それが解決されたとて、アインシュタインが八年生の数学の問題を解いたほどの意味しかない。ジョナサンの文明は、心理的な販売テクニックにも免疫ができてしまい、潜在意識への訴えかけにも反応しないのだ。そんなすれっからしの文明にとびこんだら、哀れなベンはどうするだろう？

ジョナサンはため息をついた。自分が何者か——というより、何者であったか——を打ち明けてしまったからには、今後はそのように見られることになる。もちろん、彼の案が失敗すれば話はべつだが、失敗するはずはないのだ——それが問題だった。彼がこのせまいベッドに横たわり、闇の中でうとうとしているのと同じくらい確実に、それは成功するだろう。アンドロメダの空に太陽があるのと同じくらい確実に。

結果はそのとおりとなった。あくる日の夕方現われたベンは、満面に微笑をうかべていた。ダームズ氏は新しいレイアウトを作らせ、それを四つのグループにテストさせた。どのケースも、反応は九十パーセント以上の好評だった。だが、それはよい知らせのほんの一部で、ベンはさらにつづけた。ダームズ氏にジョナサンの話をしたところ、ダームズ氏はなるべく早い機会——もしよければ、月曜の朝九時——に会いたいものだと語ったという。

ジョナサンは動揺し、その夜アンドロメダの星空の下を歩きながら自問した。この社会の未開性につけこみ、ありもしない才能をあるかのように見せかけるのは、よいことだろうか？　新しい技術を、受けいれる態勢もかたまっていない文明に持ちこむのは、よいことだろうか？——

（ええ、ジョナサン、この場合はよいことなのです。そんなに自分をつきつめようとした

ら、いつかあなたの魂はすりへってしまうでしょう）
ジョナサンは夜空を見上げた。（本当にそれでいいんだね、アンドロメダ？）
（ええ、ジョナサン、まちがいありません。もちろん、消費にもとづく社会の成長を加速することになりますが、長い目で見れば、あなたの影響が多少加わったところで、ゴールに到達する時間はあまり変わらないのです）
（もうひとつ考えたことがある。きみは死を運命づけられていて、もうまもなく死ぬだろうといった。ところが、ぼくが住んでいるのはきみの世界なのだから、ぼく自身もまもなく死ぬことになる——だとすれば、ぼくが何かをするのにどんな意味があるんだ？　それがよいか悪いかは別にして）
彼はアンドロメダの驚きと後悔を感じた。（ごめんなさい、ジョナサン。あなたが、わたしたちのあいだにある客観的な寿命の大きな開きに気づいていないことを忘れていました。主観的にはわたしたちの寿命は同じだけれど、わたしの一年はあなたの千年にあたるのです——こうして話せるのは、わたしが自分の時間をおそくしているから。わたしにとって〝まもなく〟が一年後であっても、あなたにとってそれは千年後なのです）
（千年だって。それじゃ、ぼくは寿命をまっとうできるわけだ——事故や病気さえなければ）
（ここには、プロスパー人が地球から持ちこんだもの以外、病気はありません。彼らが自分でつくりだすもの以外、事故もありません。わたしのサイクロンはおだやかで、竜巻は激しくなく、どちらもでたらめな活動はしません。それらはわたしの荒野を加工し、土壌をもっとも必要としているところにまきちらすのです。それに、わたしには日照りや洪水はありません）

（ジョーナはクジラの腹の中に三日と三晩いただけだった。ぼくはここで一生すごすんだ）ややあって、（きみは前に、建国の父たちが子孫に真実を隠したのは、脱出の見込みがないと信じたからだといった。本当にないのか？）

長いあいだアンドロメダは答えなかった。やがて、（ええ、ジョナサン、ありません）

（もしここで一生を過ごさねばならないとしたら、ぼくにはできることを全部する権利がある。ぼくはプロスペリティへ行くよ。そして自分の〝才能〟をためしてみるつもりだ）

（成功をお祈りするわ）

（ありがとう）とジョナサンはいった。（おやすみ、アンドロメダ）

空の星がかすかにまたたいた。（おやすみなさい、ジョナサン。あなたの昼が日ざしにあふれ、あなたの夜が愛にみちたものでありますように）

こうしてジョナサン・サンズはプロスパー人の都市に行き、彼の感受性とペンは一夜にして正当な評価をかちとった。一週間足らずのちには、専用のオフィスを与えられ、彼のさしずに従う三人のアシスタントと、彼の口から毎日こぼれおちる真珠をうけとる私設秘書と、部屋のそとにデスクをかまえ、無用の外来者から彼を守る女性補佐を持つまでになっていた。

プロスペリティの第一印象は、都会というより無秩序にひろがった郊外住宅地を思わせた。だが、やがてそれは、周囲にある農家や工場と同様、『今約聖書』の青写真に従って、注意深く計画されたものであることがわかった。ビルはがっしりと建てられ、見た目にも美しく、街路は広く、傷ひとつなかった。事実、ひとつの欠点さえなければ、プロスペリティは理想の都市といえただろう。でなくとも、理想の都市に近いことはたしかで、市民が都市の唯一の問題から目をそらしているのも、理由はそんなところにあるのかもしれなかった。毎朝毎夕、空にたれこめるやっかいなスモッグがそれなのだが、市民がそれに耐えているさらに大きな理由は、その発生源が彼らのもっとも畏敬するものにあったからかもしれない——つまり、ガソリンによって動く自動車である。どこの家にも必ず一台はあり、なかには三台も持っている家族もあった。都市に来て二カ月目、ジョナサンもまた車を買いいれた。値段はその利用価値に比べると法外なもので、耐久性にいたっては各部を割りピンで固定したかと思えるほどだったが、クジラの世界では、車を持たない人間は半人前——よろいのない騎士のようなものだった。聖書にどうあろうと、この社会では、人間の価値はその鎖かたびらの見ばえのよしあしで計られているのだ。成功の樹になるあまい果実を味わったジョナサンには、もはや半人前にあまんじていることはできなかった。

車を買った日の夕暮れ、ダーリーンはうっとりとした眼差しで、メドウズ家の車まわしにはいってきた彼を迎えた。これまでにも週末には、ベンといっしょにメドウズ家に帰っていたが、この週末ベンは市に残り、フィアンセの両親の家で催されるガーデン・パーティに出席していた。ジョナサンは、この事態を内心喜んでいた。ベンが嫌いだというわけではないけれども、ベンには彼の意向にかまわず仕事の話をいつまでもつづける癖があり、もっと楽しいことについやす時間がなくなってしまうこともよくあるのだった。

ダーリーンがとなりの座席にすわり、夕食前のひととき二人は、ダッシュボードの輝きや、クッションのやわらかさ、フードの美しさについて語りあった。夕食がすむと、二人はドライブに出かけた。あたたかな夜で、アンドロメダの星々は、黒い大気の中を泳いでいるようだった。ダーリーンは白いドレスを着、髪に赤いリボンを結んでいた。右頰の小さなあばた――彼女の唯一の欠点――が、かえって彼女の美しさをきわだたせていた。

彼は往来のはげしい道を避け、何回もハンドルを切りながら人気《ひとけ》のないいなかにはいった。星空に近い丘にのぼると、彼は車をとめ、ダーリーンの瞳の中に輝く星々を見つめた。彼の私設秘書は有能なうえ美しく、女性補佐のはつらつとした若さはシャンペンも顔負けするほどだが、ダーリーンは夏の日だった。彼はかがむと、ダーリーンにキスし、彼女の唇に隠された太陽と風を、五月のあまいつぼみを味わった。見守る星々がまたたいた。夜風が驚きに息をのんだようだった。

そのあと二人が、家や車や子供のことを話しだしたのは、自然の成行きだった。星かげが降りそそぐもと、話は何時間もつづき、彼はいまさらながらに、知りあって間もない二人がこれほど多くのものを共有している事実に驚嘆した。ダーリーンの小さな、かわいい頭の中から、あとからあとからプランがわきでてくるのも、彼には驚きだった。

まず考えなければならないのは、もちろん、住まいである。一週間後、婚約を発表すると、二人は家を建てるのに最適の土地をさがしはじめた。土地はたくさんあり、迷いに迷った末、彼らは都市区域から数マイルはなれた場所を選んだ。そこはなだらかな丘の斜面で、両側にもたっぷりスペースがあり、ふもとを通る道はプロスペリティに直接通じていて、通勤が労苦でなく逆にくつろぎになるくらいの便利さだった。

二人が住む家に関しては、ダーリーンのほうにいくつかのしっかりした構想があるようすで、ジョナサンはいっさいを彼女にまかせることにした。やがて彼女が練りあげたのは、三層式、たくさんの窓、ガレージふたつという、目下流行の建築様式をみごとに反映したものだった。各レベルは丘の外形に適合し、完成図も周囲の風景に融けあうことがわかった。掘削が始まった。

事業は好調だった。子供は四人つくろう、彼はそう心に決めた。ダーリーンと話しあったときには、いちおう二人という結論が出たが、それでは少なすぎる。続き部屋《スイート》で——もはやオフィス一室では、仕事のスケールに不足だった——そんなことを考えながら、ジョナサンはひとり苦笑した。どうやら彼の中には、はじめ思っていた以上に武骨な農民の血が、色濃く流れていたらしい。今やその血が優位に立とうとしていた。さらには、農民の血統を誇りにしている自分に気づき、自分の変節ぶりに今さらながら驚く始末だった。これまでに書いたたった一冊の本にこんな文章を書いた男が、である——「かりに*Hylobates*（テナガザルの学名）が樹上の棲みかを捨て、他の種《スピーシズ》を凌駕して繁殖する日が来るものとすれば、そのときわれわれのあいだでは、*Hylobates* こそもっとも逞しく永続的な種族なりという観念が常識化し、正常かつ有能な市民であるためには、祖先は、毛むくじゃらの体表と混濁した頭脳を有する樹上の人間もどきであらねばならなくなるであろう」

ある夜、ダーリーンを家に送りとどけたのち疲れをおぼえて、彼は完成なかばの自宅の裏にある丘にのぼると、星空の下に腰をおろした。都市の灯は、ちょっと見には足もとから始まっているようだった。それは光の海となってひろがり、クジラの世界の曲面を手にとるように見わたすことができた。そのむこう——ある意味では、上部——にうっすらと輝くひとにぎりの光は、第二プロスペリティの核。彼の左右では、農家の窓が闇の中に四角い光を投げ、遠くにはところどころ、工場の位置を示す青白い光のかたまりが見える。

明日はまた練り歯みがきやトイレット・ペイパーや合成洗剤に寄せる頌歌を書くことになるだろう。だが明日は遠い先のことだ。今あるのは、夜と風と星とさびしい丘にすわる彼自身だけ。そしてアンドロメダ――

(わたしを見捨ててしまったかと思っていたわ) 彼女がいった。(わたしをすっかり忘れてしまったかと)

(いや、そんなことはない。忘れてなんかいないし、忘れられるものか)

(いつかは忘れるときがきます。そのほうが自然ですもの)

(忘れないよ。世の中はそんなにめまぐるしいものじゃない)

(いつかはそうなるときがきます、ジョナサン) 彼女はいい、ややあって、(このあいだ、この世界に出口はないとわたしはいいましたが、それは嘘なのです)

(なぜ嘘を?)

(あなたに行ってしまわれたくなかったし、あなたが行くといったとき、それをとめるだけの勇気がないような気がしたからです。わたしはひとりになりたくなかった。この二百年のあいだに、わたしがコンタクトした生き物は、あなたがはじめてなのです)

(でも、どうして? きみの世界には、たくさんの人間がいるじゃないか)

(だけど、わたしが話しあえる人間はいません。考えてごらんなさい、ジョナサン。心の中に自分のものでない考えがわいてきたら、だれでもおびえてしまうでしょう? 自分の住んでいる世界がクジラの腹の中にあるなんて、そんな考えがうけいれられますか?)

(無理だろうな、すくなくとも、ここの連中には)

(それはいいとして、あなたにここにいてもらいたくて、わたしは嘘をついたのです。あなたがここにいついたからには、もう嘘をつく必要はありません。もう出ていくことはできないのです、ジョナサン、あなたもまた鎖につながれたのですから)

(どうすれば出られるんだ?)

(ジョーナの場合と似ています。でも、思いのままに、あなたを乾いた土地に吐きだすことはできません。最初に着いた、あの加工されていない土地――荒野――に行けば、出られます。だけどその前にまず、あなたがおりたいと思う惑星の一部を、わたしが吸収しなければ。その自転速度に合わせることによって、コリオリの力を消去し、同時にわたし自身の質量がつくりだす重力を最小にするのです。あなたが地表に立ったとき、わたしは後退し、あなたは解放されます。でも、もう出て行く気はありませんね、ジョナサン? こうなったからには)

(そのとおりだ)そして、(いま、ぼくらはどこにいる?)

(アンドロメダ座をずっと通りすぎた銀河系の縁。アンドロメダ深淵の岸辺です。〝今宵海静まりて、潮満ち――〟(マシュー・アーノルド「ドーバー海岸」)あなたの心の中には、きれいな詩句がいっぱいつまっているのね、ジョナサン)

(なぜ今すぐメシエ31にいる仲間のところに出発しないんだ?)

(そこに行きつく力がないからです。前にもいったでしょう、わたしはあなたの世界の神

話にあるアンドロメダのように、波打ちぎわの岩に鎖につながれ、怪物に食われるのを待っているのだって）

（その怪物の話が信じられないんだ。かりにきみが死にかけているとしても、それは自然死のはずだ。老衰のような）ジョナサンはわれ知らず言葉を切った。（しかし、そんなはずはない。どうしてか、きみが年寄りのようには思えないんだ。きみはまるで――まるで――）

（年寄り？　いいえ、わたしは年寄りではありません。わたしのいのちをむしばんでいるのは、老齢ではなく病気なのです。病気だって怪物といえるでしょう？）

（病気？　わからないな）

（いわないつもりでした。でも、あなたには知ってもらったほうがいいかもしれない。あらゆる生物がそうであるように、あなたのいう宇宙クジラもまた、有害なバクテリアにおかされやすいのです。あなたの健康を害するバクテリアよりはるかに高度な生物ですが、バクテリアにちがいありません……だから宇宙クジラは、宇宙船をのみこんではいけないとされているのです）

彼は呆然としていった。（プロスペリティ。その乗客とクルー……建国の父たち――）

（好気性の多細胞病原体です。はじめは数もすくないけれど、やがて二倍になり、三倍、四倍と増えていく。消費し、破壊しながら。悪意からではなく、ただ自分の中にある生存本能に従って。わたしの養分として必要な鉱石を溶かし、売り、何千年もかかってたくわえた石油を汲みだし、森を伐採し、表土の力を弱め、奪いとるだけで返しもせず、わたしの湖を、わたしの大気を汚染させていくのです。日曜版付録のキリストが約束した科学技術の黄金郷《エル・ドラード》を作りだすために……建国者たちの善意は、まもなく失われました。わたしの広々とした処女地を開発するのに熱心なあまり、彼らは旧地球で学んだ教訓を忘れてしまったのです……そう、ジョナサン、わたしは死ぬのです。あなたの時間にして千年のあいだに、病気は全身にひろがり、わたしを殺すでしょう）

彼は愕然としていった、（知らなかった、知らなかった）しばらくして、（だけど、千年といえば長い時間だ。死ぬまえに深淵をわたり、仲間のところへたどりつけるはずだ）

（いいえ、ジョナサン、わたしには行きつく力も時間もないのです）彼女の悲しみは、ほとんど体に感じとれるほどだった。（最高速度を出したとしても、メシエ31の岸に着くには三千年はかかるでしょう。わたし――わたしは暗闇で死ぬのがこわいのです、ジョナサン、冷たい非情な空虚のなかで死ぬのが。わたしは、人間がつけたクジラという名前にふさわしくないかもしれません。彼らは恐れを知らぬ、勇敢な、野性の生き物でした。何者も恐れはしませんでした――人間さえも）

（しかし人間は彼らを滅ぼしてしまった、一頭残らず。彼らの住んでいた海も、海から盛りあがっていた陸地も。もちろん、悪意からじゃない――だが、ぼくらの動機はそれよりマシなものだったろうか？　強欲は高貴なものなのか？　利己心は？　人間中心主義は？　教えてくれ、アンドロメダ、ぼくらに破壊できないものはないのか？）

彼の意識の地平はからっぽのままだった。（ないのか？　何もないのか、アンドロメダ？）

彼は丘の上、またたく星の下で立ちあがった。（アンドロメダ、答えてくれ。ぼくらに破壊できないものはないのか？）

星はひっそりと彼を見おろしていた。夜風がため息をついたが、言葉をはさもうとはしなかった。ほとんど足もととも思える近さに、都会の光輝く潰瘍があり、遠くには新しい病巣が見える。いまはまだ取るに足らぬほどだが、明日には、それは広大な面積にひろがり、悪性化しているだろう。「答えてくれ、アンドロメダ！」彼は叫んだ。「答えてくれ！」

静けさ。星々。闇。頬をうつさむざむとした風。

「わかった、それならいい」彼は丘を下りはじめた。「破壊がぼくらの本性ならどこまでも破壊しつづけるまでだ」

彼は車にはいった。星かげがスマートなフードにかすかに照りはえ、クロムの飾りを冷たく輝かせていた。丘の斜面を背景に、完成なかばの家が、肉を削ぎおとされたクジラのかぼそい肋骨を思わせる外形をさらしている。彼はまっすぐなハイウェイに車をバックさせると、プロスペリティへむかった。〈前進〉と道路ぎわの広告が謳っていた。〈**人類の夢は前進によってのみ達成されるのです**。提供、プロスペリティ商工会議所〉。いや、商工会議所ではない。今の彼には、それは破滅会議所と読めた。

こうして二三三九年七月二十五日、ジョナサン・サンズは宇宙クジラの体内で、ダーリーン・メドウズと結婚した。事業面ではすでに順風満帆だったが、つづく数ヵ月間に、それはいっそうの発展をとげた。成功と安定、暖炉の火と高級ワイン、すばらしい女性の愛、すべてが彼のものだった。夕べには、わが家の子宮のような安らぎの中で、動き話す影たち――その文化レベルの低さにもようやく慣れた――を観賞しながら楽しい時を過ごし、露のきらめく日曜の朝には教会で、その正確な位置こそわからぬものの、存在には疑いの余地ない神の国の講釈に耳をかたむけ、聖ジョージ、聖ジム、聖エド、聖トニイへのテ・デウムをうたい、また黄金の光にみちた日曜の昼さがりには、新聞の日曜版付録に読みふけった――いつもながら記事は、思いやりと品位をその本性に保ちつづける良きプロスパー人《びと》すべてをやさしく励まし、よりたくさんの赤んぼうを産むように命ずるものだったが、赤んぼうは未来の消費者――そうではないか？――しかも、需要供給経済の成功は、消費の増大いかんにかかっており、需要供給経済こそバラ色の未来社会をもたらす唯一の基盤なのだから、これは当然のことである。

そう、ジョナサンははたらいた。はたらき、観察し、読み、耳を傾けた。だが目前より先のことは、決して考えないように気をつけていた。ところがある日、ダーリーンから赤んぼうができたことを知らされ、あらゆる手を打ったにもかかわらず、わが家の壁はすべて崩れおち、われにかえるとジョナサンは、肉を削ぎおとされたクジラの肋骨のすきまから外にある闇を見つめていた。

プロスパー人がだれしもそうであるように、彼は子供たちのためによりよい世界をつくろうとしている。だが子供たちが彼らの子供たちに望むのも、よりよい世界ではないのか？　さらに彼らが、つぎの世代のために望む世界は？　やがていつか、だれかの子供がクリスマスの朝めざめ、からっぽのくつしたを見つけるみじめな日が来るのではあるまいか？

だが、どのような世界もいつかは滅びるのだ、彼は自分にいいきかせた。人類の存在が世界の死をある程度早めることはあっても、最終的には、それは太陽の死と同様に必然なのだ。この世界の死に心が痛むのは、それが比較的近い未来のことだからであり、この世界とのあいだに精神的なつながりがあるからだ。だがアンドロメダはすでに数万年も生きてきたわけで、しかもまだ千年も余命がある。腹の中に人類がいるくらいで、どれほど寿命がちぢまるものか？——それに人類の破壊がなくとも、いずれは死ぬ運命なのだ。浪費や、天然資源の枯渇、表土の酷使、大気や水の汚染、それらのあるなしにかかわらず、だれかの子供がからっぽのくつしたを見つける日はいつかやってくる。もはや取り返しのつかないことを、彼、ジョナサン・サンズが嘆き悲しむ理由がどこにある？　疑惑はつぎつぎと解け、ジョナサンの心はふたたび晴れた。彼は男が望みうるすべてを手中にしている。不満はない。自分が住む世界をあるがままに受けいれない人間は馬鹿なのだ、彼はそう心にいった。

にもかかわらず、ひとつだけいまだに心から去らない疑問があり、それはじわじわと彼の安らぎの基盤を食い荒しつつあった。ある夜、眠れぬまま彼は裏手の丘にのぼり、星空の下に立った。またコンタクトしてくるだろうか？　それとも、いいたいことは全部いいつくして、いまでは彼は過去の一部になってしまっているのか？——

（いいえ、ジョナサン、あなたを忘れるものですか）

（ひとつ質問があって来たんだ——もっと早くきいておけばよかったんだが）

（おっしゃいなさい。答えられるものなら答えます）

（ごく簡単な質問だ。ただし、ぼくら人間の時間でなく、きみの時間でいってほしい）

（いいですとも。おききなさい）

（きみはいくつだ？）とジョナサンはいった。

（わたしは十七歳です）

夜の闇のなか、いたるところに家々の明かりが見え、彼の背後では、プロスペリティが彩りもあざやかに脈打っている。頭上には星空――

十七歳……

らせん階段をおりてくる、白いドレスを着たひとりの少女の姿が、彼の心にうかんだ。シャンデリアの光のもと、彼女の顔は期待に輝いている。だがダンス場はがらんとして、シュトラウスを演奏する楽団も見えない――

十七歳……

終わりない夜のなか、果て知れぬ冷たい海にのぞむ岩に鎖でつながれ、ただひとり、おびえ、病いにおかされて――

(聞いてくれ、アンドロメダ。これからの計画を話す。答えはきみの星にあるんだ。それと、人間の潜在意識に)

(やめましょう)しばらくして彼女はいった。(死んだほうがいいのです)

(聞いてくれ。ぼくが助けようとしているのは、きみだけじゃない。ここの人びとも助けるんだ)

(でも大きな危険がともないます。たくさんの人びとが死ぬでしょう)

(いま、たくさん死んだとしても、あとで全滅するよりはマシだ。聞くんだ)

アンドロメダは聞き、ジョナサンは自分の考えを送った。やがて彼女はいった。(どのような世界がいいのかしら？）

（ことできるかぎり似ている世界だ。みどりの草や木がおいしげっていて、湖や山や川がいっぱいあるような。ここと同じくらいおいしい空気があるところだ。そんな世界を知っているかい、アンドロメダ？）

（ええ。ここからそんなに遠くないところにひとつあります。あなた――あなたもきっと気にいると思うわ、ジョナサン）

（たぶんね）

（これからそこへ向かい、その周囲をまわる軌道にはいります。時が来たとき、すぐ行動にうつれるように……ジョナサン？）

（え？）

（本当にこれでいいのですね？）

（うん、まかしてくれ）それから、（いま、きみの星がひとつ落ちた）

（落ちたのではありません、消えただけ――でも、お願いをなさい、ジョナサン）

（では、きみの幸運を祈るよ――仲間のところにもどってしあわせになれるように。おやすみ、アンドロメダ）

（おやすみなさい、ジョナサン。あなたもしあわせにね）

最初のメッセージが各家庭のテレビ画面にひらめいたのは、あくる日の晩だった。ちょうどゴールデン・アワーの番組の最中だったので、全人口のたっぷり半分がそれを見ることになった。もちろん、意識して見たわけではない。しかし、かりに気づいたとしても、それが星から発せられているとは夢にも思わなかっただろう。それは単純なメッセージで、あとにつづく言葉がなければ無意味ともいえるものだった。**救いはジョナサン・サンズ、**と、それは告げていた。

ジョナサンの指示に従って、アンドロメダはそれを何回も何回もくりかえした。この作戦は、心ならずも産業社会に巻きこまれた宇宙クジラにとっては簡単なことだった。そして、いうまでもなく産業社会じたいも、クジラの星空がなくては成立しないのだ。アンドロメダはただ、彼女の星が反射する画像電波の一部を変化させ、必要な単語のイメージを一瞬つくりだしたにすぎない。

つぎの晩には、メッセージはさらに複雑化し――内容も切迫したものとなった。**もし太陽が消えたとしたら？**と、それは問いかけていた。つづいて最初のメッセージ、**救いはジョナサン・サンズ。**

三日目の夜には、メッセージはこうなった、**もし真昼に、太陽が消えたとしたら？**その夜すこし遅い時間には、文章がわずかに変わって、**もし真昼に、太陽が消えたとしたら、世界はどうなるか？**

あくる日の正午、そのとおりのことがおこった。ほんの短い時間だが、人びとを驚かせるにはじゅうぶんだった。その夜、メッセージはこう調子を変えた、**太陽がないとしたら、世界はどうなるか？** そして、**救いはジョナサン・サンズ。**

あくる日、二十分間にわたって太陽が消えた。効果は満点だった。そのころには、プロスパー人全員がメッセージの洗礼を受けており、来たるべき災厄を疑うものはいなかった。かりに多少の疑惑が残っていたとしても、その夜のメッセージが最後のとどめとなるはずだった。**世界の終わりは近い。救いはジョナサン・サンズ。今すぐサンズに連絡をとろう。**

ジョナサンには用意ができていた。こうして、プロスペリティ政府の全面協力のもとに、クジラの内外を問わず、人類の歴史上かつてなかった秩序正しいエクソダスが組織され、実行された。

〈魔境〉の一部には、すでに約束の地が用意され、人びとの到着を待ちうけていた。おびえるプロスパー人たちは、身のまわり品をかかえ、家畜を従え、あるものは荷物を山積みしたトラック――彼の許可した唯一の乗物――を運転して、整然とその地にくりこんだ。

合図を送る前、彼はアンドロメダに連絡をとり、残留者がひとりもいないことを確かめた。そして慈悲深い空を見上げた。（用意はできたよ、アンドロメダ）

闇がおり、恐怖の叫びが周囲でおこった。彼はひたすら沈黙を守った。もはやなすべきことはない。闇は濃くなり、完全な暗黒が訪れた――肌に感じとれるほどの暗黒だった。

やがて地表がかすかにゆらぎ、見知らぬ空にのぼってゆくクジラの途方もない外形が見えるようになった。

恐怖の叫びは大きくなる一方で、大地はクジラの巨大な影にすっぽりとつつまれていた。だが、それもほんの短いあいだだった。影はアンドロメダの上昇につれてみるみるちぢまり、星かげがそのあとにおずおずと現われた。つかのま彼女は巨大な慈愛にみちた月のように天にぽっかりとうかんでいたが、すぐに遠ざかりはじめた。飛び去る彼女のうしろには、切れた鎖そっくりの星座が輝いていた。

ジョナサンは動くこともできなかった。喉もとには苦痛の刃がくいこみ、眼はかすんでいた。宇宙クジラも泣くのだろうか？

(ええ、ジョナサン、泣くのです――今になってはじめて気がつきました)

彼の胸はかたくこわばり、息もできないほどだった。なぜこんなふうに感じるのだろう？　と思った。はだかのまま、たったひとり取り残された自分。そう感じるのは、もしかしたら、その資源を奪い、土地を荒し、海や川を汚す前、人が旧地球を〝母〟と呼んでいたことと関係があるのかもしれない。

(あなたには、ほかの人たちとひとつ違ったところがあるのです、ジョナサン)宇宙の深みから、アンドロメダの声が聞こえてきた。(それは、物事をあるがままのかたちで愛し、それ以上の何ものをも求めない、あなたの優しさです。あなたは人びとの指導者となるのにふさわしい人なのですよ）そして、（さようなら、ジョナサン。あなたの昼が日ざしにあふれ、あなたの夜が愛にみちたものでありますように）

白いドレスを着た少女がらせん階段をおりてくる。だが今ではダンス場のフロアは人でこみあい、楽団も待機している。彼女のまわりにむらがる求婚者たち。楽団はシュトラウスを奏ではじめる——

音楽にあわせてくるくるとまわりながら遠のいていく彼女を、ジョナサンは見つめた。十七歳、そして、もうひとりぼっちではないのだ。

（さようなら、アンドロメダ）涙が頬を伝っていた。神さまのご加護を！

サンタ条項

Santa Clause

「用件を聞こう」煙が晴れると、悪魔はいった。「一晩中おまえにつきあっている暇はないのだ！」

ロスは生つばを呑みこんだ。五線星形《ペンタグラム》の威力がこれほどだとは、夢にも思っていなかったのである。邪神のまえに進みでるか、それともデスクを隔てたままでいるか、しばらく迷ったのち彼は後者に決めた。悪魔が外交儀礼などに心を動かされるはずがないことは確信があった。

「どうなんだ？」

ロスはまた生つばを呑みこんだ。「サ——サンタ・クロースが存在するようにしてほしいのです」

「なるほど……だれにもか、それともおまえだけにか？」

「もちろん、わたしだけにです」とロスはいった。「みんなに存在するようになったら、こっちは一文の得にもならない。フォード社のグリーンのエドセル（高級車でありすぎたのか大量に売れ残った）みたいに、インフレがおこるにきまってる」

「なるほど、一理はあるな」悪魔は考え深げに尻尾の先で首すじをかいた。「それに、独創的な要求であることも認めないわけにはいかん。その観点から考えたものは今までひとりもいなかった……もちろん、考慮すべき条件はあるわけだが」

「そうだと思った」

「そうはやばやとすねるでない。〝考慮すべき条件〟というのは、わしにしても、幼児期の幻想をこまぎれに与えることはできんということだ。サンタ・クロースの存在を願うなら、サンタ・クロースに付随するすべてを受けいれ――そのルールに従って生きていかねばならんぞ」

八頭立てのトナカイにひかれた赤い橇《そり》のイメージが、ロスの心をよぎった。空想は彼の得意とするところではなかった。「べつに問題はないと思いますが」

「それなら結構！」悪魔はローブの下からガリ版刷りの契約書をとりだすと、手首の静脈を切り、自分の空欄を埋めた。そして書類をロスにわたした。「なかなかいい条件だと思うがな」

「どうですかねえ」印刷の美しさに眼を見はりながら、ロスは文面を通読した。ふいに彼は叫んだ。「ここにあるのはなんですか？　終生ですって？」

「そのとおり。この件に関しては、時間制限の権利を放棄してやる。わしの気が変わらんうちに署名をしたほうがいいぞ」

ロスはペンをとり、自分の手首の静脈を切ると、さらさらと名前を書きあげた。「しかし、なぜ？」

悪魔は流し目をくれた。「そのうち、わかるさ」例のとおり煙がぽっとたちのぼり、例のとおり硫黄のにおいがただよい、あとには例のとおり、だれもいない空間……

その年、ロスはわくわくしながらサンタ・クロースに手紙を書いた。彼はただちに本論にはいった。**親愛なるサンタ様、そして、つぎのものをお贈りください。一九五九年型キャデラック・ド・ヴィル、ボディ・サイズ40・24・40のジェーン・マンスフィールド型美女、最高級ウィスキー五十二箱、シュリッツ・ビール三百六十五箱、ウィスパー誌の年間購読権——**。できあがったリストは壮観で、これが全部わがものになるとはロスも本気で信じてはいなかった。だが最初の三点だけでも手にはいるなら、来世を投資したことも決して無駄ではない。

ところが、サンタは何もかも持ってきたのである。クリスマスの朝めざめると、ロスは——前述の品目のほかに——つぎのようなものの持主になっていた。食品がぎっしりつまった冷凍庫、どっしりしたクロムの冷蔵庫、酒場三軒、まっ赤なリビングルーム、テラコッタ色のベッドルーム、マルキ・ド・サド全集、金ぴかの二十四インチTVセット、小さな犬の人形がとびだし、吠え声で時刻をつげるスプートニク壁かけ時計、電気オルガン、それに添えて教習本『六週間短期コース——あなたもオルガン演奏ができる!』、クロムの浴室アンサンブル、ウラニウム鉱山、ロレンス・ウェルクの大型徳用版レコード・アルバム、ブルックス・ブラザーズ・シャツ三百六十五着、日曜大工セット、南海の島、最新ベストセラー『わたしのために何がある?』のデラックス版、鎮静剤《ミルタウン》六グロス、電車、指ではじくとビーッビーッ!と鳴るスプートニク・ライター、スイス・アルプスのシャレー、そして純金の栓抜き。

キャデラックは彼の自我に奇蹟をもたらした。生まれてはじめて、彼は一人前の男になった気がした。ところでマンスフィールド型の美女だが、彼女の名はキャンディスといい、ロスはひと目見るなり彼女にプロポーズした。それほど悩殺的だったのだ。もちろんキャンディは、はいと答え——美女が自分にひと目惚れするように、追伸で指定しておいたのである——同じ日の午後、二人は、となりの州の治安判事のまえで結婚を誓いあった。

アパートにもどると、ロスはクリスマス・プレゼントを両腕に抱きしめた。長いあいだ空《から》っぽのクリスマス・ソックスでがまんしてきたかいがあったぞ、キスしながらロスは思った。しかも、これはまだ最初のプレゼントなのだ。これから毎年もらうプレゼントのことを考えると、頭がくらくらした。このつぎのリストは、書きもらしのないように早くから作りはじめることにしよう。

まもなくキャンディは身を引いた。「おやすみなさい、ダーリン」

「きみにすてきな夢をプレゼントするよ！」彼女をつかまえてもう一度キスをする。かわいいブロンド娘なら当然そうするように、キャンディはキスにこたえた——ある点までは。その点を越えると、彼女は身をふりほどき、寝室にむかった。ロスはあとにつづいた。キャンディは戸口に立ちどまった。「おやすみなさい、ダーリン」彼女はもう一度いい、目のまえでドアをしめた。カチャリという いらだたしい音がして、錠がおりた。

ロスは信じられず、ピンクのパネルを見つめた。そしてパネルをたたきはじめた。キャンディがドアをほんのすこしあけると、彼はどなった。「いったいどういうことなんだい？　ぼくらの新婚初夜じゃないか！」

「ええ、そうよ、ダーリン。だから二回もキスしてあげたでしょ？」

「たしかにキスは二回したさ。だけど、それがどうだっていうんだ？　キスするだけのために結婚したんじゃないんだぜ！」

彼女は驚いたようにいった。「じゃ、どうして結婚したの？」

答える間もなく、ふたたびピンクのパネルと対面していた。もう一度たたいたが、今度は返事はなかった。しばらくすると手が痛くなり、あきらめた。

　彼はワイン・キャビネットへ行き、I・W・ハーパーを指四本ぶん注いだ。ひと息で飲みほし、さらに指四本ぶん注ぐ。それもひと息で飲みほした。とつぜんロスは、だれか――または何か――が窓をたたいているのに気づいた。部屋を横切り、サッシを押しあげる。小柄な、青白い男が、窓台のすぐそとにおりた吊り腰掛けにすわっている。片手には銀のバケツ、片手にはパテ用のこて。

「こんな時間に修繕なんて！　だいたい何をやってるんだ？」

「もちろん、窓に霜を塗っているのさ」青白い男はいった。「こんな寒い夜、おれが何をすると思ってる？」

　怒りのあまり、つかのま口がきけなかった。ややあって、「名前は？　これは管理人に報告するからな！」

「管理人ね、ハハ」と青白い男はいった。「管理人ね、ハハ」

「〝ハハ〟はこっちだ、あんたが名前を教えなければな！」

「おれはジャック・フロスト（霜の擬人化された呼称）だよ、馬鹿。おたくの窓に霜を塗るやつが、ほかにいるかい？」

　ロスは目をまるくした。「ジャック・フロスト！」

　青白い男はうなずいた。「まさにその人」

「やめてくれ、おれは子供じゃないんだ、ジャック・フロストなんて存在するはずがな

「ほう、そうかい。なら、サンタ・クロースだって存在しないはずだぜ！」

ロスは力まかせに窓をおろした。ワイン・キャビネットにもどると、I・W・ハーパーをさらに指四本ぶん注ぎ、げんなりした顔でソファにすわった。

彼は考えようとした。悪魔はなんといっていたか？　幼児期の幻想をこまぎれに与えることはできない。サンタ・クロースをこの世に存在させると、サンタ・クロースにともなうあらゆるものが同時に存在する羽目になるのか？

ジャック・フロストだって？

まあ、べつにふしぎではない。ジャック・フロストは幼児期の幻想に不可欠のものではなかったか？

そんなばかな、とロスは思った。おれは断じて信じないぞ！

一気に酒を飲みほすと、からになったグラスを暖炉にほうりこむ。そして不機嫌に寝室のドアをにらんだ。とつぜん彼は、うしろにだれかが立っている気配を感じ、腹だたしげにふりかえった。案の定、そこにはだれかがいた——まっ白なカウボーイ・スーツを着た、ひょろりとした長身の男である。腰には銀色の六連銃、金色のギターをかかえている。頭にかぶったソンブレロの上には、丸い蛍光灯を思わせる光輪が輝き、胸には〝G・A〟の文字を刻んだクロム製の星、そして背中からは一対のピンクの翼がはえていた。

ロスはため息をつき、うんざりしていった。「わかったよ。おまえはだれだ？」

翼のあるカウボーイは、金色の弦をボローンとはじき、まのびした声でいった。「あんたのG・Aよ」

「おれの何だって？」

「あんたの守護天使《ガーディアン・エンジェル》」

「カウボーイ・スーツを着てギターをかかえた守護天使なんているものか！」

「時代におくれちゃいかんからなあ、相棒。まるで馬鹿みたいだろう、白いローブと竪琴なんていう格好で出てきたら？」

そのいでたちだってまるで馬鹿みたいだよ、と口まで出かかった。だが、いわなかった。どうしたものか、あまり話をしたい気分ではなかったのだ。いくぶん焦りの色を見せて、彼は部屋を見まわし、I・W・ハーパーのびんにまだすこしバーボンが残っているのに目をとめた。それをきれいにあけてしまうと、もうろうとした頭でソファにもどり、横になった。守護天使はどこからか毛布を持ちだしてきて、なかにもぐりこんだ。

しばらくすると、小さな赤いバケツを持った砂男（子供の眼に砂をまいて眠りにさそうという伝説の睡魔）がはいってきて、ロスの目に砂をふりかけた。

不毛のキスとおちつく先のない議論、そしてジャック・フロストと砂男の夜ごとの来訪に一週間たえたのち、ついにロスのなかには大酒を飲む態勢がととのった。時節ももってこいの大みそかで、その夜ロスとキャンディと守護天使の三人が陣取ったのは、サンタから贈られた酒場のうちの一軒の、薄暗い片隅だった。

予想されたことながら、キャンディは酒にほとんど口をつけなかった。これはロスには大きな失望だった。このつぎクリスマス・リストにマンスフィールド型美女をつけ加えるときには、どのような女か必ず指定することにしよう、彼はにがにがしく自分にいいきかせた。赤いフランネルの服を着たじいさんも、そろそろ人生の真実にめざめていいころだ。

ロスの目から見るかぎり、それはさんたんたる夜だった。もっともキャンディは――つつましやかではあるが――彼女なりに楽しんでいるようすで、守護天使にいたっては大はしゃぎだった。ひっきりなしにギターをかきならし、甘ったるい声で唄をつぎからつぎへとうたいながら、何度も立ちあがり、独特の横ばいステップで小さな輪を描いて踊るのである。ロスとキャンディのほかには、だれの目にも見えないし、だれの耳にも聞こえないというのに、そんなことはまったく苦にしていないようすだった。

十一時をまわるころ、ロスは、大鎌を持った老人がテーブルのあいだを動いているのに気づいた。老人に注意をはらうものはなかった。というより、その姿はだれにも見えないようだった。すこしのあいだ、ロスは首をひねっていた。やがて午前〇時になると、老人は出てゆき、かわっておむつ一枚だけの丸々とふとった赤んぼうがよちよちとはいってきた（西洋には、一年という時間を擬人化した伝説がある。年のはじめは赤んぼうであり、それがしだいに成長し、年の暮れには老人となる）。

「むちゃくちゃだ！」とロスはいった。「出よう」

三人が帰りついたアパートの窓のそとでは、ジャック・フロストが上機嫌で仕事をしていた。薄暗い片隅に眼をやると、そこには砂男がうずくまっていた。守護天使はソファのところに行き、寝支度をはじめた。キャンディはパステル・ミンクをぬぎ、挑発するように部屋のまん中に立った。

「さあ、いいわ、おやすみのキスをして」と彼女はいった。

一月なかば、守護天使との果てしない論争に明け暮れたのち、ロスは離婚訴訟専門の弁護士を訪れた。「わたしの結婚を無効にしていただきたいのです」

「まあ、おちついて」と弁護士はいった。「無効にしてさしあげましょう――充分な根拠をわたくしどもに示していただけるなら」

「根拠ですって？　そんなものなら、二十回分の結婚を取り消すくらいある！　妻はわたしにキスしか許してくれないのです！」

「それだけでは、無効――あるいは離婚の理由にはなりませんな。奥さんに何をしてほしいというのです？」

ロスは顔にかっと血がのぼるのを感じた。「何をしてほしいかって、それがわからないんですか？」

「見当もつきませんな」

「いいですか、ここで喧嘩なんかしたくない。一回だけいいますよ。絵までかくのはごめんだ。あなたの奥さんは、あなたとキスしたあと逃げだして、ひとり寝室に閉じこもってしまいますか？」

「もちろん、そんなことはしません！　しかし、それとこれとは別だ。あなたはちがうんですからな」

「ど、どこが、どうちがうのですか？」

弁護士は途方にくれた顔をした。「さあ——どういったらいいのか。ただ——ちがうんですよ」

「なんてこった！」ロスはいい、床を踏みならして部屋を出ると、力まかせにドアをしめた。

五人目の弁護士にことわられたのち、彼はとうとうその試みを放棄した。

二月の末になると、キャンディは編みものを始めた。編んでいるのは小物ばかり。ロスが前に立ちはだかると、彼女ははずかしそうに眼をふせ、「赤ちゃんが生まれるのよ」といった。

すこしのあいだ、ロスは口がきけなかった。こういう場合は、慎重に言葉を選ばなければならない。長い時間をかけて、彼はようやく目的の語を見つけだした。それはあらゆる条件をみたしていた――

「だれの？」

キャンディは彼を見つめた。「あなたの赤ちゃんにきまってるじゃない。あたしの夫でしょ？」

「きみがそういうなら、そうだろうな」

「だったら、そんなおかしな質問なさることないでしょ！　あたしがあなた以外の人にキスを許すと思う？」

ロスはため息をついた。「いや、思わないよ」

彼女の妊娠を信じたわけでは、もちろんない。だがロスは調子をあわせることにした。何週間かたつうちに、キャンディは目をうたがうほどしあわせそうになっていった。そして編みものは、それ自体に意味があるかどうかは別にして、彼女の人生にこれまで欠けていた目標を与えたようだった。

キャンディがマタニティ・ドレスを買うようになってからも、彼は調子をあわせつづけた。現実からどこまでも逃避したいのなら、それでもよいではないか。もっとも彼女が近ごろ太ってきたことは、彼としても認めないわけにはいかなかった。だが、それだって彼女の食べっぷりを考えれば、べつに驚くほどのことではない。

守護天使は、ギターをかきならし、唄をうたい、六連銃を磨きながらいすわりつづけた。ジャック・フロストは、ほとんど毎晩のようにパテ用こてとバケツを持って現われ、砂男は一夜も欠勤したことはなかった。しかし、この暗澹《あんたん》とした状況のなかにも、明るい面がないわけではなかった。

たとえば三月のはじめ、ロスは歯を抜いたのだが、このとき歯医者が歯をゴミ罐に捨てようとするのを見て、ふと思いだしたのである。幼児期の幻想によると、たしか歯には貨幣価値があったはずだ。そこでロスは歯医者からその歯を取り返し、眠るまえ枕の下に入れた。案の定、あくる朝には、それはぴかぴかのコインに変わっていた。フムム、と彼は思った……

昼さがり、ロスは近所にあるおとなのおもちゃ屋を訪れ、単価二十五セントのおもちゃの義歯セットを二ダース買いいれた。そして、その夜ソファの上の毛布にもぐりこむ前、枕の下に義歯セットをひとつ置いた。一セット二十本、いま歯は一本五十セントの値打ちがあるから、これで十ドルにはなるはずだ――もし歯の精がうまくひっかかってくれるなら……。歯の精はたくらみにひっかかり、あくる朝ロスは純利益九ドル七十五セントを手中にしていた。計画はふたたび軌道にのりだした。

また復活祭になると、やってきたウサギに、ありきたりのかたゆで卵ではなく純金の卵をおいていくように交渉してみた。この作戦も大成功——どんな女を妻にしているとしても、これには陥落し、彼のいいなりになるはずだった。ところが、キャンディだけはちがっていた。彼女は編みものの手を休めようとせず、やがて十時になると立ちあがって、こういうのだった。「ねえ、おやすみのキスをしてくださらないの？」

六月、街をゆくサマー・ドレスの娘たち……ロスはものほしげに周囲を見まわしはじめた。おれくらい同情されてしかるべき男もいないだろう、と彼は思った。ところが守護天使の見解はまったく逆で、ロスがちょっとでも色目をつかおうとすると、とたんに肩に重い手がおり、朗々たる声がひびくのである——

「世の中でいちばん許せんのは、かわいい奥さんを泣かせる野郎だぜ。奥さんを大事にしなくちゃ、相棒。大事にな。聞いてんのかい？」

「家に帰って、砂男や歯の精とピノクルでもやってろ。こっちは忙しいんだ」

「大事なのは奥さんよ、奥さん」守護天使はそうくりかえすと、嚇《おど》しが嘘でない証拠に、ロスの首根っこをつかんで家に運び、ベッドに放りだした。

ロスは意気消沈して天井を見つめた。クリスマス・プレゼントにもらった女房ができそこない、いっしょについてきた守護天使が、ゼーン・グレイの小説に出てくる正義の騎手なみのおかたいやつだとわかったとき、おまえはどうする？　彼は自問した。

答え――べつの女房を注文する。

より詳しくは――**親愛なるサンタ様、新しい妻をお贈りください**、と手紙に書く。そう書けば、第二の妻が到着した時点において第一の妻が自動的に消去される。

幼児期の幻想世界では、男が二人の妻を同時に持つことはできないはずだ！

すこし気分がよくなった。あくる日からロスは、サンタ・クロースに出す手紙を書きはじめた。二年つづけてサンタ・クロースに一杯くわされることがないよう、夏いっぱい、さらに秋にはいるまで文章を練りつづけた。こっくりこっくりしはじめると、砂男が目に砂をふりかけに来る以外、邪魔をするものはなかった（暖かい気候の訪れとともに、ジャック・フロストは姿を見せなくなっていた）。

ハロウィーンになると、彼は仕事をいったん中断し、魔女や妖精を追いまわすことに専念した。この日の収穫はかなりのもので、よぼよぼの魔女からホウキを盗みとったり、足の不自由な小鬼《レプレコーン》をつかまえて宝の隠し場所を聞きだしたり、ついにはティーンエイジャーの手伝い妖精《ブラウニー》二ひきを説きふせて来年中の家事を全部押しつけてしまった。だが翌日には、彼はふたたび手紙の推敲をはじめていた。

十一月も終わりに近いある夜、ロスは窓ガラスをこつこつとたたく音に気づいた。ちょうどリストの六〇〇二番に突入したところで、ブランデーかスコッチ・アンド・ソーダでも飲もうかと考えていた。キャンディは気分がわるいといって、今夜は早く床についていた。

音はいつまでもやまない。ロスは立ちあがり、窓に近づいた。寒い夜なので、ジャック・フロストがもどってきたにちがいないと早合点し、どなりつけてやろうとサッシをあげた。そして、ジャック・フロストとは似ても似つかぬものであることに気づいた。

そこにいるのは、一羽のコウノトリだったのだ。

それはまた最後の望みが断たれた瞬間でもあった。ロスは窓をたたきつけるようにしめるとデスクにかけより、鉛筆と紙と定規をとりだし、五線星形《ペンタグラム》を作りはじめた。

数分後に現われた悪魔は、例のとおり嘲るような細い目で彼を見つめた。「ほう」悪魔はいくぶんうんざりした顔でいった。「今度はなんだ?」

「サンタ・クロースが存在しないようにしてほしいのです。砂男もジャック・フロストも守護天使も含めて。しかし何よりも、コウノトリが存在しないようにしてください!」

「なるほど……だれにもか、それともおまえだけにか?」

「わたしだけにきまってるじゃないですか。売りわたすのは、わたしの魂なんだから……それに、だれにとっても存在してるわけじゃない」

「ある意味では、だれにでもさ」と悪魔はいった。「最初の会合のときにいった〝考慮す

べき条件〟とは、そういう事態をいっているのだ。幼児期の幻想を細分化できないという
わしの欠点は、幻想を実体化するときはもちろんのこと、消去するときにも現われる――
消去するさいには、今ある現実だけでなく、残存する幼児期の現実まで取り去ることにな
るぞ。発育期にさかのぼって、根本的な性格まで変えてしまわなければ、完成したことに
はならない。これは、なかなか複雑な――」
「ちんぷんかんぷんだ」とロスはいった。
悪魔は腹だたしげに尻尾をふった。「わしがいおうとしているのは、つまり、現在のお
まえにとってコウノトリの概念はばかげているかもしれんが、遠いむかし、おまえの人生
のある局面がそれによって耐えられるものになっていたということだ。ここまで成長する
過程で、おまえが性生活に対して幻想を持っていられたのも、そのおかげなのだ」
「性生活の幻想なんか必要はない。ちゃんとした現実さえあればいいんだ」
「よし、望みどおりにしてやろう！」悪魔はガリ版刷りの契約書をまた一枚とりだすと、
静脈を切り、所定の空欄を埋めた。書きながら、悪魔は条項を読みあげていった――「本
契約への署名により原契約は破棄される……署名者の生活から幼児期の幻想に関するいっ
さいの信念を消去……契約の有効期限――終生」
「またですか？」
「きょうも寛大な気分なのでな」と悪魔はいい、ペンと契約書をよこした。

ロスはつかのまためらった。どうしたものか、今度は終身契約を見ても心が晴れなかった。だがつぎの瞬間、頭にうかんだのは、通過不能のピンクのパネルのかなたで乙女のように眠るキャンディと、窓のそとで待ち構えているコウノトリのことだった。彼は急いで静脈に傷をつけると、名前を書きこみ、ペンと契約書を返した。

煙が晴れると、ロスは部屋を見まわした。砂男がいつもうずくまっていた片隅は、がらんとしている。ちらりとうしろをふりかえる――守護天使の姿もない。耳をすます――窓をこつこつたたく音も聞こえない。

ロスは思惑ありげに寝室のドアに目をやった。

ピンクのパネルを見たとたん、なぜか心の高ぶりがおさまった。

だが、とにかく立ちあがり、ドアに近づいてノックした。「どうぞ」あたたかい声が聞こえた。

「おはいんなさい、ダーリン」

彼は手をのばし、ノブにふれた。これからはしめだされることはないだろう。とつぜん彼の頭に、キャンディの姿がうかんだ――ばかでかい乳房をさらけだし、あられもない姿で汗くさいベッドに横たわる女……喉もとにこみあげてきた吐き気に、ロスは窒息しそうになった。彼はノブから手をはなすと、くるりと背を向け、アパートからとびだした。

けがらわしい生き物め！　と彼は思った。わきあがる憎悪をおさえるのは不可能だった。ロスには、彼女が母親と同じくらいけがらわしい存在に思えるのだった。

ピネロピへの贈りもの

A Pattern for Penelope

一九五六年二月一日は、ミス・ハスケルのカレンダーの上でことのほか重要な意味を持つ日であった。ほかならぬその日、彼女は新しいメガネが必要なことに気づいたのである。銀河的見地からいっても、一九五六年二月一日は、また別の意味で重要な日であった。相対自転周期や相対軌道速度といった因子を考慮のうえ決定される銀河暦において、それに相当する「日」は、それまで銀河系の倫理観を支えていた〈傲慢〉と〈自負〉の粗野な支柱のかげから新しい精神が現われ、二十五万の太陽を擁する文明の光のもとに一歩を踏みだした記念すべき日なのである。その出現がきわめて恵まれた条件のもとでおこったため、銀河系時間にして数分のうちに、それは全銀河文明の注視を集めるところとなり、中央集権機構に大打撃を与えたばかりか、ついには過去数十世紀にわたって無視されてきた数多くの後進文化の存在を、最高評議会が承認せざるを得なくなるという事態にまでたちいたった。

しかし、その精神は必ずしも新しいものではない。原始地球においては、それはすでに数世紀も前から知られており、哲学者たちはそれになんらかの名称を与えようとしのぎをけずっていた。それを「素朴なセンチメンタリズム」と呼ぶものたちもおり、またひとりは「生命の崇敬」と名づけた。そのような現象に精通しているといわれる地球の詩人たちは、それを「謙譲の美徳」と呼びならわした……

その発端において、一九五六年二月一日は——ミス・ハスケルに関するかぎり——それに先行する一九五六年一月三十一日と比べて、とりたてて異なった日になりそうな予徴はなかった。その日もいつもの時刻に起きだした彼女は、階下にかけおりると、暖かなキッチンで着替えをした。そして湯わかしをストーブにのせると、ニューイングランドの冬を評する変わりばえしない言葉をふたことみことピネロピに投げかけ、何も知らずにミルクをとりにおもてに出た。

小さなミルク箱のふたをあけたとたん、一枚の請求書が冷やかに彼女を見返した。最初に目にとまったのは、白い紙面に斜めに書きなぐられた「お願いします」の文字。ちょっと驚いたのは、その下にいつもある三列の数字が今度は四列になっていることだった。彼女はしぶしぶいちばん下の合計金額に目を移した。二十三ドル十七セントと、それは読めた。なにげない発端にもかかわらず、その日がいつもとちがうものになりそうな予感を感じたのは、その瞬間だった。

彼女は寒い風のなかで身を震わせた。海から運ばれてくるきめ細かな雪が、海岸と平行にのびる低い丘陵をこえ、彼女の家を見つけて、むきだしの裏のポーチを軒先から軒先へと吹きぬけてゆく。いちばん高い丘の頂きにひとりの少年がたたずみ、波さわぐ陰鬱な海原を見わたしていた。少年の姿が目にはいったが、彼女は気にもとめず、きびすを返してそそくさとキッチンにもどった。

「これからどうしたらいいかしらね。ピネロピ」ミルクのびんをテーブルにのせ、そのわきに請求書をおくと、彼女はいった。「どうしたらいいか、わたしにはわからないわ！」

ピネロピはあくびをした。そして、なめらかな灰色の体をさも心地よげに伸ばすと、揺り椅子からとびおり、自信にみちた足どりでストーブのかげにある皿に近づいた。

「ええ、そうですよ、おまえはそんなことなんにも考えてくれないんだから」と、ミス・ハスケルはいった。「年金をちびちびつから算段をする必要もないし。ただ居眠りしたり、ミルクを飲んだりするだけ。おまえみたいにミルクをがぶがぶ飲む猫なんて見たこともありませんよ」彼女はミルクびんの錫箔のふたをあけ、ストーブのところへ行って皿にミルクを注いだ。「でもね」と、彼女はやさしくつけ加えた。「おまえがいなかったら、わたしは毎日どうして暮らしていけばいいやら」

ミス・ハスケルはテーブルにミルクびんをもどし、食器棚からティーバッグとカップを出した。窓ぎわを通りすぎたとき、ふたたび少年をながめ、はじめて少年を意識した。雪の降りしきる窓のそとに目をやったまま、彼女は立ちつくした。少年は丘の頂きにじっとたたずみ、雪をちりばめた灰色の荒海を、それが一生で出会うもっとも重要な景観ででもあるかのように見すえていた。まあ、あんなところに立って、凍えてしまうわ！　ミス・ハスケルは思った。吹きっさらしのなかにコートも着ずに出ていくなんて自殺も同然じゃないの！

彼女はドアをあけ、裏のポーチに出た。そして、か細い声をふりしぼって風のなかに叫んだ。「坊や、坊や！」ややあって少年はふりかえり、彼女を見た。距離はかなりあったが、その少年にはふつうとどこかちがったものがあることに彼女は気づいた。

ミス・ハスケルは少年を手招いた。つかのまのためらいののち、少年はこちらにむかって歩きだした。白い丘をくだり、風の吹きすさぶ小さな畑を通りぬけた。去年の夏、ミス・ハスケルはそこでいんげん豆とさつまいもを作ったものだった。でこぼこの地面を、少年は軽い足どりで危げなく歩いてきた。そしてポーチの階段の下まで来ると、問いかけるように彼女を見上げた。

今まで見たこともないほど大きな丸い目だった。その灰色の深みを見つめていると、奈落のふちに立ち、理解を絶する茫洋とした思念をのぞきこんでいるような錯覚におそわれるほどだった。彼女はすこし取り乱したが、少年の奇妙な上着のひらいたカラーと、血の気のない白い両手に気づいて、われにかえった。最初にわきあがった感情は怒りだった。「すぐお家にはいりなさい！」トム・ソーヤーを叱りつけるポリイおばさんの口調で、彼女はいった。「こんな冬の寒い日に、コートも着ずに風のなかに立っていたりして。死んでしまいますよ！　あきれた！」

少年の目がわずかに見開かれたように思えたが、確信はなかった。これ以上大きくなりそうもない大きな目なのだ。彼の表情は、ミス・ハスケルが小学校の教師をしていた遠い昔、しばしば彼女をとまどわせた、壮大な白昼夢のなかに遊ぶ生徒たちの表情とどこか似かよっていた。しかし、それもつかのまで、たちまち目に見えて打ちとけた親しげな表情に変わった。「そんなに寒くはありませんよ」少年は驚くほど快活な声でいった。「でも、はいれとおっしゃるならはいります」

「そんなに寒くないですって！」ミス・ハスケルはそういうと、ドアに手をかけ、少年をなかに通した。「もう半分凍っているみたいじゃないの！」（その言葉にいつわりはなかった。少年の顔や手は信じられぬほど蒼白だった）「おすわりなさい、今お茶をいれてあげますからね。あなたの名は？」

「オテリスです」少年は、小さな混みあったキッチンのなかにあるすべてのものに興味があるように、周囲を見まわした（ピネロピは、彼には見えないストーブのかげで一心不乱にミルクを飲んでいる）。

「おかしな名前だこと！」ミス・ハスケルは食器棚からもうひとつのティーバッグとカップをとりだした。「これからの人たちは子供にどんな名前をつけるのかしらねえ！　あなたのお家はこの近くなの？」

「ええ、まあ」少年は窓に面した揺り椅子に腰をおろした。そこから大西洋は一望のもとだった。「相対的にいえば、とても近いところです」

なぜ帽子をとらないのだろう、とミス・ハスケルは思った。今の人たちはもう子供を昔のようには育てないのかもしれない。昔は子供たちに寒い思いをさせないようにいろいろ気をくばったのに。あの帽子にしても、銀色の針金みたいなものを粗っぽく編んで、ちょこんと頭にのっけただけで、耳なんかむきだしのまま！

彼女はため息をついた。「もうだれが越してきたやら越していったやら、近所の人たちのこともわからないの。おばあちゃんになると、年のたつのが早いこと！」

「そんなお歳でもないんでしょう？」オテリスがたずねた。

「もう六十五ですよ！」

「そんなの、おばあちゃんのうちにははいりませんよ。それに――」

ミス・ハスケルはスプーンをとりに食器棚の引出しに行った。ふりかえった彼女を驚かせたのは、その小さな訪問客のうえにおこった態度の変化だった。少年は硬直したように、口を半びらきにして揺り椅子にすわっていた。その目は、キッチンの床を彼のほうに動いてくる何かのうえに釘づけになっている。それは今では、たしかに大きく見開かれていた。

「いったいどうしたの？」

少年は答えない。ミス・ハスケルはその視線を追った。サーベル・タイガーでも見たような顔つきだったが、そこには、ミルクを飲みおえ、ストーブのかげから現われたピネロピしかいなかった。揺り椅子の所有権を主張するかのように、ピネロピは堂々とその前まで歩いてゆくと、一瞬足をとめ、考えぶかげに少年を見上げた。オテリスは目を途方もない大きさに見開いて、すくみあがった。

「まあ、はじめて猫を見たみたいじゃないの！」

そのときピネロピがとびあがり、ふわりと彼の膝にのった。少しのあいだ少年は動くことさえできないようだった。体をかたくして揺り椅子の背にのけぞり、椅子のアームを白い手で力いっぱい握りしめている。ピネロピが膝より高くあがってこないとわかると、彼はようやく緊張をといた。そしてピネロピが気持ちよさそうに体を丸め、目を閉じると、はじめて椅子のアームから片手をはなし、安らかに息づく灰色の体をおそるおそるなでた。

少年の顔がとつぜん驚きに輝いた。「ふしぎだ、音を出してる！」

「のどを鳴らしているだけですよ！　あなた、猫がのどを鳴らすのも聞いたことがないの？　あなたは都会《まち》の子？」

「猫のことまでは勉強しなかったんです。読みとばしてしまったのかもしれない。だけど専攻は海洋学なんです。ぼくの惑星レポートが段階評価の対象になったいちばんの理由は、それですから」

「やっぱりあなたは都会《まち》の子ね。そんな風変わりな学問を勉強していながら、猫みたいなあたりまえの動物のことをなんにも知らないなんて！」ミス・ハスケルはストーブから湯わかしをおろすと、ふたつのカップに湯をついだ。「わたしは何も入れないほうが好き。でも、よかったら、ピネロピのミルクをすこしあげてもいいのよ。ああ、それからお砂糖も要るわね。子供はみんなお砂糖が好きだから」

「同じでいいです」オテリスはすかさずいい、彼女がどんな飲みかたをするか見定めようとでもするように、じっと見つめた。

「気をつけて飲みなさいね。とても熱いから」彼女は自分の椅子にかけると、湯気のたつカップを口もとにあげ、注意ぶかくすすった。

オテリスもそれにならった。あら、まあ、すぐにカップをおろしてしまって、と彼女は思った。カップをおいた拍子に少年の手がミルク代の請求書にふれた。彼は紅茶以外なら何にでも関心があるという様子で、紙をとりあげた。「これはなんですか？」

「ミルクのお代金の請求書、そしてピネロピの死亡届けよ」ミス・ハスケルは椅子に沈みこんだ。「今日お金が払えないと、その紙の〝お願いします〟という字がなくなって、ミルクがこなくなるの」

「なぜ払わないんですか？」

「払えないのよ。年金がまだ当分届かないから」

「ピネロピが死んでしまうということですか？」灰色の目が最大の大きさに見開かれた。

「ミルクがなければ、そういうことになるわね」

オテリスは膝の上で体を丸めている猫を不意に見おろした。指が猫の背中をそっとさすると、のどを鳴らす声はしだいに大きくなり、キッチンにひろがった。「こんな美しい生き物なのに。死なせるなんてかわいそうです。まちがってます」

「まちがっていることはこの世界にたくさんあるわ。でも、そのほとんどはわたしたちにはどうしようもないのよ」ミス・ハスケルはいい、こうつけ加えた。「こんな話、しないほうがいいわね。小さな子を前にして、話相手のないおばあちゃんみたいにいつまでも愚痴をこぼしたりして。さあ、お茶を飲んで、ピネロピのことは忘れておしまいなさい」

「どうして猫のことを勉強しておかなかったんだろう」彼はつぶやくようにいった。そして不意に目を上げると、窓のむこう、本降りになった雪のかなたに黒くひろがる大西洋をながめた。少年らしい憧れの表情がその顔にうかび、目ははるかかなたを見つめた。そのまま長いあいだ身じろぎもせず、ぼんやりとすわっていたが、その表情はしだいに薄れてゆき、やがて彼はピネロピに視線をもどした。

「ぼくは昔から海が好きだったんです。どうしてかわかりません。ものすごく大きいからかもしれない」

「海が、猫とどういう関係があるの？」ミス・ハスケルは当惑してきいた。

少年の口元に微笑がうかんだ。〝悲しげな〟という言葉が、ミス・ハスケルの心をよぎったが、彼の澄みきった瞳を見たとたん、それはたちまちどこかに消えていった。「大ありですよ」少年はそういうと、ピネロピをそっとかかえあげて頬ずりし、キッチンの床におろした。「もう行かなければなりません。お茶をごちそうさまでした」

「どういたしまして。だけど一口でも、あなたは飲んだのかしら」

少年は請求書をもう一度とりあげると、じっとそれに目をこらした。奇妙な帽子の銀色の針金が輝いたように見えた。やがて彼は紙をおき、ドアにむかった。

「まっすぐお帰りなさいね」ミス・ハスケルは立ちあがってドアをあけ、少年にいった。

「今度あんな寒い丘の上に立っているのを見たら承知しませんよ！」

「もうそんなことはしません」

少年はポーチの階段でしばらく足をとめると、雪にけぶる丘のかなたにある鉛色の海を見わたしていた。そしていっきに階段をおり、いちばん高い丘めざして畑を歩きだした。

「さようなら」少年が肩ごしにいった。

「さようなら」ミス・ハスケルは風にむかって叫んだ。

彼女は部屋の窓から少年の行方を追った。おもてはすでに吹雪になっており、丘にたどりついた少年の姿はぼんやりとしか見えなかった。あの子はきっとこの先の海岸の、冬でも住める別荘にいるんだわ、とミス・ハスケルは思った。はっきりきいておけばよかった、とつぜん後悔の念がわきあがった。それに、なぜ学校に行かないのかきくのも忘れていた。だがもう遅い。少年は、いま丘を登っていた。ニューイングランドの吹雪のなかを歩むおぼろな人影。激しい風がおこり、少年のいるあたりを白い雪の雲でつつんだ。そして雪がおさまったとき、丘の人影もまたかき消すようになくなっていた。

ミス・ハスケルはため息をついた。寂しさがこんなに身にしみて感じられることはなかった。だが、もちろんピネロピがいる。そしてピネロピがそばにいてくれるかぎり、彼女は本当に寂しい思いをしなくてもすむのだ。ピネロピのことから、彼女は請求書のことを思いだした。ぞくっと身震いしながらテーブルに歩みよると、どこか目につかないところに隠してしまおうと請求書をとりあげた。新しいメガネが必要なことに気づいたのは、隠し場所を思いめぐらしながら、ふとその紙に目をやったときだった。

司会者は、最後の子供が物質瞬送機のたて長の光輪の中から現われ、スタジオの定められた席につくのを待っていた。そしてテレカメラの巨大なレンズの前に進みでると、銀河系全域の視聴者にむかいあった。彼のかたわらでは、〈改変機〉がこみいった銀色のクモの巣のようにまたたき、きらめいている。

「ごらんになりましたとおり、『わたしの好きな原始惑星』エッセイ・コンテストの入賞者のみなさんが、エッセイのテーマとして選んだ惑星の訪問を終え、ただいま帰還いたしました。訪問のあいだ、入賞者のみなさんには、その優秀な成績を賞して時間改変が許されております。まもなく、ひとりひとりが進み出て、〈改変機〉の前でその確認が行なわれるでしょう。

このコンテストは、将来銀河市民となられるみなさんに、わたしたちが受け継いだ科学的遺産の全能性を銘記していただくと同時に、劣性文化の言語、慣習、文学の研究を通して、わたしたちの文化の至上の優越性を認識していただくため、〈若い優越心育成協会〉の主催で行なわれたものです。もちろん、一部の枢要な時間パターンに干渉した場合におこりうる大きな時間分岐現象を避けるため、入賞者は、地理学上の改変をすべて表層的パターンに、また歴史学上の改変を、哲学的・倫理学的思潮から外れたできごとだけに限るよう、指示されております。入賞者に許された改変は、それぞれ一回です」

司会者は、やがてステージの子供たちに向いた。スタジオの照明の下で、子供たちの白い顔は輝き、頭にかぶった改変ヘルメットがまばゆくきらめいている。「それでは、ひとりずつ進み出て、はっきりと大きな声で改変を確認してください……では、最初にアレサさんにお願いしましょうか？」

アレサはとりすました足どりでステージを歩くと、こみいったクモの巣の銀色のきらめきの前に立った。「タース7のもっとも美しい都市〝テキット〟の名を〝アレサ〟に」と、彼女はいった。

〈改変機〉がブーンと唸り、アレサは席にもどった。

「ヴォリスくん？」

ヴォリスがおずおずと進みでた。「フルイス3の最大の大陸〝リリエル〟の名を〝ヴォリス〟に」

「ストリスくん？」

「サイリス12、マトナネット国の〝メトヌーメン〟政体を〝ストリス〟政体に」

「エローラさん？」

「トラヌスカ2の〝ティブ〟川を〝エローラ〟川に」

「オテリスくん？」

急にはずかしさがオテリスのうちにこみあげてきた。銀河系全域の地理の教科書に自分の名を刻みこんだ有名な子供たち――と比較して、自分は何をしたのか？　だが、つぎの瞬間、はずかしさは消えていた。いま彼が感じているのは誇りだけだった。オテリスは〈改変機〉の輝くクモの巣の前に立つと、いわなければならぬことを静かな威厳をこめていった。

「ソル3、アメリカ、マサチューセッツ州、スミスポート、ルーラル・ルート四番地在住、ミス・アビゲイル・ハスケルのミルク代請求書の金額二十三ドル十七セントをゼロに。そして同じ請求書にあった文字〝お願いします〟を〝支払いずみ〟に」

いずれにせよ、北〝オテリス〟洋では、響きがよくないではないか。

雪つぶて

The Other Kids

二人の陸軍将校がジープで着くころには、いなか町の人口の半分が、野原のまわりに集まっていた。大した数ではない。しかし雲行きは険悪だった。ショットガンがちらほら見える。ほかにも、ライフル、ナイフ、鉛管、野球バット。

ブレア大尉は、トラック二台に分乗した兵士たちの到着を待ち、それから群衆を押し分けて野原に出た。シムズ中尉が続いた。

シェリフは、ま新しい二七〇口径を小脇にかかえ、群衆を前にして立っていた。大尉を見てうなずくと、「軍隊にまかせたほうがいいと思ったもんだから」と、かすれた小声で言った。「これは、ちょっと手に負えない」

大尉は空飛ぶ円盤を横目で一瞥した。それは、野原の中央に着陸しており、十月の日ざしを浴びて鈍く輝いている。超大型のアラジンのランプに似ているが、火屋《ほや》や台ばかりか装飾のまったくないアラジンのランプだった。口外したことこそないけれども、大尉は円盤の記事にはたいてい目を通していた。だから、その大きさも、常日ごろ思い知っていた。だが、これは失望だった。はっきり、見そこなったといってよい。小さすぎて、ひとり乗れば満員になってしまいそうなのだ。一パイント壜くらいの火星人でも想像しないかぎり……。裏切られたような気持ちだった。日曜の朝のこころよい眠りを犠牲にしてきたというのに、このざまとは。

それでもとにかく、と彼は考え直した。これは、正真正銘、最初の空飛ぶ円盤の実物なのだ。身の丈が一パイント壜くらいであれ何であれ、もし内部に生物がいるとすれば、彼はそれとコンタクトする最初の人間となるわけである。まもなく将軍たちが到着するだろうし、参謀本部のだれかの顔も見えるかもしれない。だが、彼らが着くまでのあいだ、責任は自分にあるのだ。小さな金色の落ち葉が、目の前を舞った。

彼は中尉をふりかえった。まだ年若く、彼の個人的な意見を言うなら、軍隊には用のない軟弱な男である。「兵を展開させろ」と大尉は言い、つぎにシェリフのほうを向いた。「町の連中を避難させろ！　怪我をしても知らんぞ」

野原が急に騒がしくなった。群衆は命令をほどほどに解釈してあとずさりし、ほどほどに声をひそめて不満の意思表示をし、部隊がようやく通れるくらいに道をあけた。兵士たちは控え銃の姿勢で走ってくると、中尉の命令のままに円盤の周囲に散開し、地面に這いつくばった。

中尉は上官のわきにもどり、二人はそこから小さな円盤をながめた。中尉の心には、何かひっかかるものがあった。子供のころのできごとと関係があるように思えるのだが、何だったのかはっきり思いだせず、それがいらだたしさをかきたてていた。思いだしたい部分のすぐ手前までは行く。けれども、そこまでなのだ。

状況ははっきりと覚えている。新しく引越した家、初雪の朝……見慣れぬベッドルームの窓から見る雪はすがすがしい純白だった。だから服を着るあいだ、頭の中にあることといえば、おもてにとびだして雪のかたさを見きわめ、雪だるまや、それから多分お城でも造って遊ぶことだけ。

朝食をとっていると、近所の子供たちの叫び声や笑い声が聞こえてきた。あまりにも興奮してしまい、オートミールも喉を通らないほどだった。一息でミルクをのみほすと、すこしむせながら、上着とレギンスをとりに廊下へとびだした。母は、首のところがいつもむずがゆくなるウールのえり巻きをまいてくれ、トボガン帽子をかぶせて、あごの下のボタンをとめてくれた。

彼はまぶしい朝の日ざしの中にとびだした……

思い出はそこでとぎれる。努力はするのだが、それ以上はどうしても思いだせないのだ。

やがて中尉はあきらめて、円盤に神経を集中した。いずれにしても、今は思い出などにひたるときではない。いったい何がそんなものを触発したのか、彼には見当がつかなかった。

「面倒なことになるでしょうか？」彼は大尉にきいた。

「われわれはピクニックに来てるんじゃないんだ、中尉。もちろん、面倒なことになるさ。これは、戦争行為かもしれんぞ」

「あるいは平和使節かも」

大尉の険しい顔に血がのぼった。「夜陰に乗じて降りてきて、レーダーをごまかし、こんなへんぴな土地に着陸する、そこまでやられて、まだ平和使節だというのか、中尉？」

「しかし、こんなちっぽけな宇宙船です——宇宙船には違いないにしても、玩具《おもちゃ》じゃありませんか。まわりをこすると、きっと魔物がもくもくと煙に乗ってあらわれますよ」

「中尉、それが軍人の態度か。まるで子供だぞ、そのしゃべりかたは」

「以後気をつけます」

いつのまにか、ひっそりとした朝になっていた。群衆はときたま落ち着かなげに歩き、ひそひそとささやくだけだった。兵士たちは、くすんだ緑の草のなかに無言でひれふしている。雲ひとつない空を、V字形の雁の群れがのんびりと南へむかって飛んでゆく。

ふいに教会の鐘が鳴りはじめた。ショッキングな轟音の波は野原全体を洗った。大尉すら少しとびあがったほどだった。だが、すぐ体をたてなおしたので、気づいたものはなかった。彼は意識してゆっくりとタバコに火をつけた。

「みんな、讃美歌の本はちゃんと持ってきただろうな」と彼は大声で言った。

神経質な笑い声が、待機する兵士たちのあいだにさざ波のようにひろがった。「ハレルヤ！」と、だれかがどなった。なかなか図太いじゃないか、おやじ。

鐘の最後の響きは、長いあいだたゆたい、しだいに薄れていった。群衆は口々にささやきあっていたが、しりぞく気配はなかった。シェリフは赤い大きな絹ハンカチをとりだし、二七〇口径の銃身を磨きはじめた。彼は二人の将校のすぐうしろに立っていた。

円盤は日ざしの下で、謎めいた輝きを放っている。大尉は、痛みはじめた目を休めるため、ちょっと視線をそらした。ふたたび目をやったとき、円盤の上半分はハマグリの上蓋のように開きだしていた。蓋は、日ざしを受けてきらめきながら、ゆっくりとうしろにあがった。まもなくそれは停止し、何かが内部からあらわれ、地面へとおりた。大きな、きらきら光るふたつの眼と、たくさんの手足を持つ生き物だった。

大尉は四五口径を抜いた。兵士たちの円陣のあちこちで、ライフルの遊座《ボルト》が鳴った。

「怪我をしているようです」と中尉は言った。「見てください、あの手の一本が——」

「銃を抜くんだ、中尉！」

中尉は四五口径を抜いた。

魔物は宇宙船の影の中にいる。その眼が青白く輝いていた。朝風が山なみから吹きおろし、野原の草をそよがせた。陽光がさんさんと降りそそいでいる。

やがて魔物は影から歩きだした。それは二人の将校にむかって、やってきた。体は青みがかった緑だった。手足は数えきれないほどたくさんあるが、その大部分は足だった。走っているのか歩いているのか、それを判定することは不可能だった。

大尉がきびしい声で言った。「発射を命じろ、中尉！」

「しかし、どう見ても害はなさそうです」

「その目はふしあなか？　現に攻撃をしかけてるぞ！」

シェリフのしわがれ声に力がこもった。「うん、こちらにむかってくる」中尉の首筋に、シェリフの熱い息が触れた。

中尉は無言だった。今まで忘れていた記憶のかけらが、十五年の歳月を経て意識下からうかびあがった。

彼は家の中から、ふたたび明かるい日ざしの中にとびだしていた。そして、子供たちが雪遊びに興じる、通りのむかい側へとかけだした。雪つぶてには気づかなかった。だれかが強くかため、思いきり投げつけたものにちがいない。それは、まともに彼の顔にあたり、目の前がまっくらになり、苦痛が爆発した。

彼は通りのまん中で足をとめた。はじめは何も見えなかったが、やがて闇は晴れた。しかし、それもつかのまだった。つぎの瞬間には、ふたたび何も見えなくなった。今度は苦痛ではなく涙だった。そして彼は家へかけもどっていた、母親の暖かい腕のなかへと……

大尉の声ははりつめていた。「もう一度機会を与える、中尉、発射を命じろ！」

中尉は無言で立っている。その顔は、よみがえった苦痛のために歪んでいた。

「射て！」大尉が叫んだ。

朝の大気の中に、すさまじい爆発音がとどろいた。

大尉も、兵士たちも、シェリフも、みな魔物にむかって発砲した。魔物の目が、これた電球のように光を失った。そして生き物は、もつれた手足の中に崩折れた。

大尉を射ったのは、中尉だった。大尉はあっけにとられた顔で、ゆっくりと地面に倒れた。頭の上半分は、帽子とともに吹き飛ばされていた。

中尉は走りだした。自分の家を捜したが、どこにも見えなかった。合点がいかなかった。ついさっきまで、そこにあったのだ。

子供のひとりが、小さなかすれた声で何か叫んでいる。だが、彼はとまらなかった。走りつづけた。家を見つけなければ、自分の家を、母親の暖かい腕を……

第二の雪つぶてが、まともに後頭部を打った。それは、最初のほど痛くなかった。最初の雪つぶての痛みは全身にくまなくひろがり、それからずっと尾をひいていたのだ。だから、二度目はすこしも痛くなかった。とつぜん閃光が目の前にひらめいただけ、そして、あとには闇……

永遠の闇が残った。

リトル・ドッグ・ゴーン

Little Dog Gone

1

背にした大地は、凍りつくほど冷たかった。夜のあいだに寒さは腕や肩からのぼって、胸に凝結していた。今では彼は大地の一部だった。見分けがつかなくなり、すぐにも引き離さなければ、永遠に失われてしまう大地の一部と化していた。

彼は気力だけでけばけばしい悪夢の残滓《ざんし》を押しのけると、体を横にむけ、目をひらいた。

それは、あらゆる酒盛りをしのぐ酒盛りだった。オールド・ニューヨーク市はテレシアター・スクエアに近い小さなバーから始まったそれは、宇宙空間へ飛びたち、星々の中に根をおろしたのだ。そして時間たっぷり舞台をのし歩き、荒しまわった末、ついに幕をおろしたのだった。

暁の女神が、東の灰色の住まいから現われ、この世界の広大な裏庭を照らすためピンクの蠟燭《ろうそく》をともしはじめていた。ここがどこなのか、ニコラス・ヘイズには思いだせなかった。しかし、以前見た記憶はあった。泥酔の歪んだ深みから……苦痛と追憶を消し去る霧を通して……〈明日なき山〉のあやかしの頂きから、その世界を見おろし……忘れてしまったのだ。

彼は畑に横たわっていた。穀物のひからびた茎の列が、霜枯れした雑草の刈りあとと交互に走っている。見わたす両側も同様の畑で、遠くには森。そのかなたは低い山なみだった。

吐く息が見えた。ほかにも何かが――小さな動物だ。それは十メートルほど離れた雑草の中にうずくまり、こちらを見つめていた。

現実なのか、幻想なのか、ヘイズには見当がつかなかった。

苦しげに片肘をつくと、彼はぼろぼろの土くれをつかみ、生き物のほうに投げつけた。とたんに生き物は消えた。

酒びんはないかと空《むな》しくポケットをたたく。見上げると、ふたたび生き物が目にはいった。それは同じ地点に現われ、またもやこちらを見つめていた。「行け！」彼はしわがれた声で叫び、目をとじた。ややあって目をあけると、生き物はまだそこにいた。

犬の一種のように見えたが、確信はなかった。やはり現実なのだろう。苦労してすわる姿勢をとると、ヘイズはポケットをひとつ残らず調べた。中には、空《から》っぽの紙入れ、無効になったテレシアター組合の会員証、パスポート、片手いっぱいの小銭、そして濃縮チョコレート。チョコレートの包みをむくと、それをふたつに折り、半分を生き物に投げ与えた。またも生き物は消えうせた。だが明るさを増す光のおかげで、今度はそれが元の場所から五十メートルほど離れたところに現われるのを見ることができた。すわったまま見つめるうち、生き物はまた消えうせ、さっきと寸分たがわぬ場所に実体化し、がつがつとチョコレートをのみこんだ。

ヘイズは目をこすった。それでも生き物は消えなかった。それればかりか、チョコレートのあとひと切れにはかない期待をいだいたかのように、こちらを見つめていた。彼は残り半分をさしだして言った。「ほしければ取りに来い」

犬は——犬の一種に思えたので、そう呼ぶのだが——腹を地面にすりつけると、じりじりと近づいてきた。暁の女神は最後のピンクの蠟燭をともしおえ、今では彼女の息子の昼が、遊びに出てこようとしていた。明るくなった光の中で、ヘイズはその犬がミニチュア・プードルぐらいの大きさであることを知った。カールこそしていないが、その毛は厚く、たちのぼる朝霧の色をしていた。多少大きめの足から、それが仔犬の段階をまだすっかり脱していないことがわかる。わずかにつりあがった金色の目には、愛情を求める悲しげな光が宿り、その印象をある程度裏付けていた。少々長めだが先っぽでひろがった鼻づらは、コミカルな団子鼻の効果をあげており、頭の両側にだらりとたれた毛むくじゃらの耳は、二枚のぼろ雑巾《バー・ラグ》を思わせた。だが、その犬のもっともきわだった特徴は、白い房となって終わる毛深い尻尾だった。それを振るというより回転させるのだ――はじめは時計回りに、つぎは逆時計回りに、ちょうど巻きあがり巻きほぐれるぜんまいのように。そして犬のひたいのまん中には、星形の白いぶちが輝いていた。

どうやら生き物はこのところあまり餌にありついていないようすだった。それとも仔犬がみんなそうであるように、いつも腹をすかしているのか。それはふたつ目のチョコレートをたちまちたいらげると、三つ目をせがむように熱っぽくヘイズの目を見つめた。ヘイズはおずおずと、ぼろ切れに似たその耳のひとつをつまんだ。「ほう、おまえは少なくとも実在はしているわけだな」

しかし実在しているなら、なぜ消えたりするのだろう？　ヘイズはすこしのあいだその問いを考えつづけた。だが優先させなければならない疑問があまりにも多すぎた。たとえば、自分はいまどこにいるのか？　また、ここで何をしているのか？

東部大宇宙港でいいかげんに惑星を選び、切符を買ったのはおぼえている。亜空間定期客船に乗りこみ、スターラウンジに入りびたっていたことも薄ぼんやりとおぼえている。ほかの客と話したりもしたが、たいていは自分に話しかけていた。しかし思いだせるのは、そこまでだった。旅の途中のある瞬間、彼は苦痛と追憶から逃がれる地点に達した。そのあたりのどこかで、〈明日なき山〉の頂きにのぼり、天にむかってあかんべえをしたのだ。

だが明日はこのとおり来ており、そしてその頂きは、望みないほど彼方に去ってしまっていた。

力をふるいおこして立ちあがる。頭は周囲を食いあらす巨大な苦痛であり、体は粘土のかたまりと化して、かつて足であった無感覚の柱に支えられていた。帽子も上着もなく、よれよれのズボンとシャツだけの姿で、ヘイズはきびすを返すと、自分が歩いてきたにちがいない方角を向いた。さほど遠くないところにかたちばかりの道路があり、まもなく彼は、町と思われる、霧にかすんだ建物の寄り集まりをめざして、道を歩いていた。

低い悲しげな鳴き声がうしろに聞こえた。ヘイズは立ちどまり、ふりかえった。仔犬も動きをとめた。寂しそうな眼差しがそこにあった。「おい、どういう気だ？」ヘイズはいったが、そこで思い返すと、「よし、来い、〝ぼろ雑巾《バー・ラグ》〟。二度とおれの前から消えないと約束するなら、食事を分けてやる」

「ワン！」と仔犬は答え、尻尾を回した。ヘイズは犬が追いつくのを待ち、背を向けると、ふたたび歩きだした。

2

いちばん手前の家まで来るころには、汗を流していたが、そのくせ体は震えていた。商店街にはいるころには、胸に激痛が走り、満足に息もできないありさまだった。

商店街はまだ眠っていたが、店の素朴な作りと粗末な板張りの歩道から、ここが辺境惑星の町であることはわかった。しかし辺境惑星は何千何万とある。そのうちのどれであってもおかしくはない。その町唯一のホテルの正面を見て、ようやく地名を知ることができたが、何の手がかりにもならなかった。

ザ・ラスト・オブ・ザ・モヒカンズ（モヒカン族の最後）

ちょこちょこ走るバー・ラグを足もとに従えて、ヘイズはホテルをめざした。ドアはあいていたが、踏みこんだ玄関口に人影はなかった。見まわす。ここに立ち寄ったことがあるとしても、記憶は失われていた。バーにはいる。少なくともここは見おぼえがあるはずで、じっさい見おぼえがあった。しかし、古風なテーブルと椅子をそなえた、垂木造りの天井のある大きな部屋には、思いあたる個所はわずかだった。最近来たのはたしかだが、そのときの細かい記憶はなかった。

彼は行きあたりばったりにテーブルを選び、腰をおろした。バー・ラグは明らかに新しい環境にとまどったようすで、テーブルの下にもぐりこむと、足もとに体をまるめた。部屋は人気《ひとけ》がないばかりか飾り気もなかった。通りに面してふたつの高い窓があり、まん中の垂木から、カウンターとむかいあう二階の狭い通廊のほうに、まるで蔓《つる》か何かのように使途不明のロープがかけわたされている。奥には、台所に通じているらしいドアがあった。

ヘイズはテーブルをたたいた。だれか起きている人間がいるはずだ。

人はいた――背の高い、若い女である。肩までのばしたブロンドの髪、やや大きめの腰、きれいな脚。女は奥の戸口から断乎とした足どりではいってきた。青い目は怒りに燃えていた。「朝食は八時半まで出ませんよ！」彼女はぴしゃりといった。「何様だと思ってんのよ！」不意に彼女は足をとめた。そしてテーブルまでの残りの距離をそろそろと歩いてきた。目にはもう怒りの色はなかった。「すみません、ヘイズさん。だれだかわからなかったものですから」

女の顔はふっくらした卵形だったが、少々高めの頬骨と髪の結いかたのせいで、頬はこけて見えた。年は二十代後半から三十代はじめぐらいだろう。とすれば、ヘイズとほぼ同世代ということになる。だが見たこともない女だった。「きみと前に会ったかな？」

「いいえ。でも、テレシアターを見て知っています。昨夜《ゆうべ》バーにはいってらしたとき、すぐにわかりましたわ」つかのま女は目を伏せた。彼女は、肩をすこし見せた、膝までの花模様のドレスを着ていた。ブロンドの髪が、朝の日ざしのように偽りの花々にふりそそいでいる。

「あ――あなたの崇拝者のひとりですもの」

「ほかにぼくに気づいたものは？」

「いないと思います。ブラック・ダート（黒い土）には、まだテレシアターのテープさえ入ってないんじゃないかしら」

ブラック・ダートか、とヘイズは思った。それならプロキオン16だ。しかし、どうしてこんなところに来たのだろう？　彼は声に出して言った。「二、三はっきりしないところがあるんだがね。ぼくがどんなふうにここに来たか、ひょっとしてしゃべらなかっただろうか？」

「ポート＝オー＝スターズ（星の港）からエアバスで来たとバーテンダーに話してらしたのを聞きましたけど。地球から着いたばかりだって。おぼえてないんですか、ヘイズさん？」

「いつごろまで飲んでた？」

「閉店時間まぎわまでです。お――お話したかったんですけど、勇気が出なくて。そのうちひょっと見たら、あなたは行ってしまわれてました。バッグとコートはロビーに預けてあります。どこかほかの場所でお休みになったんだろうと思いましたので」

ヘイズは顔をしかめた。「ほかの場所か。まあ、そうだね。もっとも、はじめは星空の下を散歩するだけのつもりだったんだが」

そのとき、バー・ラグがテーブルの下から頭をのぞかせた。女はとびあがった。「どうしてドッゴーンなんか連れてらっしゃるんですか、ヘイズさん？　みんな山に隠れてしまったと思ってたのに」

「ドッゴーン？」

「土地の人はそう呼ぶんです。いたと思うと、いなくなってしまうから。テレポーテーションの能力があるんです（ドッゴーン doggone は本来「ちくしょう」といった意味ののしりの言葉。それに「いなくなった犬」の意味をかけてある）」

「ははあ、なるほど！　はじめ目がさめたとき、幻覚を見てるんじゃないかと思ったよ。どういうわけか町までついてくるんだ——食べ物がほしいんだろう。こいつに何か作ってやってくれないか？」

「ええ、いいですとも。彼、あなたが気にいったみたい。ふつうドッゴーンって人間を見ると、できるだけ遠くへテレポートしてしまうのに、彼はそんな素振りも見せないわ。そうだ、〝彼〟というのはおかしいかな。ドッゴーンは雌雄同体で、単為生殖で増えるんです」女はヘイズをじっと見た。「体が震えてますわ、ヘイズさん。暖房をいれましょうか？」

「いや。それよりウィスキーをトリプルでくれ」

　グラスがおかれると、ヘイズはその半分をひと息であけた。腹の奥底で激しい震動がおこり、体をかけあがってきた。部屋が逆転しそうになったが、テーブルのふちを両手でつかみ、かろうじてくいとめた。われに返ると、女がのぞきこんでいた。「だいじょうぶですか、ヘイズさん？」

彼は残りのウィスキーを飲みほした。「もうじきよくなるよ。ところで、きみの名前は？」

「モイラ。モイラ・ブレアです」

「トリプルでもう一杯たのむ、モイラ」

彼女の青い目には気づかう光があった。「そんなに飲んで――」

「だいじょうぶだ。持ってきてくれ」

モイラはグラスのかわりを出すと、台所にはいり、数分後くず肉の皿を持ってもどった。皿がフロアにおかれると、ドッゴーンは隠れがから現われ、肉にくらいついた。「名前はないんですか、ヘイズさん？」

「バー・ラグだ」ヘイズは二杯目のトリプルを飲みほし、ポケットからひとつかみの小銭をとりだした。そして小銭を注意深くテーブルに積みあげた。「モイラ、今きみの前にあるこの貨幣の山は、ニコラス・ヘイズという男の最後の有形資産だ。これがすっかりなくなるまで酒を運びつづけること。あとは、きみの良心に従って、この男が本来属すべき下水道へでも放りだしてくれ」

「あなたの力になりたいんです、ヘイズさん」

「なぜ？」

「いけないことだからです、あなたが——こんなふうになるなんて。火星のニュー・ノース・ダコタにいて、まだ生《なま》の立体ヴィジョンを見られたころには、テレシアターに出るあなたを全部見ていました、初演も再演も。タンバレンをやったあなたを見ました。シラノをやったあなたも。ハムレットのときも。エドワード二世のときも。ウィリー・ローマンのときも。みんなすてきでした。今でもそうです！　これからもずっと」

「アハッ！　でも、ぼくがミルトン・ポンフレットをやったときは見ていないだろう？　きみは『二辺三角形』の初演は見ていない。ニュー・ノース・ダコタに今でもいるとしても、ぼくを見ることはなかったはずだ」ヘイズはテーブルにこぶしをたたきつけた。「なぜ見るはずがないかわかるかい、モイラ？　見るはずがないのは、その初演の夜に、ぼくは三週間の休暇をとった航宙士《スペースマン》みたいに酔っぱらって現われて、テレシアターから放りだされてしまったからさ。そうなって当然だった。というのはね、モイラ——三週間の休暇をとった航宙士《スペースマン》みたいに酔っぱらって現われたのは、それまで一度や二度じゃなかったからだ。ハンプティ・ダンプティ・ヘイズがおっこちるのは、はじめてなんてものじゃない。ただ今度ばかりは、クリストファー・キングのお馬も、クリストファー・キングの家来も、アルコ解毒剤や活力ピルでハンプティ・ダンプティをつなぎあわせてはくれなかったわけだ。そのころには連中は彼にうんざりしていた。彼自身そうだった。だから、こう言いわたした。もう一度つなぎあわせてほしいのだったら、自分の力でやれとね。そこで彼は、うしろの橋を全部焼きはらい、大乱痴気騒ぎに金を注ぎこみ、船に乗り、星の海にとびだしたんだ。そこで何をする気だったのか、今ではおぼえていないし、思いだしたくもない。だからお願いだ、びんを持ってきて、心安らかに退場させてくれ！」

「いや」

それはヘイズが生涯聞いたうちで、もっともそっけなく、もっとも頑強な拒絶だった。彼は思わず立ちあがった――と同時に、全身の力がぬけてゆくのをおぼえた。部屋がふたたび逆転を始めたが、今度はくいとめることはできなかった。めまいが灰色の波となっておそい、波の彼方には暗黒がわきかえっていた……いま暗黒は足もとで逆巻きはじめた。それはたちまち腰から胸へとあがり、ヘイズは押し殺された声で、「レスリー！」と叫んだ。しかし迫りくる夜の闇をついて彼のもとにかけよってきたのは、黒い髪をした都会的なレスリーではなかった。心配そうな眼差しをした、背の高いブロンドの女だった。無の中へ沈む彼を、たくましい腕が抱きかかえた。そして無にのみこまれる寸前、彼は女の指が自分の額にふれるのをかすかに感じていた。

暖かさと寒さ、光と闇のごたごたした連続があった。彼の横たわる寝室には、ときおりプリント・ドレスを着たブロンドの女が現われた――めったにはないが、同じ女が豹の毛皮のサロンを巻いて現われることもあり――しばしば、ひげ面の粗野な男が現われて、彼の胸をたたいたりもした。そのほか、部屋にはいつも、ぼろ雑巾のような耳をした小さな灰色の生き物がいて、金色の目に崇敬をこめて彼を見つめ、尻尾を回しているようだった。やがて時は、日の高くのぼった朝と、日ざしにみちた長い昼さがりのくりかえしとなり、おりにふれ、ダイヤモンド模様にふちどられた窓ガラスの外にものうげに降る雪を見るようになった。

寝室は大きくなかった。正確にいえば、それは寝室ではなくて、居間の転用されたものだった。ソファがひとつ、椅子が数脚、また小さなテーブルがあり、その上には電気スタンド、時計、それにR・E・ヘイムズの『宇宙恒星図』がのっている。たったひとつ不釣合いなのはベッドだった。それは高く、幅が狭く、近くの辺境病院から借りだされたものであることは一目でわかった。地方色豊かな家具調度の中で、そのベッドは、存在しない川にうかぶ白い荷船のようにきわだっていた。

ある夜、豹の毛皮を着た女が影の中から現われ、彼の顔を見おろした。「かなりよくなったって、グライムズ先生はおっしゃってたわ。よかった」

「きみはモイラだろう？」とヘイズはいった。

「衣装を着ているときは別。衣装のときには、あたしはアマゾンのゾンダなの。もっとも、このアマゾンは、アルファ・ケンタウリ9のジャングルにある同じ名前の大きな川のことだけど。アマゾンのゾンダって、お聞きになったことありません、ヘイズさん？」

「さあ、ないね」

「アマゾンのゾンダは、地球でやっていた同じ題名の立体テレビ番組のヒロイン。あたし、その役をもらったんです。スタッフがさがしていたのは大きなブロンド女で、第二のサラ・ベルナールにはほど遠くても、そんなこと問題じゃない番組だったから。毎日毎日、とんだりはねたりしていたわ。まがいものの蔓につかまって木から木へ飛び移ったり、友だちをつくったり、動物たちに命令したり、そしてきらめくような名台詞《せりふ》をしゃべるわけ——〝ゾンダ、おなかへった〟とか〝ゾンダ、おまえ助ける——もうこわくない〟なんて。火星のニュー・ノース・ダコタくんだりから出てきた大根女優にしては、それでもしばらくは、けっこううまくやっていたのよ。そのうちシリーズがつぶれてお払い箱。演技力ゼロの大きなブロンドは、昔のハリウッドでもそうだったけど、今の立体ヴィジョンでもお呼びじゃないのね。でも、すこしお金をためてあったから、再放映が始まってギャラがまたはいりだすまで、なんとか持ちこたえたわ。再放映のあとは再々放映。そのあとシリーズは地球上の系列局につぎつぎと売れていって、まだあたしのことをおぼえてくれている子供たちのために、ローカル局にゲスト出演するようになったの。つぎにはシリーズが火星の局に売れて、そこでもゲスト出演したし、最後にはテープは、ブラック・ダートみたいな辺境惑星にまで輸出されるようになったわ。立体ヴィジョンはまだないけど、遠い昔の映画といっしょにテープも上映できる劇場はあったから。あたしは例のとおり、ゲスト出演めあてにわたり歩いて、とうとうこのザ・ラスト・オブ・ザ・モヒカンズに流れついたというわけ。そしたら、ここのホテルの親父さんが仕事をくれるというの。バーを繁盛させるために、週一度アマゾンのゾンダをやるという条件で。ゾンダには、あたし、もううんざりしていたわ。でも旅回りにはもっとうんざりしていたのね。それで、引きうけたのよ」

「どういうことをするんだ?」とヘイズはきいた。

「毎週土曜の夜三回、まがいものの蔓につかまってバーの中を飛ぶだけ。カウンターにとびおりたところで、ケンタウルスのジャングル・ガールにつきものの勝利の叫びをあげて、農夫たちを追いちらすの」

「ここはきみの居間かい?」

モイラはうなずいた。「でも、そんなこと気にしなくていいんです、ヘイズさん。あたし、使いませんから」

「どうして、ぼくを近くの慈善病院に送りこんでしまわなかったんだ?　そうすれば片がついたのに」

「ここのほうが休まると思ったんです。辺境惑星の病院は人手が足りないし、必要な設備だって整っていないことが多いんですもの」彼女はテーブルの時計をちらりと見た。「もう行かなくちゃなりません、ヘイズさん。そろそろゾンダの第一回空中飛行の時間だから。

眠るまで、バー・ラグがお相手してくれるわ。やってくれるでしょう、バー・ラグ?」

名前が出たとたん、小さなドッゴーンはベッドの上に実体化し、うれしそうに尻尾をくるくると右に左にまわした。それは、「ワン!」といい、ヘイズの頰をなめた。ヘイズは照れ笑いをうかべた。「ひげぼうぼうじゃないのか?」

「明日、床屋を呼んできます。ヘアカットもしたほうがいいし」モイラは明かりを暗くした。「おやすみなさい、ヘイズさん」

「おやすみ」とヘイズはいった。

モイラが行ってしまうと、彼は枕に深く頭を埋めた。疲れており、体も弱っていた。このまま永遠に寝ていられそうだった。階下のバーから伝わってくるステレオのズンズンというひびき、それにバー・ラグのかすかな息づかいのほか、物音は聞こえない。ダイヤモンド模様に縁どられた窓ガラスのむこうで、街灯の光が、音もなく降る雪ひらを輝かせている……オールド・ヨークでは、季節は夏だろう。オールド・ヨークはいつも夏であり、さわやかな風が人工的に流路を変えられたメキシコ湾流から吹きつけ、改装された大通りに新しい息吹きを与えているのだ。テレシアター・スクエア近辺の小劇場は、今ごろはフル回転だろう。**絶讃上演中**『二辺三角形』、主演レスリー・レイク、ハンプティ・ダンプティ・ヘイズ。いや、もうハンプティ・ダンプティ・ヘイズはいない。ハンプティ・ダンプティ・ヘイズはおっこちたのだ——忘れたのか? そして王様のお馬も、王様の家来も、二度とハンプティ・ダンプティをつなぎあわせようとはしなかったのだ。

天井のわびしいながめをとつぜん意識して、ニコラス・ヘイズは目をとじた。そして絶望的に手をのばすと、バー・ラグのつやつやした背中にさわった。小さな生き物は、彼の腕の内側で体をまるめた。それで気分は安まった。少なくとも今夜は眠れそうな気がした。

絶讃上演中、うとうとしながら彼は思った、『ザ・ラスト・オブ・ザ・モヒカンズ・ホテル』、主演バー・ラグ、アマゾンのゾンダ、ハンプティ・ダンプティ・ヘイズ……

3

そのあとには、酒をねだり、酒を請い求める時期が何回か訪れた。酒をよこせとどなり、モイラが耳も貸さずドアに鍵をかけてしまうと、ヘイズは荒れ狂った。ゾンダの仕事を終えて二階にあがってきたモイラを、影の中で待伏せしていたことさえある。彼女が部屋にはいると、ヘイズはその首にとびつき、いっしょに床にころがって、ボトルを下のバーから取ってこなければ殺すとおどかした。

彼はまだ哀れなほど弱っていた。腕を引きはなし、体をはねのけるぐらい、モイラには造作ないことだったろう。だが彼女はそうしなかった。そのかわり倒れたまま身じろぎもせず、しばらくしてこう言うのだった。「いいのよ、ニック——首をしめなさい。何をぐずぐずしているの？」すると彼は手をはなす。そして自己嫌悪にさいなまれながら、ぐったりと床にすわりこみ、モイラが起きあがって彼をベッドにもどすまで、ずっとそのままでいるのだった。

彼女は翌朝も朝食を運んできたが、ベッドのかたわらにすわり、話しかけるようすには、昨夜のできごとはかげりもなかった。彼はいたたまれなくなった。「頼む、なぜ放りだして片をつけてくれないんだ！」

モイラの眼差しはおだやかだった。「夜になると我慢できなくなるのね」

「夜には、ぼくは別人さ。というより、そっちが本人なのかもしれない。どうでもいい——どちらもひどいものだ」

「あなたはその中間にいるんだと思うわ。あたしみたいに。あたしは、アマゾンのゾンダとモイラ・ブレアの中間にいるだれか」

「ぼくと同じに考えちゃいけない。わかってるはずだよ」ヘイズはいい、間をおいて、「ここにどれくらい監禁されていたんだ？」

「三週間。でも、あと二、三日で歩けるようになるって先生はおっしゃってたわ。わかってるでしょうけど、危うく死ぬところだったのよ」

とつぜんバー・ラグが、二人のあいだにあるベッドのふちに現われた。足には氷のかけらがこびりつき、鼻のあたまには、雪の小さなかたまりがのっかっている。ヘイズはトーストの切れはしを投げ与えた。「どこに行ってたんだろうね」

「山の中のすみかでしょう。ドッゴーンの方向感覚には絶対狂いがないの。何百万キロもテレポートできるっていう話だわ。頭の中にイメージさえ作れれば、惑星から惑星へぴょんぴょんテレポートできるんじゃないかしら」

「そんなことしたら死んでしまう。テレポーテーションは瞬間的な現象のように見えるけど、光の速度に制約されているんだ——亜空間を通るのならともかく」

「亜空間は使わないようだわ——だからドッゴーンはブラック・ダートを離れようとしないのね。絶対〇度の真空の中に何分かいたら、自分がどうなるか知っているのかもしれない。ふつうの犬が、崖からとびおりてはいけないと知っているように」

「ワン！」とバー・ラグがいった。

ヘイズは笑った。「まるでぼくらが何を話しているかわかってるみたいじゃないか」

「だとしても驚かないわ。ドッゴーンって、すごく頭がいいのよ」モイラは立ちあがった。

「もう行かなくては、ニック」

「台所のモイラとアマゾンのゾンダにはさまれて、きみは大忙しだね」

「気にならないわ。忙しいほうがはりがあるし」モイラは朝食のトレイをとりあげた。そのとたんバー・ラグの姿がベッドから消え、一瞬のち、廊下で引っ掻く音が始まった。彼女は廊下に出るドアのところへ行き、ノブを引いた。すると、戸口には誇らしげにバー・ラグが立っていた。

「まあ、いいところを見せようとして。バー・ラグ、あなたは生まれながらの役者ね！」

「ワン！」とバー・ラグはいい、ふたたびベッドにテレポートした。

ヘイズはそのひょうきんな顔を見つめ、興奮した声でいった。「モイラ、ぼくがなぜ宇宙にとびだしたか思いだしたぞ！　辺境惑星の町をぐるぐる回ってシェイクスピアの独白をやって食いつなごうと思ったんだ。陳腐なアイデアだよ。酔っぱらっているとき思いついたんだが、そんなことじゃ百万年たったって元はとれやしない。だけど今、もっといいアイデアが見つかった。下におりる前に、紙と鉛筆をとってきてくれないか？」

「はい、ニック」

ヘイズはすぐには書きださなかった。枕を背にして体をおこし、膝に便箋をおいたまま考えこんでいた。自分の頭にある計画を実現させるには、まず条件にぴったりの寸劇をひねりだすことが先決だった。

著作権の切れた有名な芝居の一場面を借用し、それを改作するのが、いちばん手っとりばやいかもしれない。それはいい考えのように思え、ヘイズは頭にたたきこまれたたくさんの芝居を反芻しはじめた。『二辺三角形』がすぐに頭にうかばなかったら、取捨選択だけで午前中いっぱいかかったことだろう。思いついたとたん、もはや先を続ける必要はなかった。発表されてからすでに六十年、その間変わらぬ人気を保ちつづけており、少なくともその一部は彼の目的にぴったりかなうはずだった。

ヘイズは全篇をそらんじていた。彼はそれを一語一語、一行一行、一場一場検討しはじめた。物語は、若き会社重役ミルトン・ポンフレットとその妻グレンダを中心に進行する。グレンダは、彼が女たらしなのか理想的な夫なのか、なんとかして知りたいと思っている。そこで音声学者と美容コンサルタントに相談し、自分を一時的に別の女に変えるレッスンを受けることにする。そして夫には、二、三週間、母の家に行くと嘘をつき、荷物をまとめ、メアリ・ルー・ジョンスンの偽名で下町のアパートを借りる。彼女は週末いっぱいかけて顔やスタイルを変え、音声学者の協力のもとに本来の自分とは微妙にちがう話し方をマスターする。あくる月曜日の朝、彼女は秘書として夫のオフィスに就職し、彼を誘惑しにかかる。〝情婦〟になれそうなチャンスは何回か訪れる。だが、そのたびに事のスムーズな進行をさまたげる事件がおこり、疑問はなかなか解けない。

やがて夫は彼女を熱烈に愛するようになり、結婚までせまる――彼女が予想もしなかった方向への進展である。夫の愛をつなぎとめるには、本来の自分が彼と離婚し、分身として再婚するしかない。

ヘイズが最後におちついたのは、その芝居の中でも特に人気のある場面のひとつだった。それは、ミルトン・ポンフレットがメアリ・ルーとのデートののち、彼女のアパートに立ち寄り、居間の大きなソファにならんですわったところから始まる。このころにはミルトンの防御態勢も崩れ、いつでも情事に移る用意ができている。一方メアリ・ルーはといえば、これは彼女が待ち望んでいたことだ。ところが、くっつこうとするたびに、何かかか妨害がはいる。原作では、この妨害は皮肉をきわだたせるためのものだが、ヘイズがまとめた改訂版では、それらは笑劇風で恋人たちが抱きあおうとする瞬間、二人のあいだに必ずバー・ラグが実体化するという趣向をとっていた。最初の出現では、メアリ・ルーはバー・ラグをおもてに出し、ドアに錠をおろす。二度目には、おもてに出したのち、ドアのほかに窓もしめる。三回目には、おもてに出し、ドアと窓をしめたのち、防犯フィールドを作動させる。四回目には、ミルトンの助けを借りて、物置からスーツケースとトランクを出し、バー・ラグをスーツケースに入れて鍵をかけ、ストラップをしめ、そのスーツケースをトランクに入れて鍵をかけ、トランクをおもてに引きずりだし、部屋にもどると錠をおろし、ドアの前にバリケードを築き、防犯フィールドを再作動させる。これでもう邪魔ははいるまい。欲求不満の恋人たちがひと安心してソファにもどると、そのとたん二人のあいだにバー・ラグが五回目にして最後の出現をするわけである。以上の改変のほか、ヘイズはこのエピソードを独立した寸劇にするため、いくつか修正を行なったが、それ以外には会話も所作も原型のまま残した。

モイラが昼食を運んできたときには、改訂版は完成しかけていた。ヘイズは興奮のあまり、食事も喉に通らぬほどだった。

「読んでごらん」彼は台本をわたした。「メアリ・ルーになった自分を想像するんだ。ぼくがミルトン・ポンフレット、バー・ラグは彼自身。きみの意見を聞きたい」

最後のページから目をあげたとき、モイラの青い瞳は夏の日の出を思わせた。「これを——これを、あなたといっしょにやれというの？」

「そう、きみとバー・ラグとぼくとでね。もちろん、スターはバー・ラグだ。ブラック・ダートの人たちはドッゴーンのことを知っているが、ほかの辺境惑星の人たちは、おそらく名前も聞いたことはないだろう。そのときには効果は倍にあがる。古ぼけた魔術と辺境惑星のおおらかなユーモアを結合させるんだ。笑い声があがらなくても、少なくともお客は、なんだろうと首をひねる。こんないなか芝居はオールド・ヨークでは鼻もひっかけてもらえないけど、辺境惑星の町はごまんとあるんだ、オールド・ヨークの心配なんかあとですればいい。ショウが一時間半ぐらいのものになるように、あといくつか寸劇をひねりだすよ。そして旅に出よう、三人で——」

「あ——あなたといっしょにやれというの？」

「やめてくれよ、モイラ、べつに名誉を授けようというんじゃない。お金をもうける方法があるという話をしているだけだ。ぼくには金がいる。そのために、ぼくにあるのは、演技力というか、少なくともそれらしいものなんだ。きみが今の仕事に満足なら、だれかほかの人をさがすよ。だけど、できればきみのほうがいいね」

「ほかの人なんかさがさないで！」

彼はにやりと笑った。「よし、わかった。リハーサルはここでやれる。どこかでトランクを調達できれば、必要な小道具は全部そろうことになる。舞台は、この部屋でりっぱに役にたつ。いちばんの問題はバー・ラグだな。ちょうどぴったりの瞬間に、ぼくらのあいだに現われてくれなくてはいけない。でなければ何もかもだいなしだ。見てごらん、妨害がはいる前、ミルトンがしゃべる最後の言葉は必ず〝ダーリン〟だろう。それがバー・ラグのキューだよ。打てばひびくように出てきてくれると思うかい？」

モイラの目は輝き、目のふちはかすかにうるんでいた。ヘイズは今までの人生で、これほど幸福そうな顔を見た記憶がなかった。「やってみせるわ」とモイラはいった。「バー・ラグ、こっちへ来なさい」

彼女の腕の中に現われたドッゴーンは、小さな尻尾をプロペラのようにぶんぶん回していた。彼女の頬をひとすじの涙が伝い、ドッゴーンの鼻の頭にこぼれおちた。**絶讃上演中**、とヘイズは思った。アマゾンのゾンダ、奇蹟の犬バー・ラグ、ニコラス・ヘイズ主演『愛しのメアリ・ルー』

4

あくる日の夕方、彼らはリハーサルにはいった。ヘイズはミルトン・ポンフレットを演じると同時に、演出も担当した。

モイラとバー・ラグは、彼が今までいっしょに仕事をした中でも、もっとも協力的な俳優であることがわかった。三日後には、芝居は流れに乗り、ドッゴーンはキューに合わせて即座に現われ、モイラはこのために生まれてきたかのように、辺境惑星の美しいが純朴な娘の役をつかみきった。ヘイズ自身は、ミルトン・ポンフレットの人物像に二、三の細かい修正をする必要はあったが、その後はいつもの器用さで役をこなした。

リハーサルのあいだに、さらに三本の寸劇が書きあげられた。いずれも辺境惑星の人びとが好むおおらかなユーモアを盛りこんだ作品であり、意味まではわからぬものの熱狂的な観客バー・ラグの前で、ヘイズとモイラはそれらもまたマスターした。そしてある夜、『愛しのメアリ・ルー』を最後において、とうとう全体を通したリハーサルにはいった。芝居はなんの支障もなくすらすらと運んだ。「さて」とヘイズはいった。「念を押す意味で、このモヒカンズでテスト興行みたいなものを打っておく必要がある。そのためには町の劇場を借りなきゃならないが、劇場を借りるには金がいる」ヘイズは寝室に行くと、モイラが彼の持ちものをしまった化粧だんすの引出しをあけ、すこしてモーリス・エヴァンズのプラチナの小立像を持ってもどった。台座には、つぎのような文字が刻まれていた

――エヴァンズ・テレシアター賞。二一八六年、エドワード二世の演技によるテレステージへのめざましい貢献を賞して、ニコラス・ヘイズに贈る。彼は立像をモイラにわたした。

「明日これをポート＝オー＝スターズに持って行くんだ。二百クレジットぐらいには売れる。スタートするにはそれで充分だろう」

モイラは、まるで十字架像を見るようにその立像を見つめたまま立ちつくしていた。

「お金はあるわ、ニック。こんな犠牲を捧げる必要はないわ」

彼は顔を赤らめた。「きみが持っているのは、ただのプラチナのかたまりだ。いうとおりにしなさい」

「だって、こんな大切なものを、ニック」

「わかった、ぼくが行こう!」

ヘイズは手をのばしたが、モイラは立像を手もとに引いて離さなかった。「あたしが行きます」目をそらしたまま彼女はいった。「その体力じゃまだ心配だわ」

「よし。きみが行ってるあいだ、ビラを配って、防犯フィールド発生機をこしらえておこう。もどってきたら、本物のステージどおりにやってみるんだ。二、三日後には開演だ

ぞ！」

第一夜、彼らは満員の観衆の前で演技した。そして第二夜も。第三夜も。ヘイズはあっけにとられていたが、やがて自明の解答に行きあたった。ザ・ラスト・オブ・ザ・モヒカンズのような辺境惑星の町では、なまの娯楽は存在しないも同然であり、この状態は周囲の地域でも変わらないのである。ここではバー・ラグはいわば既知数のはずなのに、『愛しのメアリ・ルー』は大当たりをとり、残り三つの寸劇もそれなりの笑いを呼んだ。いや、笑いではない。爆笑である——星々さえも踊らせる爆笑だった。すれっからしの観客に慣れたヘイズにとって、それは新しい経験であったが、彼はさほど動転することもなく調子をあげた。それはモイラにしても同様だった。しかし最高のベテラン俳優であることを証明したのは、ほかならぬバー・ラグで、第一回公演ののちホテルへと帰る道で、ヘイズに抱かれたまますやすやと眠りこけるほどの度胸のよさだった。

その気になりさえすれば、ザ・ラスト・オブ・ザ・モヒカンズで一カ月興行を続けることも不可能ではなかったろう。しかしヘイズは、ヘイムズの『宇宙恒星図』をたよりに作った旅行日程を一刻も早く実現したくてうずうずしていたし、またドッゴーンを見たことのない観客がどのような反応を見せるか知りたくもあった。そこでモイラに、ホテルをやめる通告を一週間前にしておくようにいった。

一週間が明けると、彼らは荷物をまとめ、エアバスでポート＝オー＝スターズにむかった。そしてバー・ラグの通関手続きをすませ、ゴーシェン（楽土）までの切符を買った。青い星シリウスの第十二惑星である。モイラが立像を売って得た金は、三百クレジット。ザ・ラスト・オブ・ザ・モヒカンズでの興行は、諸経費をさしひいても七百クレジットあまりの儲けになり、合わせると予算は千クレジットほどあった。

事態は好転しはじめていた。

ゴーシェンで最初に投留したのは、ダウン・イン・ザ・ヴァリー（谷間におりて）と呼ばれる辺ぴな町だった。

町それ自体はひと握りの植民者が住んでいるだけで、その多くは商人だったが、彼らのいちばんの得意先である地区はオールド・ヨークほどの広さがあり、移住者一万と原住民二千の人口を誇っていた。ダウン・イン・ザ・ヴァリー共済組合ホールでヘイズ一座が公演した三週間に、町の全人口が、移住者も原住民もこぞって最低一回は町を訪れ、〝消える犬ころ〟を見物していった。

ヘイズは有頂天になっていいはずだった。なぜうれしくないのか、彼自身にもふしぎだった。

ダウン・イン・ザ・ヴァリーから一行は陸路シープディップ（洗羊液）へ行き、シープディップからライズン・シャイン（昇って輝け）へ、ライズン・シャインからセント・ジョンズウォート（おとぎりそう）へと移った。ヘイズがスペクトラム誌の捨てられた古い号に行きあたったのは、セント・ジョンズウォート・ホテルの自分の部屋にいるときだった。その中に彼は『二辺三角形』の批評を見つけた。芝居の立体ヴィジョン初演は大成功で、オールド・ヨークでの公演のあいだも同様な好評を博していた。批評家によれば、再演もヒット確実であるということだった。レスリー・レイクは、その艶やかなグレンダ／メアリ・ルーの演技によって、スターダムのトップ・ランクの地位をすでに確立しており、ミルトン・ポンフレットの役も、ピンチヒッターとしては稀に見る老練さをもって演じられている。ヘイズは雑誌を屑かごに投げ捨てた。

彼はその部屋のたったひとつの窓に行き、通りを見おろした。時間はおそく、通行人はなかった。となりの部屋では、モイラが長旅に疲れ、寝仕度を始めている。衣類をしまっているのだろう、引出しをあけたりしめたりする音が聞こえる。そして、はだしの足が床をたたくひたひたという音。彼のうしろでは、バー・ラグがベッドの足もとでぐっすり眠っている。

ヘイズはとつぜん耐えがたいほどの孤独を感じた。

部屋を出て、ロビーにおりる。ロビーはがらんとしていた。通りに踏みだす。夜気はまだ冬のきびしさを残していたが、そこには若草のかおりもあった。セント・ジョンズウォートでは、季節は春なのだ。まもなくこの小さな町の名のもとになった愛らしい花が、道路ぎわやいなか道で黄色の頭をうなずかせることだろう。そして鳥たちも歌いだすだろう。

ヘイズは歩きだした。セント・ジョンズウォートはなだらかな山の中腹にあり、見おろす深い谷間には、ところどころ農家の灯が輝いていた。谷間の上には、逆さになった空の谷間があり、そこにも別の灯、星の光があった。

それらの星のひとつが、太陽《ソル》なのだ。

オールド・ヨークでは、季節は夏だろう。オールド・ヨークはいつも夏なのだ。そこにはたくさんの光と笑いがあり、決して孤独を感じることはない。そして才能がありさえすれば、人は魔法の舞台に立つことができ、カメラは彼に焦点をあわせ、一億の分身を作りだす……そして地球上の、火星上の一億の居間に現われ、人びとは彼が生きて存在していることを認めるのだ。消えろ、消えろ、つかのまの灯《ともしび》！　消えろ、消えろ、ニコラス・ヘイズのつかのまの舞台生活。

彼は道の終わりに来た。ふつうの道のように、それは別の道につながることはなかった。もはやこれ以上のばす意味はないという理由で、ただ存在をやめていた。木々は道のはずれまで大胆に茂っており、燐光を放つ立札が闇の中でこう告げていた――**行きどまり**。

ヘイズは大儀そうにきびすを返すと、いま来た道をたどりはじめた。そのとき彼は、自分がひとりではないことに気づいた。何かがとなりを歩いている――団子鼻と金色の目を持つ小さな生き物だった。

「バー・ラグ、こんな夜中に何をしている？　寝てなくちゃだめじゃないか」

「ワン！」と生き物はいい、ヘイズを見上げた。それは、かつてヘイズと共演者たちが、カーテン・コールで前舞台に出、拍手を浴びたとき、彼を見上げていた人びとの目にそっくりだった。つぎの瞬間、生き物は消えた。ああ、もしおれがテレポートできるなら、と彼は思った、光の翼にのって地球にかけもどるのに……。そうだ、そして八年後に死体となって到着するのだ。今だって死んでいるようなものだろう、星の海をバカみたいに踊りまわっているだけ。

しかし死んだままでいなければいけないのか？　自分をよみがえらせる方法も思いつかないほどバカなのか？　いや、おれはバカではない。ニコラス・ヘイズがバカであってたまるか。これは、目的を達する方法を考えだすといった問題ではない。たんなる選択の問題なのだ！

部屋にもどると、バー・ラグはベッドの足もとでぐっすり眠っていた。となりの部屋は静まっている。朝まで待つべきか？　迷った末、そうしないことに決めた。ドアをノックする。「きみとちょっと話したいことがある」

沈黙があり、ついで明かりをつける音がした。「はい、ニック、どうぞ」

ベッド・ランプのまばゆい光の中では、彼女の髪は待宵草の花の色をおび、泉のように枕の上に流れていた。その目は、風鈴草の花のブルーだった。「だいじょうぶ、ニック？」と彼女はいった。

「うん」ヘイズはベッドのそばに椅子を引き寄せ、腰をおろした。「散歩に出ていたら、アイデアがうかんだ。宇宙船劇場のアイデアだ」

「どういうこと、ニック？」

「何世紀も前の地球では、いかさま師たちが幌馬車で辺境の町から町をわたり歩き、薬売り演芸《メディシン・ショウ》というものをやっていた。演芸じたいは無料《ただ》で、それで人を集めては、インチキ薬を売ったんだ。亜空間駆動で植民が速くなりすぎたおかげで、昔の西部とよく似た状況がいま生まれている。移住者たちがあんまり速く、あんまり広範囲に広がりすぎたものだから、必需品を切らさずに全部供給するのはもう不可能だ。医薬品については、特にそれがいえる。そこで、こう考えてごらん、モイラ。もし二人で中古の宇宙船を一隻買って、気持ちよく住めるように内部を改装し、ステージを取り付け、万能医薬品セットをごっそり積みこんだとしたら……。そして寸劇は『愛しのメアリ・ルー』だけにしぼって、見物料をとるかわりに医薬品セットを売りさばくとしたら……。儲けをほどほどに抑えれば、人のよい植民者たちをだましたという罪悪感も味わわなくてすむ。だますどころか、これは人助けなんだからね。それは、大金持ちになることはないだろう。だけど、けっこういい暮らしはできるはずだし、しょっちゅう旅をしていても家が恋しくなることはない。宇宙船が家なんだから。どう思う、モイラ？」

長いあいだ彼女は沈黙していた。やがて、「なぜそうしたいの、ニック？」

嘘をつかなければならない時だった。ヘイズはすらすらと言ってのけた。「役者意識をそろそろ捨てなきゃいけないからさ。過去にさよならしたいからさ。新しい人間になりたいんだ、まったく違う人間に。〝薬売り〟になれば気が安まるだろう」

モイラは彼の顔から目をそらし、ベッドの上掛けを、自分の手を見つめた。それはどちらかといえば大きな手だった。重労働で肉がついたのだろう、だが可愛らしさは失っていなかった。やがて彼女はいった。「すばらしいアイデアだと思うわ、ニック」

「よし、きまった。ここで一週間興行をうって、それから火星へ行こう。ポート＝オー＝サンズ（砂漠の港）に大きな中古船置場がある。あそこなら、狙い目どおりの船が見つかるはずだ」ヘイズは立ちあがった。「おこしてすまなかったね、モイラ。だが、きみがどう思うか知りたかったんだ」

「そんなことといいのよ、ニック。それから、ニック？」

「え？」

「ポート＝オー＝サンズはニュー・ノース・ダコタからそんなに遠くないの。家に帰れそう。あたしの――あたしの家族を紹介するわ」

「うん、ぜひともお会いしたいね。おやすみ、モイラ」

「おやすみなさい」

5

二人が最後に折合いをつけた船は、古びた洗濯桶そこのけのおんぼろ貨物船だった。しかしイオン駆動はまだ良好な状態にあり、空間・亜空間相関装置も、時代おくれの外見とはうらはらに、コンパクトな新型機種にひけをとらないほど効率よくはたらいた。ドクター・アルバート・シュヴァイツァー号と呼ばれることになったその船は、新しい時代の商船がすべてそうであるように、操縦者はひとりで足りた。同時に便利なのは、船体下部のデッキが地上一メートルばかりの高さにあったことで、積みおろし用のせりだしホームと合わせると、それはりっぱに舞台の役目をはたした。

ただし幅がすこし足りないため、本来の貨物用エアロックを取りはずし、穴を広げて、もっと横幅のあるエアロックと交換する必要はあった。下部船倉の後部はおおかた機関室に占領されていたが、それでも二人のための楽屋控え室のほか、個室三つと小さな物置きをおくだけの余裕はあった。モイラは、ドッゴーンこそ肝心かなめの役者であり、少なくとも名前ぐらいは人間と対等にならべるべきだという理由から、物置のドアにバー・ラグの名を書くようにと言いはった。ヘイズはしぶしぶ言いつけに従った。

上部船倉の半分は、すでに地球に注文ずみの医薬品セットと、食料、生活用品の倉庫にあてられた。残り半分は、大きな居間と、ゆとりのある台所、それに小さな事務室に改装された。上のデッキの船員居住区は、すばらしい二間の寝室となった。最後の仕上げとして、ヘイズは残りの船員居住区をはずし、操縦室に通じる鋼鉄のらせん階段をおくと、つぎに船の内外をすっかり塗り直した。そして二人は家具を買いに出かけた。

そのころには、ヘイズ一座の資金は激減していた。船の代金は、ポート＝オー＝サンズ産業商業信託銀行に担保を入れて分割払いにしたが、ほかはすべて現金で支払わなければならなかった。

当然の結果として、買い求める家具は、はじめ考えていたよりもずっと貧弱なものになった。しかし、あとになってみると、それはかえって好都合だった。モイラには家具を改造する隠れた才能があり、椅子、テーブル、ベッドはおろか家庭用具までが、買いいれたときのがらくたからは考えられない気品と風格をそなえるようになったからである。モイラの修理の才は、家具だけにとどまらなかった。船室じたいもオーバーホールの対象になり、仕事が終わったときには、居住区は二十世紀後半の重層型アパートといっても充分に通る姿――じっさい、そのとおりのものなのだが――に生まれ変わっていた。

そのあいだも二人は夜間学校にかよい、宇宙船の操縦法を学んだ。ドクター・アルバート・シュヴァイツァー号のような、ほぼ完全に自動化された宇宙船の出現によって、宇宙航法はすでにかなり以前から、二十世紀後半の自動車運転と大して変わらない作業になっていた。もっと楽になった点も多く、事実、危険も少なかった。とはいえ、基本的技術の習得なしで宇宙船を操縦できるわけではなく、加えて暗記しなければならない何十という航行法規もあった。教習船に乗っての単独軌道周回が終わると、つぎにモイラとヘイズは別個に、アルファ・ケンタウリ4とのあいだを往復する相関テスト飛行にはいった。失敗はどちらにもなく、二人は同じ日に免許証を交付された。

そうこうするうちに、注文してあった医薬品セットが地球からとどき、ドクター・アルバート・シュヴァイツァー号に積みこまれて、ポート＝オー＝サンズでの用件は終わった。

「家を訪ねるのだったら、そろそろ腰をあげる時期じゃないか」ある日、夕食を終えてヘイズがいった。「なんといったっけ、きみの生まれ故郷の町？」

モイラはよごれた食器を皿洗い機に入れると、スイッチをつけた。「レッド・スパッド（赤い小鍬《こぐわ》）。だけど、町じゃないわ。小さな村ね。村ともいえないくらい。でもエアバスの本線ぞいにあるの」

「よし。それなら今夜荷作りして、明日出発だ」

モイラは背を向けたままだった。「そうね」

「気乗りしないようだね」

「ニック」彼女は料理用ストーブにむかって言った。「あたしたち、こういうことにできないかしら、おもてむきだけでも──そのう──」

「なんだい？」

「夫婦ということに。家に泊まっているあいだだけよ、もちろん。あ──あなたがそういう目で見ていないことは知っているわ。そう見てくれると思うほど身のほど知らずでもないし。でも、両親が変な顔をすると思うの。きっと心配するわ。だから両親のために、体裁だけつくってくださる？」

ヘイズは台所の窓から宇宙船置場のごたごたした闇を見わたした。ところどころに弱々しい明かりがともり、遠くで夜間作業員が大昔のSB2を解体している。結婚だけは、ヘイズが計算に入れなかった要素だった。しかしモイラと結婚してなんの不都合があろう？たしかに彼女を愛してはいない。だが、それをいうなら、今までだれひとり愛したことはないはずだ──たぶん、レスリーを例外として。どちらにしても、結婚は昔のように最後のワン・ステップではない。一年以内であれば、正当な申したてをしなくても契約を解消できるという条項があるのだ──その期間中に女性が妊娠しなければの話だが。『二辺三角形』に再出演するチャンスは、一年もしないうちに訪れるだろう。

彼はモイラにいった。「ぼくは何もかも考えに入れる男だ。そうだったろう？ ただ、いちばん大事なことをひとつ見落としていた。結婚してくれないか、モイラ？」

顔をあげ、見つめるモイラの瞳は、敬愛にみちたバー・ラグの目を思わせた。「あたし、そんなつもりでいったんじゃないわ」

「だけど、いってしまったんだ。とすれば、ぼくがその答えを考えに入れていないと思うかい？」

「あたしはモヒカンズ・ホテルで蔓につかまって飛びまわっていた女よ——忘れたの？」

「ぼくは、その人に蛇の群れから救われた酔いどれさ」

　年月の重みが彼女の肩から取り除かれ、ヘイズの目には、モイラは、ニュー・ノース・ダコタをあとにした遠い日そうであったにちがいない、すらりと高く、しなやかで初々《ういうい》しい姿にかえっていた。大木の梢に立ち、青い目を驚きに輝かせて広い世界を見わたすアマゾンのゾンダ。だが答えたのはゾンダではなく、モイラだった。「あたしはレスリーじゃないわ。レスリー・レイクなんかにはなれない」

ヘイズはひかなかった。「なってほしいなんて思ってはいないよ」踏みだし、モイラの両肩に手をおく。「今夜中に治安判事を見つけて結婚するんだ。ハネムーンはニュー・ノース・ダコタでしよう」彼はいいよどんだ。愛の言葉はいつも苦手だった。それを伝えるために必要な誠意が、実生活ではどうしても自分の声にこもらないのだ。舞台の上ではあれほど自然ににじみ出てくるのに……。しかし今は、それをいわねばならないときだった。

「きっとぼくらは幸せになるよ、ダーリン」

　そのとたん、居間の長椅子でうたたねしていたバー・ラグが、二人のあいだに実体化した。モイラが笑いだし、とつぜんすべてはあるべき形をとっていた。腕の中にとびこんできた彼女の体は温かかった。バー・ラグは、キューをおぼえていたことに鼻高々で、尻尾をおもちゃの風車のように回しながら、二人の足もとを狂喜してはねまわった。

ニュー・ノース・ダコタは、寒い夜の中のぬくもりであり、ほの暗い火星の空の下、見わたすかぎりうねる赤い平原だった。それは、垂木造りの部屋と昔ながらの開かれた暖炉、そしてストーブの上でふつふつとわきたつ強いコーヒーであり、オーブンの中でこんがり焼けるマクラスの肉、茶色の肉汁《グレイビー》とベークト・ビーンズだった。それは、地球からはるばる送られ、長い夕べに広い居間で鑑賞される立体ヴィジョン。それは、黄土色の山々へのハイキングと、明るい食堂でのダンス・パーティ、そして笑いとぬくもりと友情と宴から離れ、星かげさやかな夜にたどる家路。それは、夜明けの灰色の光にみたされた家の中、厚さ十インチもある羽根ぶとんの下で感じるめざめ。それは、広大なラベンダー色の空の下に、とがったマッチ箱のように建つ風変わりな教会と、さわやかな日曜の昼さがり、気のいい村人たちの心に訪れる安らぎだった。

出発のときが来ると、ヘイズはモイラの両親に劣らぬほど悲しい気持ちになった。モイラは泣いた。バー・ラグはもちろん泣かなかったが、つりあがった金色の目は、言葉よりも雄弁に悲しみをあらわしていた。

しかしヘイズとドッゴーンにとって、悲しみは長続きしなかった。それは、ポート＝オー＝サンズへのエアバスの旅のあいだ続いただけだった。そのあとヘイズは全神経を船の操縦に注がねばならず、バー・ラグには、船の世界を探検する仕事があった。

探検はニュー・ノース・ダコタへの旅の前からすでに始まっていたが、いまバー・ラグは真剣にそれを再開した。あらゆる場所にいっぺんにいたいとでもいうのか、バー・ラグはデッキからデッキへ、船倉から船倉へ、部屋から部屋へテレポーテーションを続け、ひとときヘイズは、ブラック・ダート＝ゴーシェン間、ゴーシェン＝火星間の旅で味わった恐怖――ドッゴーンが距離の計算を誤まって、生と死を隔てる船体のかなたへテレポートしてしまうのではないかという恐怖――をふたたび味わう羽目になった。だが、そのようなことは一度もおこらなかった。おそらくドッゴーンの距離感覚は、方向感覚と同じように正確無比なのだろう。ヘイズはそんな結論に達した。

薬売り一座が訪れた最初の世界は、緑の星カストルの第九惑星ゴールデン・グレイン（黄金の穀粒）だった。ポート＝オー＝プレインズ（平原の港）で入星手続きをすますと、ヘイズは、モイラと二人で計画した短距離巡業飛行にのりだした。最初におりた町は、ワン・レッグ・トゥ・スタンド・オン（片足で立つ／「辛くも立場を守る」という意味も含まれる）だった。町から二、三キロ離れた未墾の土地に着陸すると、彼はこの地方の短波周波数にのせて、よく練った売りこみ口上を送りだした。「傑作喜劇『愛しのメアリ・ルー』ついに登場！　出演ニコラス・ヘイズ、アマゾンのゾンダ、そして奇蹟の犬バー・ラグ！　いらっしゃい、いらっしやい——入場は無料。ところは、町から南へ三キロの宇宙船劇場。日没より開演。奇蹟の犬バー・ラグが、恋に身を灼く男女をきりきり舞いさせるよ。何もない宙にとつぜん現われ、魔法の尻尾をぶんぶん回すふしぎな犬だ。さあ、見たり、見たり！　入場は、無料！　無料！　無料！」この〝無料〟が効かなければ効くものは何もないはずだった。

それはたしかに効いた——だがそれ以上に、人びとは刺激に飢えていた。一番星が現われるころには、船の前の野原は人びとで埋まり、あふれかえっていた。星かげに照らされた顔の多くは貧相で、想像力に乏しそうだったが、その目は好奇心に輝いており、子供たちの目には貪婪《どんらん》な光さえあった。ヘイズは、せりだしの端にとりつけたフットライトをつけると、モイラが作った栗色の人造ビロードのカーテンのうしろから進みでた。「ゴールデン・グレインのみなさん」とヘイズはいった。「わたしたちがこの地を訪れたのは、みなさんを助け、ひとときの楽しみを提供するためです。みなさんが汗水たらして稼いだ金を巻きあげるつもりは毛頭ありません。これからお見せする医薬品セットをお買いになろうとなるまいと、このあとすぐに始まるショウをごらんになるのは自由です」彼はカーテンのほうに向いた。

「ゾンダ？」

豹の毛皮をまとい、長い脚をフットライトの中でひらめかせながら、モイラは医薬品セットを積みあげた小さなテーブルを手に、せりだしの上に進みでた。そしてテーブルをおくと、いちばん上のセットをとりあげ、ヘイズにわたし、ふりかえって観客に暖かいほほえみを投げた。

ヘイズはセットをさしあげ、内容を説明した。

「以上申しあげた品目は、いずれも万能薬ではありません」最後に彼はそう結んだ。「しかし、説明したとおりの薬効はあり、ワン・レッグ・トゥ・スタンド・オンの全家庭になくてはならないものです。セットは一揃い二クレジット。それだけの出費で、みなさんとお子さんたちの健康が保証されるなら、こんなに安い買物はありますまい！」

セットの売れゆきは驚くほどで、モイラは二度も船倉にあがり、品物を補充しなければならなかった。二人は高揚した気分で幕のうしろに引っこみ、バー・ラグを呼ぶと、出番にそなえた。

「お芝居の調子、すこし抑えたほうがいいと思わない？」メアリ・ルーの衣装にすべりこみながら、モイラがいった。「子供たちもたくさんいることだし」

「いいアイデアだ。手をのばすときはウエストより上だけにして、流し目はしないことにしよう。きみは歩くとき、お尻をふるのをやめるんだ。いいかい？」

「ええ」

『愛しのメアリ・ルー』は、手加減したそのかたちでも大好評を博した。事実、観客はアンコールを求めた。ヘイズとモイラは、ボツにした寸劇の中からひとつを選んで舞台にのせた。人びとがまだ立ち去りがたく舞台のまわりに残っているのを見て、モイラがいった。

「なぜ自分のレパートリイの中からなさらないの？」

「それも連中を追い払うひとつの方法だね」

「そんなつもりで言ったんじゃないわ。わからない、ニック？　あなたには、人びとに健康と同時に教養を吹きこむ義務があるのよ。ペニシリンを売ったでしょう。今度は別の薬を売るの。のみたがらなければ、無理にでも喉に押しこみなさい。あなたはこの人たちに借りがあるはずだわ、ニック。あなた自身にも！」

ヘイズは考え深げに彼女を見つめた。今まで気づかなかった考え方だった。それは、彼が創ろうとしているイメージを完全なものにするために、何かプラスになるかもしれなかった。「わかった。やってみよう」

せりだしに進みでるとヘイズはこれからハムレットの独白を演じると話し、その独白の前後にある粗筋を紹介した。そして彼は両手をあげた——

「一生の営為が、食っては寝る、その程度だとしたら、
人間とは何だ？　けものと変わりはない。
造物主は前を見、うしろをふりかえりつつ
われわれに豊かな思慮分別を授けたもうた。

その力、神のごとき理性を使わぬまま黴びさせておくのは、
造物主の本意ではないはずだ……」

語るうち、頭上の星はいっそう輝きを増し、その光はいやます強さで仰ぎ見る観客の顔に降りそそいだ。夜気はひんやりとさわやかだった。ゴールデン・グレインの三つの月のひとつがのぼっており、カメラのレンズのように天にかかっていた。

ヘイズは、枷《かせ》が手首からはずれ、鎖が足首から落ちるのを感じた。〝カメラ〟が彼のイメージをとらえ、一億の居間にむけて送りはじめると、充足感がよみがえった。言葉は天空にのぼり、豊かな、まろやかな流れとなって星々の中にひろがり、語りおえたのちも消えることなくたゆたっていた。聞こえるのは、息をのんで散ってゆく観客の足もとの草原のささやきだけ……そしてニコラス・ヘイズは、たったひとり立ちつくしていた。大空へと飛び去ってゆく言葉のかわりに、森林のすがすがしい風が顔に吹きつけていた。

いや、ひとりぼっちではない。いつのまにかモイラがデッキに現われ、となりに立っており、幕のうしろからはいだしてきたバー・ラグが、足もとで体をまるめていた。ヘイズはそのどちらにもほとんど気づかなかった。「すばらしかったわ、ニック」モイラがいった。「あの人たちもわかったみたい。忘れられない思い出になると思うわ、あたしにとっても」

呪縛は破れた。「寒くなってきた」とヘイズはいった。「なかにはいろう」

6

　一行はワン・レッグ・トゥ・スタンド・オンからダッチマンズ・ブリーチズ（こまくさ）へ跳び、ダッチマンズ・ブリーチズからデヴィル・テイク・ザ・ハインドモースト（遅れた奴は鬼に食われろ／「早いものがち」の意）へ、そしてデヴィル・テイク・ザ・ハインドモーストからア・ポケット・フル・オブ・ライ（ポケットいっぱいのライ麦）へ跳んだ。興行成績はどこでもすばらしく、ワン・レッグ・トゥ・スタンド・オンでの熱狂はさらに三たびくりかえされた。ヘイズは公演の終わりをいつも独白でしめくくったが、いずれの土地でも、同じ陶然とした沈黙と象徴的な充足感が待ちうけていた。

　しかし象徴的な充足感がすべてではない。ヘイズはそれを知っていた。

　一行はゴールデン・グレインから、青い星アケルナルの第五惑星エイカー・イン・ザ・スカイ（大空の土地）に移り、その六つの町ポプーリ（香壺）、サンライズ、ヴィーナス・ルッキン・グラス（おおみぞかくし）、ヒアラフター（来世）、ワインディング・リヴァー（曲りくねる川）、ジャック・ジャンプ・オーヴァー・ザ・キャンドルスティック（ジャックよ、燭台をとびこえろ／「マザー・グースの唄」より）でそれぞれ一夜興行をうった。ヘイズがあてにしていた宣伝の機会は、偶然にもそのジャック・ジャンプ・オーヴァ・ザ・キャンドルスティックで訪れた。IBS特別通信社の腕きき記者マハトマ・マクファッデンが、エイカー・イン・ザ・スカイ風の純朴な結婚風俗をテープに撮ろうと、その町にいあわせたのである。だが薬売《メディシ》り演芸《ン・ショウ》の噂を聞き、ニコラス・ヘイズその人が薬売りであると知ると、彼は『愛しのメアリ・ルー』の公演の模様もテープに入れた。彼はまた芝居の前の客寄せ口上から、あとの独白までテープに入れた。

ヘイズは手の内をさらさないように気をつけ、マハトマが権利放棄書をひらひらさせながら舞台裏にかけこんでくると、抜け目なく答えた。「そんなご大層な宣伝が、ぼくに必要かねえ」

「何を言ってもいいけど、それだけは言わんでくださいよ、ヘイズさん」とマハトマはいった。「名前が知れわたるのをいやがる役者がどこにいますか！」

「ぼくはもう役者じゃない。薬売りだ」

マハトマは大笑いした。やせた精悍な小男で、飢えたような腰に茶色の目が輝いている。

「薬、薬って。役者は三日やったらやめられんといいますな。要するに、ヘイズさん、あなたは組合からおっぽりだされたので、怒っているだけだ。ここにサインしてください。テープを見れば、連中だって呼びもどす気にならんとも限らない。やってみるにこしたことはないでしょう」

「逃げだして薬売りになりさがったから連れもどすというのか？」ヘイズは、真実味がこもるよう、ほどよい自嘲をきかせて笑った。「連中がその気になるとしても、こっちは考えたくもないね」

「そうですか。じゃ、こう考えてごらんなさい、ヘイズさん。そのうちいつか、このテープが辺境惑星に出まわり、三流劇場や掘立て小屋で上映されるようになる——もちろん、あなたがこの権利放棄書にサインしてくださればの話ですがね。そういう惑星の人たちに、自分のことを知ってもらいたいとは思いませんか？——あなたの到着を首を長くして待っていてもらいたいとは思いませんか？　いいですか、その人たちはテープを見れば、あなたが来るのを首を長くして待つにきまってるんだ。もう生《なま》で見ているなら、いま一度生《なま》で見たいと思うのが人情です。人気があったって害にはならん」

「この人のいうとおりだと思うわ、ニック」モイラがいった。

「わたしのいうとおりだと思いますよ」とマハトマ。

「ふむ」とヘイズはいった。

議論に勝ち、マハトマは権利放棄書をさしだすと、ジェット・ペンのふたをとった。

「ここ、〝原作者の署名〟というところにお願いします、ヘイズさん」

星間雑誌ニュースターの女性記者ナンシー・オークスが、ヘイズ一座の巡業先に追いついたのは、それから二カ月後のことだった。そのときヘイズとモイラとバー・ラグは、白い星、御者座ベータの第十惑星グリーン・サム（園芸の才）の小さな町リリー・オブ・ザ・ヴァリー（谷間の百合）で興行していた。

舞台のあと、ドクター・アルバート・シュヴァイツァー号の中でヘイズをつかまえたミス・オークスは、感激に頬を紅潮させていた。「ヘイズさん、あなたのことを書かせていただけますね。お願いです。読者はむさぼり読むと思いますわ。ほら、ここに舞台のさいちゅうにとった立体写真があるんです。最高ですわ」

ヘイズは、計算された控え目な好奇心をのぞかせて、写真をながめた。一枚は、医薬品セットを売っているところで、となりにはモイラが豹の毛皮を着て立っている。また一枚は、モイラといっしょにソファにすわっているところ。二人のあいだには、バー・ラグが見える。三枚目は、星かげに照らされたせりだしに立ち、独白を演じているところ。それは、彼がこれまで見た自分の写真の中でも、最高のもののひとつだった。

ヘイズは立体写真を返した。不意にバー・ラグが居間のフロアに現われ、彼の膝にとびのった。ミス・オークスは息をのんだ。「いったいどうやってこんな芸を教えこんだんですの、ヘイズさん？」

「むずかしくはない。ただの犬じゃないからね。ドッゴーンなんだ」

「なんですって？」ミス・オークスは、目立たぬ手さばきでレコーダーのスイッチを入れた。「ドッゴーンのことを話してください、ヘイズさん。すばらしい記事になると思いますわ」

ヘイズの説明がひととおり終わると、ミス・オークスはさらに話を進めた。「それから、ヘイズさん、あなたのことを話してくださらなくては。もちろん、ゾンダのことも。あなたがゲスト出演なさっていることは知ってますけど、もうすこしくわしいところをお聞きしたいんです――どうして薬売りになる決心をされたのか、そのあたりがはっきりするように」

ヘイズは困りはてたような表情を作ってモイラを見た。「こんな話を記事にさせていいものかね？」

「あたしはかまわないわ、ニック」

彼はふたたびミス・オークスに向きなおった。「まあ、運命にはさからえないな。そうでしょう、ミス・オークス？　どうぞ質問してください」

記事を掲載した雑誌は二カ月後に発売された。だが出版社の送ってよこした一冊が、ヘイズの旅先に追いついたのは、それからさらに二カ月後だった。記事は十四ページから始まっていた。題名は、**ニコラス・ヘイズ――宇宙航路のシュヴァイツァー博士**。そしてキャッチフレーズには、こうあった。**アルコール依存症を克服し、宇宙の隣人たちに文明の恩恵をさずけた流浪の俳優。**

ヘイズはニュース雑誌を屑かごに投げ捨てた。

一行がつぎに興行をうった町は、ウィンターズ・ブレス（冬の息吹き）だった。舞台が終わるころ、ヘイズは一通のメッセージをうけとった。それには、ウィンターズ・ブレス・ホテルに待ち人がいる、とあった。森を抜け、もはや見上げることもない星座の下にある草原を越えると、彼は曲がりくねる道を歩き、おんぼろのステップからくたびれたロビーに踏みこんだ。部屋は二〇四号室。階段をのぼり、すすけた廊下にはいる。戸口で出迎えたのはレスリーだった。「ニック・ダーリン、元気そうじゃない」

ヘイズは中にはいると、手近の椅子に腰をおろした。レスリーはむかいあう椅子にかけた。

「わかっているでしょうけど、あなたを連れもどしに来たのよ」

ヘイズは目をあげた。そこには、いつもと変わらぬ眼差しがあった。夏の光がまたたく薄茶色の瞳。その髪は昔どおり夜のように暗く、非創造的なランプの明かりの中でも、そこにきらめく星々が見える。V字形に割れた半透明のボディスをまとい、短い金色のスカートをはいて、レスリーはすわっていた。短い時間にできるだけ自分を目立たせようと、すましたポーズをとっているのも、いつものとおりだった。「なぜキングが自分で出向いてこないんだ？」

「かわりに行かせてって、あたしが頼みこんだのよ。意気ごみがわかるでしょう？　考えてごらんなさい、ニック――昔と同じように、あたしたち、ラフター・イン・ジ・アフタヌーン（昼さがりの笑い）でカクテルを飲むのよ。それから舞台がひけたあと、いつもしたように、こみあった小さなレストランでお食事して――」

「ぼくは結婚してるんだぜ」

レスリーは笑った。「それがどうしたの？　今どき結婚に縛られてる人間なんていないわよ。時代おくれね。オールド・ヨークでは、最近は回教の習慣が流行よ。〝我、汝と離婚する〟って三回いえば、それで離婚成立」

「ほう？」

レスリーは体をのりだした。「あたしの前で、いくら聖人ぶったってだめ、ニック。あなたの考え方ぐらいわかるわ。あたしはアマゾンのゾンダじゃないの。ラフター・イン・ジ・アフタヌーンのレスリーよ。あなたは、辺境惑星の人たちを助けるために薬売りになったんじゃないわ。自分を助けるためになったのよ――世間の同情心を集めて、テレシアター組合とクリストファー・キングの庇護をもう一度受けるために。それ以上に、薬売りになることであなたが狙ったのは、テレシアター・カメラの前にもう一度立ち、一億の分身を作りだすことだったんだわ」

ヘイズは床を見つめていた。「ぼくはもう組合に復帰してるんだろう？　キングはぼくの役をとってあるのかい？」

「わかってくれると思ったわ、ダーリン。もちろん、役はとってあるわ。例の役——ミルトン・ポンフレットの役。『二辺三角形』の再演は来月から始まるんだけど、その前に代役をしていた人の契約が切れるの。だから準備はできてるわけ、ニコラス・ダーリン。もちろん、ゾンダにも同じようにというわけにはいかないわ。あたしはまだメアリ・ルーだし、それにゾンダがクリスのお眼鏡にかなうかどうか怪しいものじゃない」とつぜんレスリーはくすくす笑いを始めた。「そういえば、ダーリン、雑誌で読んだんだけど、あの人ほんとにザ・ラスト・オブ・ザ・モヒカンズのバーで蔓にぶらさがって飛びまわってたの？」

「よせったら！」

「それから、風車みたいに尻尾をふりまわす、あの変てこな犬。どこであれを見つけてきたの？　まじめな話、あなたにまた会えてうれしいわ、ニック！」

ヘイズは立ちあがった。「切符はとってあるんだろう？」

「グレート・イースタン・エクスプレスのをとったわ。あしたの朝九時にポート＝オー＝ウィンズ（風の港）を発つことになっているの。だから用意したほうがいいわ。ダーリン。時間もあまりないし」

「一時間でもどるよ」ヘイズはいい、部屋を出た——

そして廊下を通り、階段を下り、おもてに出ると、曲がりくねった道を歩き、森を抜け、草原を越え、星空を背に黒々とそびえたつ宇宙船へ……

モイラは彼を待っていた。バー・ラグはその膝ですやすや眠っている。彼女が事情をすでに知っていることは、表情からわかった。「前からわかっていたんだろう？」

「おこらないでね、ニック。組合に復帰してくれたらと、あたしも思っていたの」たずねるには遅すぎる時間だったが、ヘイズはあえてたずねた。「おこっているかい？」

「あたしのことなんか……。ニュー・ノース・ダコタへ帰るわ、あたしの家へ」

「パイロットを雇ってあげよう。ひとりで船を操縦するのは危ない。シュヴァイツァー号だって、ちゃんとした買い手さえ見つければ、最初買ったときよりいい値で売れるはずだ」

「ありがとう。バー・ラグといっしょに、あなたの舞台を見るわ」

ヘイズは、彼女の膝にある小さな灰色の頭とぼろ雑巾のようなおかしな耳を見おろした。そしてモイラのほっそりした首に視線をあげた。喉もとがかすかに脈打っていた。さらに目をあげたとき、ヘイズがそこに見たのは、あふれでる涙の隠しても隠しおおせぬきらめきだった。

彼は立ちつくしたまま、必死に自分の感情を探りとろうとしていた。だが、立ち去りたいという欲望以外、何ひとつ感じることはできなかった。「さようなら、モイラ」そういうと、きびすを返し、らせん階段を下り、夜の中にとびだした。

7

オールド・ニューヨークでは、季節は夏だった。オールド・ヨークはいつも夏なのだ。ヘイズは、レスリーやキングと連れだってラフター・イン・ジ・アフタヌーンへ行くと、にごったコーヒーをすすり、あるいはカクテルのグラスを傾けながら、ニックがどうのニックがこうの、ああ、ニック、よく帰ってきた！　といった楽しいおしゃべりに時を過ごした。『二辺三角形』のリハーサルでは、長いブランクにもかかわらず苦もなく雰囲気にとけこんだ。だが台詞をしゃべりながらも、ときどきヘイズは、グリーン・サムやエイカー・イン・ザ・スカイの星月夜に思いをはせ、処女林に生まれ、小さな舞台へと吹き寄せるさわやかな風を懐しむのだった。

ふたたび酒にひたるようになったときも、彼は驚かなかった。いつかは必ずおこることだったのだ。昔と同じ理由で、いま彼は酒を飲んでいた。ただ今度は、理由を知っている点がちがっていた。しかし認識だけではなんの役にも立たない。自分以外だれも愛せないとわかったとしても、矯正の見込みがなかったらなんの益があろう？

初日の夜、テレシアター・ボウルへ押し寄せた群集は広場にまであふれた。再演は伝統であり、オールド・ヨーカーたちが珍重するのは常識よりも伝統だった。彼らが常識に傾ける耳を持っていたなら、『二辺三角形』を見るのはそれがはじめてではなく、テレシアターでの初演や、過去一年さまざまな小劇場での公演によって最低一度は見ていることを、あらためて思いだしただろう。しかし、そんなことに耳を貸す人びとはどこにもいず、オールド・ヨーカーたちはレミングのようにこの擬似文化的な海へと殺到した。

「カムバックのご感想はどう、薬売りさん？」幕あきを前に位置につくと、レスリーがいった。「もうあとちょっとしたら、あなたの分身は一億人にも増えて、寂しい思いをしなくてもよくなるわ。どんな気持ち？」

ヘイズは答えなかった。モイラは見ているだろうか？　と彼は思った。バー・ラグは？

不意に彼は、女のこともドッゴーンのことも忘れた。幕があがり、いくつものカメラがいっせいに舞台に焦点をあわせたからだ。ある晴れた金曜日の昼さがり、デスクのうしろにすわった彼は、夫のようすを見るためオフィスに立ち寄った妻にむかって言った。「見たとおりだよ、グレンダ、ぼくの膝に秘書なんかいない。ファイル・キャビネットのかげに隠れてもいないし、休憩室からおそるおそるきみを観察してもいない」芝居は快調なテンポで始まり、疑い深いグレンダに扮するレスリーが台詞を返していた――自分は秘書の数をかぞえに来たのではない、今夜クロフトンズで夕食をいっしょにする約束を忘れていないか確かめたかったのと、もうひとつ、帰り道いつもの一杯をやめて早目に帰宅するのはどうかと言いに来たのだ、毎朝ひげ剃りとシャワーと着替えがいっぺんに始まって、家中てんてこまいする羽目になるのだから。

そのとき目のさめるような赤毛美人が、しなしなとオフィスに現われ、レイアウト室へ来てほしいとヘイズ／ポンフレットに告げる。彼は女に従って退場する。グレンダは立ち去る二人をしばらくにらみつけたのち、やおら電話をとり、美容コンサルタントのダイヤルを回し、用件とその理由を説明する。つぎには音声学者に電話をかけ、同じく用件とその理由を説明する。

続く場面では、彼女はすでに魅惑的なメアリ・ルー・ジョンスンに変身し、夫の面接を受けて秘書の職をもらっている。プロットは進行していった。新しい秘書を昼食に誘うヘイズ／ポンフレット。夕食に誘うヘイズ／ポンフレット。やがて彼は秘書をデートに連れだすことに成功し、その夜彼女のアパートに立ち寄る。二人は居間のソファにならんですわる。彼ににじりよるメアリー・ルー。「あなたのお家は、きっとこんなふうじゃないわね」唇をつきだし、〝はじめて〟のキスを待ちうけるメアリ・ルー。「ダーリン」と彼はいう。「もしぼくの家がこんなふうだったら、ドアから一歩も出る気にはならないよ」

彼女はさらににじりよる。「じゃ、証明して」

「いいとも」ヘイズ／ポンフレットはいい、彼女の腰に腕をまわす。

ドアベルが鳴る。「まあ、こんなときに！」メアリ・ルーは立ちあがり、部屋を出てゆく。

ベルを押したのはセールスマンで、『あなたは夫を信頼してはならない』という本の売りこみに来たらしい。セールスマンと言いあう彼女の声が、舞台裏から聞こえる。男を追い払うため、彼女はやむなく現在進行中の事態とは逆の立場、すなわち、世の亭主族はみな信用でき、したがって本の言っていることは大嘘であるという立場をとらざるをえない。この中断は五分あまり続き、その間ヘイズ／ポンフレットは舞台を行ったり来たりしては、良心のとがめを感じながらも、せっかちな恋人の手から逃がれられない妻帯者のユーモラスなパントマイムを演じつづける。彼がソファにおちつくと同時に、メアリ・ルーももどり、となりにすわる。

「いけすかないセールスマン！」とメアリ・ルー。「今の世の中では、もうプライバシーなんて持てないんだわ！」

ヘイズ／ポンフレットは彼女の体に腕をまわそうとする。

彼女が悲鳴をあげ、とびさがったのは、そのときだった。

ヘイズは、自分のそばにとつぜん現われた小さな物体を見つめた。彼は動けなかった。

その物体は、朝霧の色をした毛につつまれていた。垂れたふたつの耳はぼろ雑巾を思わせ、とびだしたガラスのような目には、かつてそれを金色に輝かせていた愛と尊敬の光がまだかすかに残っていた。ひょうきんな口もとには凍った血のかたまりがこびりつき、白い房のある尻尾は静まっていた。ひたいのまん中の小さな星も、もはや輝いてはいなかった。

ヘイズは小さな死骸をとりあげると、腕に抱きかかえた。つかのま視界がぼやけた。

「早くソファの下に押しこむのよ！」となりにすわりなおしたレスリーがささやいた。「台詞《せりふ》を続けてちょうだい！」

ヘイズは聞いていなかった。「なぜだ、バー・ラグ？　なぜこんなことをした？　崖だと知っていたじゃないか――なぜ飛びおりたんだ？　六千万キロもあるのに、バー・ラグ。六千万キロも！」

「ニック、お願い！　その気味の悪いものをどっかへやって、台詞を続けるのよ！」

バー・ラグを抱きかかえたまま、ヘイズは立ちあがった。テレシアター・ボウルは巨大なささやきに満たされていた。一万の顔が、目の前にかかる霧の中でゆらめいていた。彼はレスリーに背を向けた。自分自身に背を向けた。彼は一億の死を経験していた。

楽屋の廊下でキングが追いついた。「ニック、もどるんだ！　まだ芝居を救える。だれか裏方が悪ふざけしたにちがいない――それだけだ」

ヘイズは止まらなかった。

「ニック、そのドアを出たら、もう二度といれんぞ！」

ヘイズは歩きつづけた。

外に出ると、わずかに気持はおちついた。空に火星を見ることができたからだ。最接近の時期なので、それはオレンジ色の町の灯のように夜空に輝いていた。涙にかすんだ目に、赤い平原が見えた。とがったマッチ箱を思わせる小さな教会が見えた。なだらかに起伏する黄土色の山々が見えた。彼の視線は地上にもどり、腕の中にある小さな死骸の上におりた。六千万キロも、と彼は思った。六千万キロも、、、、、!

星かげに照らされて、その家は窓のある積木細工のように見えた。モイラが戸口に出迎えた。

「ニック、来てくださったのね!」

「きみはそばにいたのかい、あいつが——あいつが——」

モイラはうなずいた。「あたしの足もとにすわっていたわ。あなたが〝ダーリン〟って言ったとたんに消えたの。はじめはなんだかわからなかったわ。テレシアターに出ているあなたがわかるなんて思わなかったから。何分かたって、スクリーンに見えたとき——はじめて……」

「宇宙に埋めてやったよ。星の海にね。バー・ラグには、それがいちばんいいと思ったんだ。彼はスターだったんだから」

「居間にいらして、ニック。あなたに見せたいものがあるの」

　二人は廊下を歩いた。「船のことだが」とヘイズはいった。「あれは売ってしまったのかい？」

「ううん、――まだポート＝オー＝サンズにおいてあるわ。父と母はいま眠ったとこ――おこしましょうか？」

「あとにしよう。しばらくいるつもりなんだ――きみがいやじゃなければね」

　居間にはいると、モイラは暖炉のかたわらにある小さなバスケットの前に膝をついた。ヘイズもそれにならった。最初に見えたのは、小さな、ぼろ雑巾のような耳だった。ついで朝霧の色をした小さな体、白い房のある小さな尻尾。ふたつの吊りあがった金色の目が、驚きに見開かれた彼の目を見返した。そして、ひたいに輝く小さな星。「バー・ラグ！」彼はかすれた声でいった。

「ドッゴーンは単為生殖をするって前に言ったことがあったでしょう。一週間前に、この子が生まれたの」

　ヘイズは、ぼろ雑巾に似た耳をつまんだ。「これは……なんてこった！」

　彼は体をのばすと、モイラを立ちあがらせた。彼女の肩のむこう、マントルピースの上に、モーリス・エヴァンズのプラチナ立像が見えた。そう、モイラはたしかにそれを売った。自分自身に売ったのだ。ヘイズは彼女の目を見つめた。愛を知ってさえいたら、彼は遠い昔にモイラを愛するようになっていたことだろう。いま彼はそれに気づいていた。

「はじめからやりなおそう、モイラ——もし相手役がぼくで不足はなかったら。船にもう一度荷を積んで、今まで行かなかった星へ行くんだ。モーニング・グローリーやファー・リーチやロード——」

「それからメドウ・フラワー、フォーティ・ナイナー、フロンティア——」

「ひと回りしたら、ブラック・ダートにもどってくる——」

「そこからゴールデン・グレインへ——」

「ゴーシェンへ——」

「エイカー・イン・ザ・スカイへ……」

いまモイラは彼の腕の中にあり、彼はモイラにキスしていた。オールド・ヨークでは、季節は夏だろう。オールド・ヨークはいつも夏なのだ。だが、ここ、火星のニュー・ノース・ダコタでは、季節は春だった。

空飛ぶフライパン

Flying Pan

マリアン・サマーズの職場は、フライパン工場だった。毎日八時間、毎週五日、流れるコンベア・ベルトのそばに立ち、通りすぎるフライパンに柄《え》をつけてゆくのである。そして、コンベアのそばに立つ彼女もまた、別のコンベア――それは大きなコンベアで、蛍光灯のかわりに昼と夜があり、そばに立っているのは人間ではなく暦の月なのだ――で運ばれているのだった。つぎつぎとやってくる月は、何かを彼女につけ加え、何かを彼女から取り去ったが、そんな年月の経過につれて、彼女はしだいに行程の終わりにある月――はるか遠くで、彼女のたましいに柄をつけようと待ちかまえている月――のことを思い悩むようになった。

ときどきマリアンは、すわりこんで考えるのである。自分はどうしてこんな鋳型《いがた》にはまりこんでしまったのだろう。だが、そう考えながらもマリアンは、自分がちゃんと理由を知っていて、しかも本心を偽っていることに気づいているのだった。鋳型は、才能のない人間のためにある。才能がなければ、行きつく先はそこなのだ。そして、もし才能がなく、故郷へ帰るつもりもなく、才能のないことを認める気もないのなら、いつまでもそのなかにいるしかない。

テレビに出て踊ることと、フライパンに柄をつけることでは、たいへんな違いだ。それは、動作が柔軟なこととぎくしゃくしていること、幸運なことと不運なことの違いであり、また――ふたたび根本の事実にもどって――才能のあることとないことの違いなのだ。どれだけ練習をつもうと、どれだけ試験を受けようと、脚が太すぎれば、声をかけてくれるものはなく、おちつく先は鋳型かフライパン工場、それはつまり同じものなのだが、そして朝には工場へ出かけ、きまりきった仕事をし、夕方帰ってきて同じことを考える。そのあいだも、大きなコンベアは無慈悲な月をつぎつぎと通りすぎ、マリアンをほかのだれもかれもと同じにしてしまおうと仕上げのときを待っている最後の月へとしだいに近づけてゆく……

朝は小さなアパートで目をさまし、朝食をつくり、バスに乗って工場へ行く。夜はアパートに帰って、ひとり寂しく夕食をつくり、そのあとはテレビ。週末は手紙を書いて、公園の散歩。変化などすこしもない生活だったから、マリアン自身もいつしか変化を何も期待しなくなっていた……

ところがある夜、帰宅した彼女は、窓べりに着陸している空飛ぶフライパンを見つけたのである。

それは、フライパンと監督の見回りと退屈と疲れた足だけの、いつもと変わりない一日だった。十時ごろ、整備工のひとりがやってきて、彼女をハロウィーン・ダンスにさそった（万聖節前夜をハロウィーンという。十月三十一日）。ハロウィーン・ダンスはこの会社の年中行事で、それが今夜なのだった。マリアンはそれまでに十五人の誘いをことわっていた。

フライパンがきたので、彼女はそれに柄をつけた。「行けそうもないわ」と彼女は言った。

「なぜ？」と男は率直にたずねた。

よい質問であったが、自分に不正直なマリアンに正直な答えができるはずはない。彼女はそれまでの先口に言ったしらじらしい嘘をもう一度くりかえした。「あたし――あたし、ダンス、きらいなの」

「へえ」整備工は先の十五人と同じ表情をうかべると立ち去った。マリアンは肩をすくめた。どう思われたっていいわ、と彼女は心にいった。また一枚、フライパンがやってきた。

そのあとから、また一枚。そしてまた。

そうするうちに昼休みになり、マリアンはほかの工員たちといっしょに、工場の食堂でウィンナ・ソーセージとザワークラウトを食べた。フライパンの行進は、十二時半にふたたび始まった。

　午後のあいだに、また二人から誘いがかかった。工場には、女はマリアンしかいないみたいだった。自分の青い目とピンクの丸顔がうとましく思われることもあった。ときには自分の明るい黄色の髪すらうとましく思われた。それがどうやら磁石の役目をはたして、男をひきつけるらしいのだ。しかし自分の顔かたちを嫌ったって、それで問題が解決するわけではない――かえって事態は悪化するばかりだ――そして四時半になるころには頭痛までおこり、彼女は心から世の中を呪った。

　通りの角でバスをおりるころには、小さなペテン師たちがもうあたりを徘徊していた。魔女たちが歩きまわり、小鬼たちが横目でにらみ、カボチャの提灯《ちょうちん》が夕暮れのなかで踊っていた。だが、マリアンはほとんど目をくれなかった。

　ハロウィーンは子供たちのものだ。フライパン工場ではたらく、世をすねた二十二歳のお婆ちゃんには関係ない（ハロウィーンには、魔物や、おばけが跳梁するという伝説があるところから、子供たちがそんな扮装をして家々をまわり菓子などをねだる）。

　アパートに帰りついたマリアンは、管理人のデスクから自分あての手紙をとった。手紙は二通、ひとつは母からであり、もうひとつは――

　マリアンの心臓は、エレベーターで六階へあがり、廊下を通って自分の部屋にたどりつくまで高鳴っていた。だが、はやる心をおさえて、母の手紙から先に開いた。それは、いかにも母親の書きそうなあたりまえの手紙で、内容もこのまえ来たものと本質的にはなんの変わりもなかった。今年はブドウがよく実った。だが、手入れや、荷造り、土鋤《す》き、馬鍬《ぐわ》入れ、摘み手たちへの支払い、その他なんやかやで——収穫を無事に終えたとしても——手もとにあまりお金は残りそうもない。めんどりたちはよく卵を産んでくれるけれども、そういう年には、いつも卵の値段はさがるのだから同じことだ。エド・アームステッドが、雑貨屋を拡張している（いいタイミングだよね！）。ドリス・ヒケットが、七ポンドの男の赤ちゃんを生んだ。パパはおまえのことを心配している。おかしなプライドを捨てて帰ってきなさい。追伸——ハワード・キングが自分の家の改築をはじめている。マリアン、おまえも見に来たらいい。できあがったときには、まるで宮殿みたいになりそうだから。

マリアンは喉につかえていたかたまりを呑みこんだ。そしてふるえる指で、もう一通の手紙をあけた——

親愛なるマリアン

まえにぼくは、もう二度ときみに手紙を書かないと言った。故郷に帰って、ぼくと結婚してほしいと今まで何回書いたかわからないが、きみはどうとも返事をしてくれなかったからだ。しかし男のプライドだって、大した問題ではなくなる場合がある。ぼくが家の改築をしていることは、たぶん聞いて知っているだろう。その理由も、きみにはわかっているはずだ。わからなければ教えてあげよう。ぼくがこの家を買ったときと同じ理由、つまり、きみのためなんだ。見晴らし窓をひとつだけ手に入れた。それを居間につけようか、台所につけようか、いま迷っているところだ。台所でもいいけれど、そこから見えるのは納屋だけ、そして納屋がどんなありさまかは、きみも知っているはずだ。だけど居間につけると、川辺の柳や道は見わたせても、最初の冬には北東風でひびがはいってしまうのは目に見えている。ぼくには、どうしたらいいかわからない。

南側の窓から見える山々は、一面に黄葉して、きみがむかし好きだと言っていた景色そのままだ。柳はまるで燃えているようだ。夕暮れになると、ぼくはステップにすわり、きみが帰ってきて門のところで立ちどまった情景を想像する。そして、ぼくは立ちあがり、歩いていって言う。「とうとう帰ってきたんだね、マリアン。どうもぼくは、まだきみを愛しているらしいよ」だれかが聞いていれば、きっと狂人だと思うだろう。なぜかって、ぼくがそこまで行くと、道にはだれもいないし、門のそばに人が立っていたことなんて今まで一度もあったためしがないんだから。

ハワード

思いだすのは、十二月のあの凍てつくような夜。干し草をいっぱい積んだ橇《そり》をひきずるトラクター、その発動機のポッポッという音と橇のすべりの下で砕ける氷の音が、さんざめく歌声と笑い声にまじって聞こえていた夜。そして星々が、シルエットをうかびあがらせた木々の梢に触れそうなほど近く輝き、星かげの下で雪原が青白く、しみひとつなく、遠い山の斜面の黒い森林のきわまで見わたすかぎりひろがっていた夜。彼女は、干し草の上のパーティの仲間から離れて、ハワードといっしょにトラクターに乗っていた。太いわだちの続くいなか道をヘッドライトの光芒に先導されて、ガタゴト揺れながら進むトラクター――

ハワードの腕は彼女の腰にあり、キスするたびに、二人の白い息はまじりあうのだった。「愛しているよ、マリアン」とハワードが言うと、彼の口から出た言葉が、小さな銀色の雲となって闇のなかに流れでてゆくのが見えるのだった。そのときとつぜんマリアンは自分の言葉が、これもまた銀色の雲となって、目の前の宙にほのかにうかんでいるのに気づいた。そして感動と驚きをもって、彼女は自分の声を聞いたのだ。「あたしだって愛しているわ、ハウィー。あたしだって……」

チンチンという音に気づくまで、どれくらいすわって泣いていたのか。手足がこわばっているところからして、かなり長いあいだだろう。音は、寝室の窓のほうから聞こえてくる。最初に考えたのは、子供のころ友だちといっしょに使った止め針のことだった。それに糸をつけてふりまわし、ハロウィーンの夜、ひとり住まいの孤独な年老いた人々の家の窓を、それでたたくのだ。

部屋にはいったときつけておいたテーブル・ランプが、彼女を勇気づけるように、居間の敷物に暖かな光を投げかけている。だが、その光の外では、影が壁にそってならび、寝室の戸口の奥へと溶けこんでいる。マリアンは立ちあがり、音に神経を集中した。聞いているうちに、近所の子供たちのしわざとは思えなくなった。糸の先に針をつけて投げているにしては、チンチンが規則正しすぎるのだ。はじめスタッカートでしばらく続き、そして休止、やがてまたスタッカート。それに寝室の窓は地上六階にあり、非常階段はそこから遠く離れているのだ。

だが、子供たちでないとすれば、いったいだれのしわざだろう？　それを知る絶好の方法があった。マリアンは勇気をふるいおこして寝室の戸口にそろそろと近づき、天井の明かりをつけると部屋に踏みこんだ。ベッドのそばの窓までは、ほんの二、三歩だった。

彼女は窓の外をすかし見た。何かが窓べりのところできらめいている。だが正体はわからなかった。チンチンという音はやみ、車の音が下方から聞こえてくる。通りのむかい側では、明かりのともるたくさんのビルの窓が、闇のなかで整然とした模様をかたちづくっている。通りをすこし行ったところでは、巨大なネオン・サインが青い大きな文字で、こう言っていた。**スプラックの魚の目バンは最高。**

不安がいくらからすらいだ。マリアンは留め金をはずすと、ゆっくりと窓を上げた。はじめ、そのきらめく物体が空飛ぶ円盤だとは思わなかった。裏返しにした、柄のないフライパンだと勘違いしたのだ。身についた習慣はおそろしい、彼女はそれに柄をつけようと無意識に手をのばしていた。

「わたしの宇宙船にさわるな！」

マリアンが宇宙人に気づいたのは、そのときだった。宇宙人は窓べりの隅に立っていた。かわいいヘルメットが、**スプラックの魚の目バン**の光でにぶく照り映えている。彼はぴっちりと体にあった灰色の宇宙服を着、肩にボンベを背負い、光線銃を持ち、爪先のそりかえったブーツをはいていた。身長は、頭のてっぺんから足の爪先まで、わずか五インチ。彼は抜きはなった光線銃を構えて立っていた（それが本当に光線銃かどうかは、マリアンにはわからなかったが、ほかの道具だてからして、それ以外には考えられなかった）。それで窓をたたいていたことは明らかだった。

もうひとつ明らかなことがある。彼女は頭がおかしくなってしまったか、そうでなければ、頭がおかしくなりかけているのだ。そう思いあたったので、窓をしめようとした――

「やめろ、さもないと焼き殺すぞ！」

彼女はサッシにかけた両手をおろした。声は本物のようだった。やや金切り声だが、ちゃんと耳に聞こえる。そんなことがあり得るだろうか？　この小さな生き物が、想像の産物ではなく本物だなんて！

気がつくと、宇宙人は銃をもう一方の手に持ちかえ、小さな銃口を彼女のひたいに向けていた。それ以上抵抗がないと見ると、彼は銃身をすこしさげて言った。「それでよし。おとなしくして、わたしの言うとおりにすれば、命を助けてやらんこともない」

「あなたはだれ？」とマリアンはきいた。

宇宙人は、まるでその質問を待っていたかのようだった。彼は芝居気たっぷりに窓から流れでる光のなかに進みでると、銃をしまった。そして、見えるか見えないかというほどかすかに礼をした。ヘルメットが、チューインガムの銀紙のようにきらめいた。「わたしは、モイ・トレハーノ王子である」と、宇宙人は威厳をこめて言った、もっとも金切り声のため威厳はあまり効果を発揮してはいなかったが。「わたしは一万の太陽の支配者であり、今この瞬間〝地球〟と呼ばれるつまらぬ惑星上空の軌道に停泊している大宇宙艦隊の総司令官である」

「なぜ――なぜ、そんなところにいるの？」

「おまえたちを攻撃するためだ」

「でも、なぜ攻撃しなければならないの？」

「おまえたちが銀河文明への脅威だからだ！　ほかになんの理由がある？」

「まあ」とマリアンは言った。

「おまえたちの都市を木端微塵《こっぱみじん》に破壊する。われわれが去ったあとに残るのは、屍《しかばね》と瓦礫《がれき》の山であり、その打撃から立ち直ることは不可能だろう……ところで電池はないか？」

つかのまマリアンは聞き違えたかと思った。「電池？」

「懐中電灯の電池でよい」モイ・トレハーノ王子は言いにくそうだった。だが顔がヘルメットにすっぽりと隠れているので、本当の表情はわからない。目の位置とおぼしいところに、小さなスリットが横にあいている。だが、それが唯一のあいている部分だった。「原子力推進装置に故障がおこって、ここに不時着せざるを得なくなったのだ。さいわい、わたしは秘密の方程式を知っている。それを応用すれば、乾電池のエネルギーを、制御のきく連鎖反応に変換することができるのだ。電池はないか？」

「捜してみるわ」とマリアンは言った。

「言っておくが、へんな手出しはしないほうがいい。だれかを呼ぼうとすれば、わたしの原子光線銃が壁をつらぬいておまえを焼き殺すからな！」

「ベ――ベッド・テーブルの引出しに、たしか懐中電灯があったと思うわ」

そのとおりだった。懐中電灯のうしろのキャップをあけ、電池を出すと、彼女はそれを窓敷居においた。モイ・トレハーノ王子はただちに行動に移った。宇宙船の横の小さなドアをあけると、電池をゴロゴロところがして内部に入れた。そして、ふたたびマリアンに向いた。「そこから一歩たりとも動けば容赦しないぞ！　観測窓からおまえの行動を監視していたからな」彼は内部にはいり、ドアをしめた。

マリアンは恐怖を押し殺して、宇宙船をもっと近くから観察した。空飛ぶ円盤なんかじゃないわ、と彼女は思った。フライパンそっくり……空飛ぶフライパンじゃないの。本来なら柄のつきそうな部分には、腕金みたいなものまであった。それだけではない。下側の部分は、どう見てもフライパンの蓋のようだ。

彼女は頭をはっきりさせようと首をふった。これだからいけない、何を見てもフライパンに見えてしまう。そこでモイ・トレハーノ王子が言っていた観測窓のことを思いだし、ようやくそれを見つけだした——小さな不細工な丸窓で、それが円盤の上部ぐるりについている。彼女はもっと体をかがめ、内部をのぞこうとした。

「さがれ!」

急に体をおこしたので、窓の前に膝をついた姿勢がくずれ、部屋の奥にひっくりかえりそうになった。船内からふたたび現われたモイ・トレハーノ王子は、寝室の明かりと**スプラックの魚の目バン**の光を同時にうけながら、いかにも傲慢そうに立っていた。

「わが銀河帝国のテクノロジイの秘密を、おまえたちごときに知られてたまるものか。だが、原子力推進装置を修復するにあたって、おまえのなした手助けに免じて、宇宙艦隊の攻撃目標を少しだけ公表してやることにしよう。

われわれは人類の抹殺を目論んでいるわけではない。現在の地球文明を破壊しようとしているだけだ。それなら地球上の全都市を抹消するだけでこと足りる。村はもとのまま残す。人口二万以下の小都市も同様だ。爆撃は、わたしが艦隊にもどりしだい開始される――あと四、五時間先だ――たとえわたしがもどらなくとも、四、五時間のちにはいずれにせよ開始される。だから命が惜しかったら、すぐ家《うち》へ――いや、そのう、すぐ都市を去れ。わたし、モイ・トレハーノ王子の約束だ！」

ふたたび礼、そして銀紙のようなヘルメットのきらめきを最後に、モイ・トレハーノ王子は宇宙船に乗りこむとドアをしめた。ついでブーンという音が聞こえはじめ、宇宙船は震動しはじめた。観測窓のなかでは、赤、青、緑、さまざまな色の明かりが明滅し、クリスマス・ツリーのような効果を生みだしている。

マリアンは魅入られたように見つめていた。とつぜんドアがあいて、モイ・トレハーノ王子が首をつきだした。「さがれ！　ジェット噴射で焼かれたいのか？」首がひっこみ、ドアがふたたびしまった。

ジェット？　空飛ぶ円盤はジェット噴射で飛ぶのだろうか？　本能的に寝室の奥にあとずさりしながらも、マリアンはその問題を考えていた。円盤は窓べりから夜のなかへと舞いあがった。その後部に、小さな火炎の噴流が見える。それは、ジェット噴射というよりも、ジッポのライターの炎にずっと似ていた。だがモイ・トレハーノ王子がジェットと言ったのだから、それはジェットなのだろう。マリアンには、そんな点を問題にする気は毛頭なかった。

あとになってそのできごとを思いかえしても、問題にできる点はいくらでも見つかった——そうする意志があればの話だが。たとえば、モイ・トレハーノ王子が英語を知っていたことである。また、都市を去れと言うべきところを、家《うち》に帰れと言いかけたこと。それから、原子力推進の問題。あとでマリアンは思いあたったのだが、彼らの兵器があの宇宙船の原子力推進装置みたいにチャチなものなら、心配する必要ははじめから少しもなかったのだ。

だが今の彼女には、そんなことを問題にしている余裕はなかった。忙しいのだ、荷造りで。もしこれが普通の状況であったなら、地球の都市を破壊するというモイ・トレハーノ王子の脅迫などで、あわてふためくようなことは決してなかっただろう。だが、都会の人間が空と呼ぶ細長い青い帯や、公園と名のついた猫のひたいほどの緑地にあきあきし、足が太すぎるといって眉をひそめるタレント審査員に絶望しているときには、そして心の奥底で故郷に帰る理由をむしょうにほしがっているときには——この程度の理由で充分なのだ。

充分以上だった。

ターミナルで彼女は寄り道し、電報を打った——

ハワード」「ミハラシマドハキッチンニツケテ」ナヤガミエテモイイカラ」シハツデカ
エリマス」マリアン

都市の灯が暗い地平線のかなたに薄れると、モイ・トレハーノ王子はコントロール装置の前で体を休めた。任務はまずまずの成功だった。

もちろん、思いがけぬ困難が伴わなかったわけではない。だが、それをしでかしたのは自分であり、責任はすべて自分にあるのだ。懐中電灯の電池をくすねてきたとき、まずそれが使えるかどうか確かめてしかるべきだったのだ。アームステッド雑貨店の在庫品の半分が、何年も前から埃をかぶったままの状態にあることは、彼もよく知っていた。エド・アームステッドは、そそっかしい客が買うのを見越してそういう品物を店におき、捨てるくらいなら自分が死んだほうがマシだという人間なのである。ところが宇宙船の建造にあまりにも熱中していたので、うっかりそこまで考えなかったのだ。

けれども、ある意味では、即製エンジンの故障修理のためマリアンの手を借りざるを得なくなったおかげで、物語全体に予想外の迫真性がつくことになったのだ。もし彼がいきなり空からおりてきて、これから〝宇宙艦隊〟が都市を爆撃し、村だけを残すなどと言ったとしたら、まるっきり茶番になってしまう。電池をもらったことで、格好の理由を思いついたのだ。また電池のエネルギーを、制御された連鎖反応に変換するという即興の説明も、みごとな煙幕の役目を果たしてくれた。どうせマリアンだって、彼と同様、原子力推進のことなど何も知りはしないのだ。

モイ・トレハーノ王子は、マッチ箱を改良した操縦席のなかでもっと楽な姿勢をとった。そして銀箔のヘルメットを脱ぐと、長いあごひげを胸にたらした。サラン・ラップの観測窓の下にある、クリスマス・ツリー用の豆電球のスイッチを切ると、村の灯が宝石のように輝くいなかの風景を見おろした。

明けがたまでには、柳の木立ちのあいだにある住み心地よい自分の小さな家に帰りついているだろう。だが、その前にまずこのフライパンを、柄を隠してある同じウサギの穴に押しこめなければならない。だれにも永久に見つからないように。よいことをしたという考えにひたりながらくつろぐのも、それがすんでからだ――これからは、今までやっていた家事の雑用も半分に減るだろう。

ホウキに乗った魔女が、すぐ近くを飛んでいった。モイ・トレハーノ王子はうんざりしたように首をふった。あんな時代遅れの乗物に乗って！　人間が魔女の存在を信じないのも無理ないことだ。人間についていこうとするなら、時代に遅れてはならない。彼が仲間たちと同じように旧式な考えかたをしていたとしたら、あのひとりものが死ぬまで家事の手伝いをする羽目になっていただろう。あの――少なくとも家事の点では――なまけ好きのひとりものの家で。いや、ハワード・キングがぐうたらな人間だといっているのではない。彼は立派な男だ。だが病気の牝牛みたいに、ひとり言をつぶやきながらステップをあがったりおりたりして、都会に出かけたまま帰ってこない恋人を待っているのでは、掃除などできるわけがないではないか。

時代に遅れるなというのは、そこなのだ。もし彼が伝統的な服装をし、本名を使い、ふだんの乗物でやってきてマリアンを説得しようとしたって、彼女は会ってもくれないだろうし、耳を貸しもしないだろう。二十世紀人は、十八世紀人や十九世紀人と同じくらい想像力ゆたかなのだ。彼らはアマゾンの半魚人や、二万尋《ひろ》の深海に棲む怪物や、空飛ぶ円盤や宇宙人を信じこんでいる――

だが、手伝い妖精《ブラウニー》の存在など、てんから信じてはいないのだから……

ジャングル・ドクター

Jungle Doctor

雪！　はじめサリスは自分の目が信じられなかった。チャルスに雪？　チャルス診療所《クリニック》の待合室に雪が降るかしら？

ぞくっと身震いしながら、彼女はあたりを見まわした。夜。見なれぬ空。それ以上に見なれぬ谷。そこで彼女はようやく事態に気づいた。はじめての仕事につく興奮と、自分の好きな分野で早く働きたいという焦りから、転移座標をまちがえ、チャルスの近くの原始惑星にうっかり自分を送ってしまったのだ。

だが、どの惑星だろう？　銀河系周辺部にある星系のどれかの惑星であることは疑いない。なぜならチャルス連星は、銀河連邦の中枢をなす惑星群から、ずっと離れたところにあるからだ。だが腰に巻いた転移装置は、もっと正確な情報を必要とする。もしチャルスへ行きたいのなら、彼女は、チャルスの正しい座標ばかりでなく、現在地と目的地とのあいだの距離も思い描かなければならないのだ。そうするには、自分が今どこにいるのか知らなければならない。転移装置に記憶はない。それはただデータを受けとり、それに反応し、つぎのデータを待つだけなのだから。

サリスはまた身震いした。風にとばされた雪が、顔に冷たくはりつき、薄いアフタヌーン・スーツの背中にはいって、背筋でひんやりと溶けてゆく。休みの日にシャーシュ山脈を縦走するつもりで、厚地の服を持ってきたことを思いだし、荷物はどこだろうと見まわした。目にはいるのは雪ばかり。

身のまわりのものまで、なくなっていた！

パニックがおそったが、サリスはそれを払いのけ、考えをまとめようと努めた。転移装置が反応するのは居住可能な惑星だけで、居住可能な惑星には必ず知的生命が存在する。知的生命はなんらかの文明を持っており、どれほど原始的な文明であろうと、ある程度の天文学は発達しているものなのだ。とすれば問題は、原住民と接触し、この世界の位置について彼らの持っている知識を探りだすことである。

こまるのは、付近に原住民がいないことだった。ややあって、風の勢いがつかのま弱まると、谷底にかすかな光がぽつぽつとちらばっているのに気づき、小躍りして歩きだした。自分のおかれた状況がどれほど深刻なものか、思い知ったのはそのときだった。重力はふつうだが、雪はあるところでは膝まであり、ときには腰まで埋まることもあった。寒気は、鼻を、手を、足をこごえさせ、アフタヌーン・スーツを無視して中に侵入した。

道路にたどりついたときには、体力をほとんど使いはたしており、残ったわずかな力さえも消え失せようとしていた。サリスは溝というものを知らなかったのだ。一瞬まえ、膝までもある雪をかきわけていた彼女は、つぎの瞬間、首をやっと雪の上に出し、もがいていた。どうにか斜面をはって土手にあがったが、動く力はもうなかった。彼女は疲れていた、疲れきっていた——ちょっとだけ眠ろう、と思った。眠ろう——ちょっとだけ——


昼は自動車を洗い、夜は酒に溺れる、それがリンゼイの毎日だった。帰りの道では、木々に語りかけるのが常で、ときには『ポルトガル語からのソネット』（ブラウニング夫人の詩集）を口ずさみ、ときには『失楽園』の数節を引用した。自動車に血がたくさんついていた日には、思いきり酔って、ハムレットの独白をもっぱら演じた。今夜は、その独白も満足にできない状態だった。風はそんなでもないが、雪で目がくらんでいた。彼は溝に足を踏みすべらしながら歩きつづけ、一度はぶざまにも頭から雪の中にのめりこんだ。ちょうど、お気にいりの一節をつぶやいているところだった。「〝こうして良心は、われわれみんなを臆病にしてしまう。そしてそれが、決断の本来の色を——〟」

リンゼイは、しばらくそのまま横たわっていた。血のとびちった車が、頭の中をぐるぐる走りまわっている。やがて彼は手と膝をたてると、起きあがり、ゆらゆらと風の中に立った。やせこけた白い幽霊のような男。「〝――憂鬱という青ざめた色にくすませてしまうのだ〟」彼はむりやり台詞をしめくくった。風が言葉をばらばらにちぎり、肩ごしに吹きとばした。

今のショックで酔いがすこしさめ、彼は懐中電灯を持っていたことを思いだした。それを出し、明かりをつける。風にむかって歩きはじめると、引用はいつのまにか『ポルトガル語からのソネット』に変わっていた。「〝愛しい人、愛しい人、一年前この世界にあなたがいたことを思えば――〟」目に涙がうかぶのを感じたが、すぐにそれは両頰の溶けた雪とまじりあった。彼は唇のしおからい滴《しずく》をなめた。

よろめき歩きにあわせて、懐中電灯の光が図形をえがいた。道路から溝へ、溝から原野へ、そして狂ったようにまた道路へ……。うずまく雪が彼の目にいたずらをしかけ、途方もない形や影をこしらえて悩ませる。やがてそれは、道路わきの雪の吹きだまりを、眠る子供のかたちに変えた――

リンゼイは確信なさそうに足をとめた。じっと子供を見おろしたが、像は消えなかった。ふさふさした黄色い巻毛と、子供っぽい顔をなかば隠すあらわな白い腕に、彼は目をこらした。つぎの瞬間、とつぜんリンゼイは路傍に膝をつき、やわらかな髪と細い手首にさわりながら、サイラス・マーナーと彼が失った金貨のことを思っていた。

リンゼイは、エルムズヴィルから一マイルほど離れた荒れ果てたコテージに住んでいた。

前庭には、大きくなりほうだいの林檎《りんご》の木が二本あり、雑草の生いしげる車回しには、一九四八年型のフォード・クーペが置きっぱなしになっている。そして林檎の木のあいだを通って、玄関に行く小径があった。

小径は、今では雪の吹きだまりに深く埋もれている。つかのまリンゼイは、玄関まで行きつけるだろうかと訝《いぶか》った。だが、むりやり痺れた足を動かし、永劫の後ドアにたどりついた。家にはいると明かりのスイッチを入れ、暖炉のまえの寝椅子に少女をおろした。そして火をおこしはじめた。

薪が燃えだすと、彼は少女のところにもどった。ぎこちない手つきで着ているものを脱がせたが、服の生地や、サンダルのエキゾチックなデザインは彼の目を見はらせた。薄い下着の下、腰のぐるりに、少女は銀色のベルトを巻いていた。何百、いや、何千というワイアを編んだもので、とぎれなく続く小さなきらめく結び目で飾られている。ベルトにさわると、指がチクチクと痛んだ。

それをはずそうとしたが、やり方がわからなかった。けっきょく放りだして寝室に行き、毛布を持ってもどった。彼は少女を毛布にくるむと、その手首をもみはじめた。ゆっくりと少女の頬に赤みがさし、とぎれとぎれだった脈は、やがて規則正しいものに変わった。

リンゼイは火に薪をつぎたすと長椅子にもどった。少女の顔には、どこか彼をひきつける矛盾した要素があった。ふっくらした頬、だが整ったデリケートな、わずかに上向きの鼻。あごは小さめだが、そのしっかりした輪郭は成熟さを感じさせる。

ある意味では、彼女は眠りこけたいたいけな少女のように見え、別の意味では、いままさにめざめようとしている若い女のようにも見えた。

しかし、もっとも彼をひきつけたのは、少女の髪だった。懐中電灯の光の中では、それは金色に見えた。しかし金髪ではない——それは、まじりけなしの黄色、深みのある、あざやかな夏の砂糖きびの黄色だった——

ほどなくリンゼイは自分自身の疲労に気づき、同時に、酔いがまったくさめているのに驚いた。台所に行き、まだすこし中身のある酒びんを見つけると、飲みほした。居間へもどり、天井の明かりを消し、長椅子のわきの使い古されたフロア・ライトをつける。床には、少女の濡れた衣服がひとかたまりにしておいてある。それを取りあげると、乾かすために椅子の背もたれにひろげた。そして、もうひとつの椅子を暖炉のそばに引きよせ、腰をおろした。

楓《かえで》が燃えるパチパチという音を聞き、眠けをもよおす温もりを感じながら、そのままじっとすわっていた。朝になったら、まず警察に知らせなければ、とリンゼイは思った。両親は、娘がどこにいるかと気も狂わんばかりに心配しているだろう。それにしても、吹雪の夜だというのに、あんなところで夏服のまま何をしていたのか？　それとも、あれはパジャマなのか？　きっと家出したのだ。子供はときどきとんでもないことをする。子供もおとなも――

眠ってしまうつもりはなかった。待っていて、少女が目をさましたとき心配しないように、その場にいてやりたかった。だが彼は疲れていた。疲れきって、車のことを思いわずらうのさえ億劫《おっくう》になっていた。ほとんど気づかぬうちに、頭はうしろにのけぞり、目は閉じられていた。

その部屋に対するサリスの最初の反応は、恐怖だった。原住民の小屋だ、と彼女は思った。原始的で、不潔で、取り散らかされている。さらに周囲を見回した彼女は、そこではじめて、長年の怠慢に耐えて残った、文化のかすかな痕跡を認めた。ぼろぼろのカーテン、めくれかけた壁紙、一方の壁にある棚に埃をかぶって並んでいる何列もの書物。

まもなくサリスの目は服の上にとまり、はだかの自分に気づいて愕然とした。瞬間的に、転移装置のことを思いだし、故郷から絶望的に隔たった原始惑星で一生を終える自分の、気の滅入るような姿がとつぜん脳裏にうかんだ。しかしすぐ、腰のあたりの馴染み深いチクチクする感じに気づいて、ほっと安堵の息をついた。

視線は衣服から暖炉の火へと移り、暖炉の火から――。とつぜんサリスは眠っている男に気づいた。

このときも最初の反応は恐怖だった。しかし感応域をひろげ、眠る男の心にふれるとともに、それはたちまち好奇心に変わっていった。専門技術を身につける長い予備過程で、サリスはたくさんの奇妙な〈心の通路〉をたどった経験があった。しかし、いま目の前にのびている〈通路〉ほどねじくれ、傷ついたものに出会うのは初めてだった。

興味をそそられ、中に踏みこんだ。最初に行きあたった記憶は、長椅子に横たわる彼女自身のかわいい寝姿のイメージだった。その像の隅々にまで満ちる優しい輝きに気づき、サリスは驚いた。子供！　この男は、わたしを子供だと思っている！　そして、とまどい気味に、彼はわたしを救ってくれた。この哀れな汚らわしい生き物が、わたしの命を救ってくれたのだ！

サリスは進んだ。〈通路〉はいきなり曲がり、異邦の乗物が何台も何台も、無限のかなたまで並んでいる光景の前に出た。近づくにつれ、車体にこびりつく血痕が目にはいった。一瞬、彼女は自分の超視覚を疑った。これは何というコンプレックスなのだろう？　いったい、どんな機械文明に自分は迷いこんでしまったのか？

乗物のイメージを回り道したところに、若い女がいた。女は背が高く、黒い髪で、この世界なりに非常に美しかった。彼女は立ったり、すわったり、よりかかったりしながら、何千もの異なるポーズをとっていた。エレインという名前だが、サリスはその事実をつかんでいなかった。棺《ひつぎ》の灰色の記憶にぶつかる前に、いま生きている人間ではなかった。

やがて彼女は、眠っている男の自責の苦しみに気づいた。そしてとつぜん、彼がその女に抱いている愛を目の前にした。それは底知れぬほど深い愛ではあったが、よどんだ痛々しい悔恨にみたされており、サリスは思わず顔をそむけた。

〈地下室〉を見つけたのは、そのときだった。

〈通路〉が、本来雲をつかむような超心理構造を具象化するため彼女の心が与えたアナロジーならば、〈地下室〉もまた、眠る男がその下意識の奥深く埋めてしまった経験を具象化するアナロジー――彼女の訓練された能力が提供しうる、もっとも適切なアナロジーであった。

サリスはそれをあけようとした。だがアナロジーの扉はかたくしまり、思考の力をかたくなに拒んだ。彼女はとうとうあきらめた。そんな抑圧された経験よりも、この原住民の心から集めなければならない重要な情報が、まだほかにあったからである。ひとつはこの惑星の位置、もうひとつはチャルスの位置。

もちろん、そうした情報が手にはいればの話だが。

サリスは、〈通路〉に象徴される感情レベルを離れ、その下に蓄積されたデータに探りをいれた。はじめに言語を消化すると、さらに先に進み、惑星の名が地球であること、またそれが、銀河系レンズ周辺部に位置するG0型太陽の九つの惑星中の三番目であることを知った。どれもが優れた情報で、予期した以上に高いレベルのものだった――だが、それでも充分ではなかった。

ほどなく、うろおぼえの星図が見つかり、サリスの心臓は高鳴りはじめた。だが細かい部分はあいまいで、判別は徒労に終わった。そこでふと思いつき、星図の出典を探ることにした。ありがたいことに、原図は、いま自分が寝ているこの部屋の一冊の本の中にあることがわかった。

サリスは、眠る男の心から急いでしりぞいた。部屋は夜明けを迎えて薄明るくなっていた。毛布からぬけだし、残り火の弱々しい熱にあたりながら服を着ると、長椅子をまわって本棚をめざした。

途中に、男が眠っている椅子があった。ねじまがった〈通路〉や、血にそまった車の列、ひとりの女の数知れぬ姿態、とりわけあの〈地下室〉のことを思いだし、彼女は立ちどまると、男の寝顔をのぞきこんだ。

つかのま彼女は、本棚のことも星図のことも、そればかりかこのむさくるしい部屋のことも忘れていた。チャルスのことさえ頭から消え失せていた。男の顔は、これまで見たどんな顔ともちがっていた。それは、年齢よりはるかに老けた、それでいてどこか若さを残している顔だった。目はくぼみ、口もとは歪んでいる。頬はこけ、ひたいには自責の鞭のあとが何本も平行に刻みつけられている。

それは、病み衰え、死にかけている男の顔だった。

新しい知識に身も心も冷たくなる思いで立ちつくしているとき、男は身じろぎし、目をあけた――

リンゼイは、これほど青く澄んだ目を今まで見たことがなかった。そしてそれらは、今まで見たこともない美しい顔に、ほどよく離れておかれていた。一瞬その目は、彼のためだけに存在しているように思われた。

両足と背中のこりを感じながら、リンゼイは椅子の中で背をのばした。部屋を見まわし、朝の光に驚いた。昨夜のできごとがゆっくりとよみがえった。

彼は少女に目をもどし、「どうだい、気分は？」ときいた。

答える前にしばらく間があった。適切な言いまわしをさがしているという印象を受けた。やがて、「もうだいじょうぶです」と少女はいった。「助けてくださってありがとう」

彼はまじまじと少女を見つめた。言葉は正確ではっきりしている。抑揚も完璧だった。気になるのは、それかもしれない。ふつう十三、四の子供は、非の打ちどころない言葉づかいをしないものだ。

「よかったね。ゆうべはちょっと心配したよ。きみの名前は？」

「サリスです」

「ぼくはゴードン。ゴードン・リンゼイっていうんだ。お家はどこだい？」

沈黙。その間、青い目は探るように彼を見つめた。そして、「ここからは、とても遠いんです、リンゼイさん」

「それじゃ答えにならないよ。住んでいる町の名は？　どこの州なの？」

「いえません」

「なぜ？」

「ばかばかしく聞こえるから。それに、どうでもいいことです。わたし、すぐ行きます」

「だけど、ぼくは力になってあげたいんだ。困ったことでもあるのかい？　家出して、吹雪の中で迷子になったんじゃないか？」

「そのこともいえません」

「でも、どうして？　警察には話さなければならないんだよ」

「警察？」

「だって、そうじゃないか。きみを見つけたことを通報しなけりゃならない。ご両親は、今もこのかいわいを一所懸命にさがしていると思うよ」

「両親はさがしていません、リンゼイさん」

リンゼイは立ちあがった。「どちらにしても、通報はしなければ」

警察へ連れていったほうがいい、と彼は思った。だが、あんなに薄い服ではまたこごえるだけだ。仕事へ行く途中で警察に寄って、ここに来てもらうことにしよう。いつまでもおいておくわけにはいかない――

とつぜん彼は、少女の瞳の強い光を感じた。それは白熱した青さとなり、彼の心をつきさした。にもかかわらず、いつもついてまわる宿酔《ふつかよ》いのにぶい頭痛のほかに、痛みはなかった。つぎの瞬間、彼女の目はもとの色にもどった。それがあまりにも急であったため、その変化が現実のものなのか想像の産物なのか、彼には見当もつかなかった。まだ朝も早く、今朝の一杯をやっていないことを考えると、後者のほうがより可能性が高いように思われた。

彼は火をおこし、台所に行くと、少女のために目玉焼をいくつか作り、コーヒーをわかした。サリスはおずおずと卵にむかい、フォークのかわりにスプーンをとった。テーブルのむかい側でコーヒーをすすりながら、リンゼイは、生まれてはじめて卵を見たかのような少女の表情に気づき、ふしぎに思った。しかしどうやら卵が気にいったようすで、皿の上のものを残らずたいらげた。

「あとでおなかがへってきたら、自分で何でも作っていいんだよ」リンゼイは罐詰をおいた場所を少女に教えた。そしてデニムの上着をひっかけると、ドアにむかった。警察が来ることを教えてはまずい、と彼は思った。動転して、また逃げだすかもしれない。「ぼくは仕事に行く。もどるまで、よい子にしてるんだよ」

出かける前に、彼は少女の顔をもう一度見つめた。その顔を、目を、子供っぽい口もとをおぼえておきたかった。とりわけ、その髪の砂糖きびの色をおぼえておきたかった——

雪の中で見つけはしたが、自分のものにしておくことのできない金貨。なぜなら、今は二十世紀であり、彼は飲んだくれにすぎないからだ。

よい子！ サリスは腹がたった。医学校を優秀な成績で卒業した超心理科臨床医、銀河連邦最大の精神科クリニックの医師が、ちょっとばかりテクノロジイを持つこの野蛮人の目には、小さな子供にしか見えないとは！

それにしても、なんと優しい心の持主だろう、と彼女は思った。美しいとさえいえる。雪の中の金貨——。これまでわたしの髪をそんなふうに見たものはいなかった。だがチャルスへ行きたいのなら、こんなところでぐずぐずしてはいられない。あの男がもどるころには、わたしは何光年もかなたに去り、最初の患者を診ているだろう——

わたしの最初の患者。

いや、正しくは、最初ではない。この世界の哀れな野蛮人が、ある意味では、最初の患者なのだ。だが、もちろん彼は勘定にはいらない。あのいやらしい〈地下室〉にかまっている暇はないのだ。ここにも、まじない師はいるだろう。彼の病気を治すくらいの能力はあるはずだ。

なのに、なぜ来ないのだろう？ なぜあの男を、苦しむままに放置しておくのか？

サリスは腹だたしげに足を踏みならした。ええい、どうでもいいじゃないの、と彼女は思った。連邦に加盟してもいない惑星なのだから。それに、あの男にかまう必要がどこにあるだろう？　この地方の警察機構にわたしを引きわたし、自分は手をひいてしまうような男なのだ。

すくなくとも、自分ではそのつもりでいる。

男の心に植えつけた暗示のことを考えると、微笑がこみあげてきた。いくらか気分も晴れて、彼女は本棚に近づき、リンゼイの心の中で見たあの本をさがしはじめた。

吹雪は夜のあいだにおさまって、二月の朝は冷たく晴れあがっていた。リンゼイはいつものように道路のまん中を歩き、車の妨害をつづけた。車が近づいても最後の瞬間までよけようとせず、よけてもほんのすこしの隙間をあけるだけで、ドライバーの肝をひやさせるのである。しかしその朝は、さすがに車もすくなかった。まだ除雪車も通っていないので、雪の吹きだまりは、歩く気力も萎《な》えるほど深かった。

道路の正式な名前はルート16といい、郊外にバイパスができる前には、交通量も相当なものだった。しかし今は、変わりばえしないいなか道となり、町への車の出入りをさばいているにすぎない。道路は北からエルムズヴィルにはいり、しばらくローカスト・ストリートと名を変える。そして右に折れてメイン・ストリートとなり、丘を下り、陸橋をわたって最後に左に曲がると、町を離れ、ふたたびルート16となるのだった。

リンゼイが働く自動車修理工場は、丘のふもと、ちょうど陸橋をわたったところにあった。丘を下るには、ドラッグストアの角を曲がる必要があり、警察署はそのドラッグストアのとなりにあった。

もちろん、彼は警察に寄り、夜勤あけの巡査に少女のことを話すつもりだった。話すべきことを頭の中でまとめてさえいた。だから、自分の足が、白い霜をかぶったドアの前をひとりでに通りすぎ、丘を下りはじめたときには、われながら驚いた。

彼は向きを変え、引き返そうと努めた。だが足は前進を続けた。彼は眉根をよせた。心の中では、少女のことを通報したくないと思っていることは知っていた。家にいて自分の帰りを待っていてほしいと思っていた。だが何にせよ、通報はしなくてはならない。彼女のためというより、両親のために。両親が死んでいたり、彼女が捨て子だったりした場合でも、どこかでだれかが、きっと彼女の安否を気づかっているはずだ。

いや、そうもいえないだろうか。だれにも望まれぬ子供だって、世の中にはたくさんいる。新聞に毎日出ているではないか——くそ、何を考えてやがる！　彼はとつぜん思った。なにがなんでも、昼には警察に行くぞ。

陸橋をわたった歩道ぎわに、トタンの看板があった。**ニック・モーターズ——洗車、整備、修理**。ニックの工場のむかいには、通りを隔てて——朝日の中ではあまりさえないが——ネオンサイン。**サムのストップオーバー——レストラン＝グリル**。

リンゼイは通りすぎる車に目もくれず陸橋をななめに横切ると、サムが店をあけるのを手伝った。法で定められた開店時間、八時ちょうどまではまだ間がある。カウンターにむかってすわり、柱時計が八つ鳴るまでいらいらと待ったのち、いつも迎え酒にしているストレートのダブルを注文し、チェーサーにビールをあおると、通りをまた横切って仕事にかかった。

その朝、洗う車は一台しかなかった——昨夜しのこした仕事である。いつものとおりのこせこせした仕事ぶりで、リンゼイが車の血を全部洗い流すと、雇い主のニックはつぎに掃除を命じた。掃除が終わると、ニックは整備用具の手入れをいいつけた。以前、一度だけニックは彼を工場の前に放っておいたことがある。だが、それは一回かぎりで終わった。リンゼイは車の通り道からどかないばかりか、何回かはほとんど轢き殺されそうになったからである。ニックは、飲んだくれが、とくにインテリの飲んだくれが好きではなかった。だからリンゼイが轢き殺されようとどうなろうと、別にかまいはしなかったが、その場合の保険金の多少とか、洗車がかりが手薄なことを考えると勝手にさせておくわけにはいかなかった。

昼になると、リンゼイはまたむかいの食堂へ行き、このあたりではリンゼイ・ランチの名で知られる、ダブル三杯、ビール三本、黒パンにハムという食事をとった。彼はとうとう警察には行かなかった。午後は洗車の仕事で大忙しだった。その日は金曜で、二月にしては暖かい日ざしが、快適な週末の到来をほのめかしていた。リンゼイは車を五台洗った。最後の車はたっぷり血をあびていたので、一杯やりたくていてもたってもいられなくなった。しかし全部洗い流したと確信できるまで仕事をやめなかった。そして終業時間と同時に、サムの店へまいもどった。

ダブルを三杯ひっかけると、すこし落ち着きがもどった。だが血は両手に移っており、ダブルをさらに四杯飲みほすまで消えなかった。そのころには気分も多少よくなっていた。

彼はカウンターのはずれにむっつりとすわり、出入りする客を値踏みしたり、数少ない知りあいに会釈したりしながら、通りにのびてゆく影をながめていた。

ほどなくエレインがはいってきて、となりにすわった。

ハーイ、ベイビー、と彼はいった。

こんにちは、ゴードン。

彼女のスエードの上着に、秋の落ち葉が一枚あつかましくまといついている。手をのばし、葉を払いおとすと、彼はエレインが小脇にかかえている本にふれた。

何を読んでいるんだい？

大したものじゃないわ、なんとなく目にとまったの。

彼はエレインの腕の下から本をとり、そのとびらをあけた。『ポルトガル語からのソネット』とあった。きみが文学少女だったとは知らなかった！

そうでもないわ。ちょっと読みたいなと思ったから。

彼はしおりのあるページをひらいた。十四行詩《ソネット》のひとつにアンダーラインがしてあり、

彼は朗読しはじめた。〝それでも、あなたは語らせたいのですか〟——大学のカフェテリアは騒がしく、声をあげなければならなかった——〝わたしがあなたに抱く愛を、充分な言葉をもって〟——

エレインがあとを受けた。

〝その松明《たいまつ》をかかげさせたいのですか、吹きすさぶ風のなか、二人のあいだに、光がたがいの顔を照らすように？　それはあなたの足もとに落ちる。たましいをわたし自身からそれほど遠いところに捧げ持てと、手に命じるのはわたしにはとてもできぬこと——わたしにさえ見えぬ内なる愛を、言葉でそのあかしとすることは——〟

なんだ、もう知っているんじゃないか、と彼はいった。

きょう暗記したんですもの。

とつぜんリンゼイは彼女の眼差しに気づいた。そこには新しい光があった——これまで会ったどの女の目ともちがう、やわらかな、けぶったような光。彼は、安っぽい、見かけだおしの自分を意識した。現実の彼は、エレインの目にうつる理想像にはほど遠い。だが同時に、彼は安堵の息をついていた。もうこれ以上、彼女への愛を、わざとらしい無関心な態度や軽薄な口ぶりで隠す必要はないのだ。

彼はぱらぱらとページをめくり、やがて手をとめると、読みはじめた――

〝愛しい人、愛しい人、一年前この世界にあなたがいたことを思えば、なんと――〟

時計の針はまわった。

「〝――長い時を、ひとりわたしは足跡もないこの雪の中にすわり、沈黙があなたの声に破られることもなく深まるのを聞きながら、ただ――〟」

「ようし、リンディ、そこまでだ」

エレインの像がゆがみ、薄れていった。大学のカフェテリアは消滅し、さわやかな秋の日の午後は殺風景な二月の夜となった。サムの店に目がゆっくりと焦点をあわせた。ストップオーバー、そしてカウンターにもたれ、店じまいだと例のとおり目顔で知らせるサム。リンゼイは肩をすくめた。残りの酒を流しこむと立ちあがった。「こんなとこにいてやるもんかい」そういい捨てて、店を出た。

バーはほかにもある。

三軒はしごをして、彼はようやく帰途についた。そのころには〝独白〟の段階にはいっていたので、彼の千鳥足には道路はすこしばかり狭すぎた。一度は、ビュイックの新車にあやうく轢かれるところだった。車が通りすぎたあとも、リンゼイは闇の中にぐらぐらと立ちつくし、遠のくテールライトにむかって悪たいをついていた。最後の瞬間に身をかわさせた衝動も、彼にはうらめしく思われた。

少女のことはすっかり忘れていたので、家の窓から光がもれ、煙突から煙が凍てついた空にたちのぼっているのを見たときには、ひどく驚いた。それ以上に驚いたのは、家にはいり、床一面に散乱した本を見たときだった。少女はそのまん中にすわり、一冊の本を膝にのせていた……

星図ののっている本は、簡単に見つかった。粗末な星図ではあったが、位置を知るには精度はその程度で充分だった。チャルス連星には、アルファ・ケンタウリという風変わりな名前がついていた。

現在位置の確認とチャルスまでの距離の算定、これは、記憶に焼きつけられた星図の該当する星区をあてはめるだけでよい。それは一瞬に終わったので、あとは、その場ですぐ転移するだけだった。

だがサリスは思いとどまった。

ひとつには、救い主の心の中の〈地下室〉が気になったせいもある。最初の患者はリンゼイではないのだと何度自分にいいきかせても、そのたびに冷酷な事実が心によみがえるのである。患者であろうとなかろうと、これが今まで出会ったこともない不可解な精神であるのはたしかで、とすれば、超心理科臨床医として、彼女が新しく身につけた能力に対する挑戦でもあるわけだ。

またひとつの理由は、そこにある本だった。種類は驚くほど豊富で、そのうちかなりのものは、こんな未開文明からは考えられない高度な知的内容を持っていた。サリスはそれらを片っぱしから読みだした。本をおくのは、食事と、薪をつぎ足すときだけだった。やがて彼女は、いちばん興味をひかれた本にたどりついた。

それは興味深くもあると同時に、腹のたつ本でもあった。著者はアルバート・シュヴァイツァー。

ひとりよがりの野蛮人！　と彼女は思った。人生を気高さとひきかえにした男。ジャングル奥地のせまい空地に逃げこみ、ひと握りの不潔な原住民の前で神のまねごとを演じている。しかも心から、そう、ほんとうに心から、おのれの動機が神聖なものであると信じているのだ！

リンゼイが帰りつくころには、感情のたかぶりもおさまっていた。だが怒りの残滓はまだそこにあった。サリスは、男の心に超視覚のチャンネルをあわせた。あの混乱した生き物を見るがいい！　蒸留酒を体じゅうにしみこませ、現実を押し流そうとしている！

彼女は本をおき、立ちあがった。「わたしのことを警察にいうのかと思っていたわ」と冷たくいった。

「警察か」リンゼイはおぼつかぬ足を踏みしめ、あいまいに首をふった。「いや。それが、なぜかいわなかったんだな。わけがわからないんだけどね」彼はちらかった本を当惑したように見わたした。「ぼくの本を——」と、いいかけた。考えを読みとって、サリスはその言葉をさえぎった。「読んでいただけです」このおそ
ろしい社会では、子供は本をこわしてしまうのだろうか？
「でも、そんなに小さいのに、よく読めるね。シェークスピアやヘーゲルや——シュヴァ
イツァー」
彼は歩きだし、倒れそうになった。サリスは彼の状態に気づき、手を貸して上着を脱が
せると、暖炉のそばの椅子にすわらせた。のぞきこんだ〈通路〉には、車がいっぱい見え
た。そのとたん、悔恨の波が彼女をのみこんでいた。
「すわって、やすみなさい」サリスはやさしくいった。「おなか、すいた？」
だがリンゼイの頭はとうにのけぞり、目は閉じられていた。死んだのではないか、一瞬
サリスは驚いたが、すぐに胸の上下運動と荒い息づかいに気づいた。
しばらくのあいだ彼女は椅子のかたわらに立ちつくしていたが、やがてきびすを返し、
長椅子にすわった。
今すぐにも、ここを去ることができるのだ、と彼女は思った。決断するだけで、このき
たないあばら屋から、この見離された狂人から、このジャングルの空地から逃げだせるの
だ。一度のまばたきで、わたしはチャルス・クリニックにおりたち、すきとおった壁を周
囲に見ることができる。その壁のむこうには、永遠の夏の風景があり、はるかなシャーシ

ュの山なみがピンクの色に——

原住民は椅子の中で身をよじり、眠りながら低くうめいた。

サリスはため息をついた……

はじめ〈通路〉の全体像は変わっていないように見えた。入口をはいったところに、青い目をした彼女のイメージがある。だが今は、長椅子に横たわっているのではなく、リビングルームの床のまん中にすわっていた。その先は急なカーブ、そして数知れぬ車。

ふとサリスは、車のあいだに男の姿が見えるのに気づいた。車を洗っている。こせこせと念入りに、狂ったように、死にものぐるいに洗っている。

男はリンゼイだった。

車はたくさんあるが、そのどれにも血痕がとびちっていた。とくに始末におえないのは新車で、赤いボディが多いため、血がきれいに落ちたかどうか判別がむずかしい。だが、なんとかして落とさねばならないのだ。なぜなら、そこに血がある理由はないのだから、血があってはいけないのだから。おそろしい、はずかしい、許しがたい血痕——

サリスはぞくっと身震いして車の風景を通りすぎると、エレインという女のイメージの前に出た。今度は行きあたりばったりに見ることはせず、正しい時間経過にのっとって配列するように努めた。

確認できるかぎりでは、第一のイメージは、原始的な教室と思われる部屋で、机にむかっているエレインの姿だった。まわりにもたくさん顔が見えるが、それらはみんなぼやけており、くっきりとしているのは彼女の顔だけだった。翼をひろげたような黒い眉の下に、きらめく黒い目がある。やや高めの頰骨、若さを象徴するピンクの頰、あたたかな笑みをうかべた口。サリスの世界の標準と照らしあわせると古風な感じもするが、美しい顔であることは認めざるをえなかった。

つぎに来るイメージは、どっしりした巨木の下、短く刈った芝生の上を、手をとりあって歩くエレインとリンゼイの姿でなければならなかった。背景には、もっといかめしい過去の一時代をほうふつとさせる、ツタのからんだ建物が見える。

そのつぎは、公共の食堂と見える部屋に、エレインが一冊の薄い本を小脇にかかえ、はいってくるイメージだろう。その像はきわだって鮮明で、サリスは、その本のページにはさんだ小さな紙きればかりか、エレインの肩にのった小さな落ち葉さえ見ることができた

――

いちいち検討するにはイメージの数はあまりにも多く、サリスはそれらを適当にはしょり、もっとも重要と思えるものだけに時間をかけることにした。

エレインの顔。苦労して記憶に刻みこんでいることはありありとわかる。伏せたまつげ――そのデリケートな先端がやわらかな頰に軽くふれている。今にもほころびそうな真紅の花を思わせる上向きの唇――

エレインの手。その指にはめられた金色のリング――

エレインの横顔。その背景には巨大な瀑布――

手をふるエレイン。小さな建物の戸口に立っている――(建物はペンキ塗りたてで、白い壁板や緑の日よけがきらきら光っている。だがサリスには、それがいま彼女のいる原住民の家であることがわかった)

夏のみずみずしい草原をそぞろ歩きするエレインとリンゼイ――

見おぼえのある部屋にいるエレインとリンゼイ。レザーのトランクに服を詰めこんでいる――(この部屋、とサリスは思った。この部屋だ！)

花のブランケットにおおわれ、棺に横たわるエレイン。頬からピンクの色は失せ、冷たく白く変わっている。その目はもはや永久にひらかない――

サリスはふしぎに思い、イメージの連なりをもう一度あらためた。はじめは見落としたのかと思った。欠くことのできない最重要のイメージを。だが再度の走査にもかかってくるものはなかった。エレインの死につながるできごとには、何の光もあたらなかった。

とつぜん〈地下室〉のことが頭にうかんだ。そうだ、もちろん！

自信たっぷりにそれに近づいたが、その内容を把握するための知識が不充分なのか、あけることはできなかった。つかのま怒りにかられ、超心理の拳《こぶし》で象徴の扉をはげしくたたいていた。サリスはわれにかえり、心をしずめた。超心理科臨床医ともあろうものが、子供のような振舞いをしてしまうとは。

彼女は身につけた技術を思い返した。抑圧された経験を解放するには、ほかにも方法がないわけではない。通常の超心理技術が失敗したときには、連想テストがある。この場合においては、手がかりとなる語は目の前にぶらさがっていた――エレイン、自動車、血痕、死。

だがそれを適用するには、リンゼイのめざめを待たなければならなかった。サリスは男の心からしりぞいた。彼の呼吸は深く、苦しげだった。このアルコール漬けの精神に意識がもどるのは、どうしても翌朝になるだろう。

狭苦しい小部屋で、もう一夜すごすほかはなさそうだった。けれど朝には解放される、と彼女は思った――この狂ったジャングルを逃がれ、洗練されたコンプレックスを持つ文明化した患者たちのあいだで仕事ができるのだ。

しかし文明化していようといまいと、リンゼイのコンプレックスが、長いインターン生活の中で出会ったどんな症例よりも、彼女の興味をひくことはたしかだった。なぜ自動車のボディに血が見えるのか？　車にほんとうに血がついているなどということが、ありうるのか？

もちろん、そのころには、車がどんなものか知っていた。日中、道路をたくさん通るのを見て、リンゼイの心にあるイメージと重ねあわせたのである。だが本物を近くから見る機会はなかったので、リンゼイの固定観念が正常の範囲にあるものなのか、精神病的なものなのか、はっきりしたことはわからなかった。

そのときふと、おもての庭にある車のことを思いだした。好奇心にかられ、彼女は長椅子から起きると、家をぬけだした。東の空には半月がのぼり、雪におおわれた庭は銀色の輝きをおびていた。銀の雪の中で、車は黒々とした醜いこぶのように見えた。サリスは間近に寄った。見たところ非常に古いもので、久しく動かされた形跡はなかった。天候はそれにひどい仕打ちを加えていた。タイヤは腐り、ボディには錆《さび》のしま模様がうかんでいる。ドアのひとつはあけっぱなしで、蝶番一枚でぶらさがっている。内部は朽ちて、かびくさかった。

月光をあびながら、彼女は車の周囲をひとめぐりした。見たかぎりでは血はなかった。すくなくとも、いま現在は……

サリスはなかなか寝つかれなかった。庭にある車のことを考えながら、長椅子の上でいくたびとなく寝がえりをうった。その夜ずっと彼女は、得体の知れないいらだちが内にひろがってゆくのを漠然と意識していた。いらだちは、放置された車やそれが示唆するさまざまな意味とはなんのかかわりもなく、むしろ彼女がいまおかれている状況と結びつくものだった。何がどうおかしいのか思いあたったのは、あかつきが灰色の幽霊のように部屋に忍びこんできたころだった。

はじめて仕事につく興奮と、専門知識を早く生かしたいという焦りから、転移座標をまちがえると同時に、もうひとつ、転移装置にエネルギーを充たすのをすっかり忘れていたのだ。腰のまわりのチクチクする感じは弱まり、今ではわずかにくすぐったい程度になっていた。

すぐチャルスに発とう、それが最初の衝動だった。装置に多少ともエネルギーが残っていさえすれば、比較的短い距離にかぎり、それはじゅうぶん機能をはたすのだ。しかし椅子に眠っている男に目をとめ、〈地下室〉のことを思いだすにつれ、もし内部を見ずに立ち去ったら、一生それにこだわりつづけるだろうという思いがこみあげてきた。いったんチャルスへ飛び、装置にエネルギーを補充して引き返すという手は問題外だった。チャルスに着いたが最後、常勤医師の責務が自動的に生じるのだ。常勤医師の行動は、星系内では自由だが、銀河系的なスケールにおいてはきびしい制限を受ける。病院付きの超心理科臨床医には、仕事は山とあり、二年に一度の休暇以外に、チャルス星系外にとびだすことはかたく禁じられているのである。

隠された経験を探る時間はまだ残っていた。だが複雑微妙な単語連想テストを行なうだけの余裕は、もはやなかった。直接的なアプローチを試みて、リンゼイのコンプレックスを悪化させる危険をおかさなくてはならない。方法はそれだけだった。

サリスは起きて服を着ると、リンゼイの眠っている椅子に近づいた。ゆりおこそうとしたとき、彼のまぶたがふるえ、息づかいがかすかに変わった。

少女の目は前にもまして青く、前にもまして強い関心の色を見せていた。リンゼイは椅子の中で背をのばした。いつ果てるともない宿酔《ふつかよ》いからくるズキズキが、また新たに彼をおそった。少女の言葉は、まったく彼の虚をついた。「どうして奥さんを殺したんですか、リンゼイさん？」

はじめ心はその言葉をはねかえした。意味の把握をこばんだ。だが、それはじょじょに防御線を突破し、意識にくいこんできた。部屋がぐるぐると回りだし、彼は痛むこめかみをふるえる手でおさえた。あらゆる抵抗のかいなく、現在は遠のき、それがあった場所に過去がふんぞりかえって踏みこんできた。七年の歳月が一瞬に消え、あの恐ろしい日がよみがえった――

それは、労働祝日《レイバー・デイ》の週末が明けた火曜日のことだった。甘美な夏の終わりを告げる火曜日。エレインと二人で、いなか町の郊外に買ったコテージ――大学に職を見つけた二人が、講義や研究から解放されたとき、いつでも逃げこめるように用意したその家での、夢のようなハネムーンがまさに終わろうとしていた日。

あのみじめな火曜日。

はじめていさかいをした日……

リンゼイは、フォードの新車のトランクにスーツケースをほうりこむと、力まかせにふたをしめ、前にまわって運転席についた。車を始動させると、エンジンをかけっぱなしにし、苦々しくエレインのことを思った。

エレインはまだ中にいる。くだらない口紅を塗りたくり、ごていねいに頬に紅までさしている。

彼女はいつ出てくるのか？　いつ裏のドアに鍵をかけ、車に乗りこんでくるのか？　リンゼイは、エンジンをかけたまま運転席にすわり、彼女に投げつける残酷なあてつけの台詞を考えた。

時がたつにつれ、内心の怒りはいっそう勢いよくくすぶりはじめた。わざと待たせているのだ。二人の仲がきょうかぎりになろうとかまわない、そういうつもりなのだ。

それなら、こちらも同じことだ！

怒りにまかせてハンドルをにぎると、聞こえよがしに激しくエンジンをふかし、同じ意志表示をした。

ふいに玄関のドアがバタンと鳴った。彼が裏にいることはわかりきっているのに、なぜわざわざおもてから出るのか？　その疑問が触媒となり、怒りが爆発した。彼はバックに入れかえると、思いきりアクセルを踏んだ――意図した以上の力で。車は狂ったように後退した。無我夢中でブレーキをさがし、踏みつけた。だが、そのときには、九月のうららかな一日は悲鳴でやぶられ、後輪が最愛の人のやわらかな体をのりこえたとき感じられた胸の悪くなるような車体の揺れは、すでに悲惨な思い出に変わっていた。

つぎの瞬間、彼は車からとびだし、砂利道にうずくまるエレインにかけよっていた。そして見たのだ——彼女の土気色の顔にうかぶ不信と驚きの表情を、見開かれたその目にある非難の色を、そして光るフェンダーにとびちった血のしずくと、タイヤの白いサイドウォールを染める真紅の血潮を……

リンゼイは現在にもどった。椅子から立ちあがり、無意識に部屋の出口を見つけると、朝の戸外にとびだした。風向きは南に変わり、雪はとけはじめていた。車は、七年前に置きはなしたときのまま車回しにあった。その下に死体はもはやなく、血は洗い流されて久しい。にもかかわらず、血はまだそこにあるのだった——

いつのまにか道路に出ていた。彼は道のまん中を歩いた。車が自分を轢いてくれることを祈った。早く来てくれ、おねがいだ——

さあ、これでわかった、とサリスは思った。これでチャルスへ行ける。チャルスへ行って、仕事ができる。この救われない野蛮人のことなど忘れてしまおう。死にぎわに、連れあいの目がとがめるように見ていたという、それだけの理由で彼女を殺したと思いこんでいる哀れな男。

罪の償いと称して、車からありもしない血を洗い流し、その重みに耐えきれず、毎日おぼれるほど酒を飲んでいる野蛮人。

このジャングルめいた文明の中で、定かならぬ道をさまよい歩き、自分で始末をつける意気地もなく、不注意なドライバーが一役買ってくれるのを心待ちにしている野蛮人。おのれの感受性の犠牲者。このジャングル文明の哀れな漂泊者——ここでは医師が病人のもとに行くのではなく、病人が医師のところに行かねばならないのだ。

例外の医師はひとり——ひとりだけ。なるほど、彼は聖者かもしれない。未開のアフリカ奥地に住むこの医師は、ブリキの小屋で『文化哲学』を書き、短い余暇を盗んではバッハを弾き、原住民のヘルニアの手術をしている——

さあ、行きなさい、サリス。今すぐ。

チャルス・クリニックの清潔で無菌の廊下へ。巡回医師が、通院の要ありと認めた患者たちの清潔で単純な心の中へ。

気高い仕事が待っているのだ。人びとのつまらぬ欲求不満を軽くしたり、彼らの性欲をよみがえらせたり、自我をみがき直したり——

だがあの男は、わたしを雪の中から拾いあげ、家とは名ばかりの粗末な小屋に運んでくれた。わたしのことを気づかってくれた。長年の苦しみと、恐ろしいまでに無感情な日々にもかかわらず、わたしを一個の生き物として、わたしの生命をほんとうに気づかってくれたのだ。

この病んだ野蛮人が。このジャングルの漂泊者が。

それにしても、なんと広大なジャングルだろう！ランバレネなど比べものにもならない。そして、このジャングル奥地の定かならぬ小道を、この瞬間にも、心を病んだたくさんのリンゼイがさまよい歩いているにちがいない。たくさんのたくさんのリンゼイが。それでいながら、彼らの苦しみをやわらげる医師はひとりもいない――

さあ、行きなさい、サリス！　もう！

リンゼイは、こんなに血をあびた車を今まで見たことがなかった。くりかえしくりかえしこすったが、まったく落ちなかった。まもなくニックがやってきて、クライスラーの後部左側のフェンダーから離れようとしないリンゼイのそばに立った。「どうしたんだ？」とニックはいった。「とっくに終わっていていい仕事だぞ！」

リンゼイは答えなかった。ニックには、血のことはわからない。これまでわかってくれたものはひとりもいないのだ。それがエレインの血であることを。洗い流さねばならない、そこにあってはならない、恐ろしい恥ずべき許しがたい血が、いつもそこにあることを。ひとりでもわかってくれるものがいたなら、血はそれほどでもなかったろう、いや、血など消え失せていたかもしれない――

今朝の血はたくさんすぎて、ひとりでは手に負えなかった。彼はむきになって、こすりつづけた——

「おい！」とニックが叫んだ。「気でもちがったのか？　仕上げがだいなしだぞ！　きさま——」

ニックの声がとぎれ、消えた。そしてエキゾチックなサンダルと、その上にあるすらりとした足が、リンゼイの目にはいってきた。かたわらに膝をついたサリスは、なぜか成熟して見え、その目には、彼にふとキリストを思いださせた不思議な光があった。

彼女は、リンゼイの血のにじむ手からスポンジをとった。

「もうだいじょうぶ、わたしが来たんだから」と彼女はいった。

いかなる海の洞《ほこら》に

In What Cavern of the Deep

雪は断崖の頂き一面につもり、いっこうに降りやむ気配もなく大西洋の空から舞いおりてきては、断崖のすその狭い砂浜に打ち寄せる鉛色の波に溶けこんでいた。頂きにそって立つ木々は、十一月の嵐にとうに葉を吹きとばされ、黒い骨格をさらしている。木立ちからすこし奥まったところには、一軒のコテージが見え、煙突から薄青い煙が風になびいている。建物の正面にあたる断崖のふちには小型の砲床があり、降りしきる雪のなか、砲床のかたわらにマッキノー・コート（格子じま、厚ラシャ製の短い上着）の襟をたてて、デイヴィッド・スチュアートは立っていた。

〝彼《かれ》は手《て》に杖《つゑ》をとり谿間《たにま》より五《いつ》つの光滑《なめらか》なる石《いし》を拾《ひろ》ひて之《これ》を其《その》持てる牧羊者《ひつじかひ》の具《ぐ》なる袋《ふくろ》に容《い》れ……手《て》に投石索《いしなげ》を執《と》りて……〟

この断崖からコテージから、いくたびの夏が過ぎ去ったことだろう、いくたびの春が、秋が……。冬は楽しげに、戸口の前に生えた草を打ちすえ、断崖の木立ちをもてあそび、そのすそにのぞく狭い砂浜を責めさいなんだ……けれども雪に閉ざされたコテージのなかで、肌と肌、息と息を寄せあって横たわる二人には、寒さの忍びよる隙はなかった。冬は渾身の力をふりしぼって、二人の築きあげた愛の砦を打ちこわそうとしたが、闇のなか、ぬくもりのなかで、二人はただ笑うだけだった。それが難攻不落の砦であることを、二人は知っていたからだ。

しかしその砦ももはやない。

顔を刺す雪の痛みをこらえ、デイヴィッドは海を見わたした。彼は黄金を捜していた――女の髪の黄金を。海棚に繁茂する海草《ケルプ》のように豊かな長い黄金の髪のそよぎを、キュクロープスの腕のひとかきごとに盛りあがる砂洲のような肩を、海をたぎりたたせる帆柱のような両足の躍動を。報告にまちがいなければ、カモメとイルカも見えるはずだった――泡の王冠をいただいた彼女の頭上で輪を描くカモメの群れと、彼女の周囲で躍りあがるイルカの群れが。陽のように輝きながら、彼女は海から現われるだろう――〝華《はな》やかなることエルサレムの如《ごと》く、畏《おそ》るべきこと旗《はた》をあげたる軍旅《つはもの》のごとく〟――そのとき彼の巨大なおそろしい投石索が風を切り、彼女は消える……きみのひたいはなんと愛らしかったことだろう――〝なんぢの足《あし》は鞋《くつ》の中《なか》にありて如何《いか》に美《うる》はしきかな！〟

風がひときわ強まり、デイヴィッドは凍えた頬をかばって顔をそむけた。コテージが視界にはいり、思い出に満ちた冬の隠れ家を見つめて立ちつくすうち、ひとりの女が戸口に現われ、クリスマス前日の雪のなかを彼のほうに歩いてきた。厚いコートが、彼のよく知っている長身の姿を隠していた。彼女の濃いとび色の髪は、ウールのえり巻きに包まれているが、夜にはそれが彼の胸に乱れ落ちることもあった。見るたびに新鮮な驚きを与える彼女の澄んだグレイの瞳は、むかいあった今も変わることはなかった。「コーヒーをわかしたわ、ディヴィッド。ストーブの上。すこし飲んで、横になりなさい」

彼はかぶりをふった。「飲んだら、もどるよ」

「だめ。一睡もしてないんでしょう。来たら、すぐ呼ぶわ。大砲の用意をするのは、それからでも充分よ」

眠りのことが思いうかんだとたん、疲労がどっと襲い、その勢いに呑みこまれそうになった。彼はかろうじてそれを押し返した。「すごい風だ。その上に毛布でも巻いてくればよかったのに」

「あたしは大丈夫」

「彼女は寒くないのかな」

「寒くなんかあるものですか。もう人間じゃないんですもの。さあ、なかへはいって、おやすみなさい」

「ようし――なんとかやってみよう」

彼はためらった。彼女にキスしてから行きたかった。しかし、なぜかできなかった。

「じゃ、来たら呼んでくれ。来なくても、三時間たったら、おこしてくれ」

「ソファの上に毛布をしいておいたわ。そこなら暖かいから。それから、あまり考えこまないでね――何もかもうまくいくわ、きっと」

デイヴィッドは彼女のそばを離れ、白一色の芝地を横切った。疲労は今や意気揚々と肩にのしかかっていた。その圧倒的な重みの下で、肩はしないでいた。まるで老人になってしまったようだった。まだ四十にもならないのに年老いてしまうのだ、と彼は思った。まだ三十五にもならないのに。〝今日《けふ》ヱホバなんぢをわが手《て》に付《わた》したまはん、われなんぢをうちて……〟

コテージのなかは暖かだった。きのう割った薪が暖炉であかあかと燃え、その炎の赤や黄が、毛布におおわれたソファの上で踊っている。デイヴィッドはマッキノーをぬぐと、ドアのわきの洋服かけにかけた。そして、その横に帽子をかけ、オーバーシューズを蹴るようにぬぎすてた。ぬくもりのやわらかな指が、ひたいにおかれるのを感じた。だが眠れないことはわかっていた。

ひきたてのコーヒーの香りが、キッチンから流れてくる。彼はこじんまりしたキッチンにはいり、湯気のたつコーヒーをカップに満たした。周囲いたるところに、思い出がただよっていた。プレートやボウルやソーサーに、ポットやフライパンやストーブに、さらにカーテンの色にも、壁の羽目板にも。ハネムーンの朝、彼女はここでコーヒーをわかし、ベーコンをいため、ぱちぱち音をたてるフライパンに卵をおとしたのだ。二人が朝食をとったテーブルは、フロアのまん中に寺院のように立っている。ふいに彼はきびすを返すと、コーヒーをストーブの上に置き忘れたまま、部屋から立ち去った。

リビングルームにもどると、ソファに腰をおろし、靴をぬいだ。暖炉の熱が彼の顔をなでた。ウールのシャツがむずがゆくなったのに気づき、それをぬぐと、ズボンとTシャツだけの姿ですわり、おどる炎を見つめた。外では風がさわいでいる。彼はその息づかいのなかに、彼女の名を聞いた。へレン、風はいくたびもいくたびもささやいた、へレン！

……この海のはるかな沖で、かつて彼の指にふれたまばゆい髪の房が、黄金のケルプのようにそよいでいる。この海のはるかな沖で、かつて彼の肩にもたれかかった愛らしい頭が、黒い冷たい波を切り裂いている。この海のはるかな沖で、かつて彼の愛したしなやかな姿態が、レバイアサンのように躍動している……灰色の朝の光のなかで、彼は手の甲にきらめくいくつかの小さな水滴に気づいた。その意味もわからず見つめるうち、またひとつ水滴が現われた。そしてはじめて彼は、それがこぼれおちた涙であることを知ったのだった。

1

ふしぎなことに、はじめて彼女を見たとき受けた印象は、そのきわだった背の高さだった。まもなくそれは二人の位置のちがいからくる錯覚とわかったが——彼女はちょうど浮き台に立ったところ、彼はそれにのぼろうとしているところだった——それから何年か過ぎたのちも、青い水のなかから顔を出し、目を上げたあのとき、真上に女神のように立っていた彼女の印象は、決して彼の記憶から失われることはなかった。それはまた、音量と華麗さをしだいに増し、やがて彼の人生を支配することになるライトモチーフの最初のかすかな響きでもあった。

そのみごとな胸筋とふくよかな胸は、彼女が抜きんでた泳ぎ手《スイマー》であることをほのめかしていた。すらりとのびた足は、いかにも女性的だが、筋肉は逞しく発達していて、彼の直観をさらに強めた。肌の黄金を思わせる色つやも、それを肯定していた。しかし、きわだって背が高いわけでもないことは、隣りに立ったときはじめてわかった。高いほうにはちがいない——しかし、せいぜい五フィート四インチ。金髪の頭のてっぺんが、ようやく彼のあごに届く程度。浮き台の上でいっしょに日光浴していたらしい、とび色の髪の娘が立ちあがったが、そちらのほうが明らかに背が高かった。彼女は冷たいグレイの瞳で、見すかすようにデイヴィッドを一瞥すると、黄色い水泳帽をかぶった。「行きましょう、ヘレン、着替えないと夕食に遅れるわ」彼女は連れにそういい、水にとびこむと、桟橋やコテージで飾られた白い砂浜めざして、のびのびとしたクロールで泳ぎだした。

金髪の娘が白い水泳帽をかぶり、あとに続こうとしたとき、デイヴィッドが声をかけた。

「行かないで——おねがいです」

娘はふしぎそうに見つめた。九月の空が、彼女の瞳の青さを忠実に模倣していた。

「〝おねがい〟？　どういう意味、〝おねがい〟って？」

「ここにまた泳いできて、あなたみたいな人を日ざしのなかで見ることは、もう二度とないと思うからです」デイヴィッドはいった。「人間が欲ばりにできているので、こんな黄金の瞬間にぶつかると、これを逃がしたらおしまいだとばかり、できることはなんでもやってしまうんですよ」

「変な人なのね。風車と槍試合なんかもするの？」

彼は微笑した。「ときにはね」そして、「あなたの名前はもう知ってるんですよ。少なくとも、前の半分のほうは。ご参考のため、ぼくのほうもいっておきます。デイヴィッド——デイヴィッド・スチュアートです」

彼女は水泳帽をぬいだ。金色の髪が、頬や首筋にふわりとこぼれおちた。その顔は、たまご形とハート形を奇蹟のように兼ねそなえていた。眉の線は、鼻のデリケートな線のいとも自然でロジカルな延長だった。「ご参考のためにいっておきますと、あたしの名前のうしろ半分は、オースティン」彼女は心を決めたようだった。「いいわ、一分だけなら——シャワーをとばすことにすれば、三分まで。でも、それ以上はだめ」

彼女は日ざしのなかにすわり、彼はそのとなりにすわった。二人をとりまく青い湖では白い波頭が踊り、頭上には巻雲の高貴な一族がゆったりとうかんでいた。「この避暑地でまだ知らない人がいたなんて驚いたわ。姉のバーバラといっしょにここへ来て、もう一カ月近くたつのよ。あなたは、きっと隠遁者ね」

「いや、今朝着いたばかりなんですよ。しばらく前に、遺産がどっところがりこんで、そのなかにビーチ・ハウスがあったものだから。シーズンが終わる前に、すこしは住み心地を味わっておこうと思って」

「じゃ、ほとんど楽しめないわ。あしたでシーズンはもう終わりよ」

「ぼくのはまだ終わらないんだ。カレンダーから労働祝日《レイバー・デイ》（九月の第一月曜日）を消しちゃったから。九月の浜辺というのは昔から好きだったんだけど、そのムードに思いきりひたれるのは、ぼくだってこれがはじめてなんですよ。十月にはいるまでいるかもしれない。そのころには、セグロカモメと思い出ぐらいしか、相手はいないだろうけど」

彼女は踊る水面を見わたした。「あたしはきっと岩塩採掘場の事務所で、速記やタイプに追いまくられてうんうんいいながら、あなたのことを思いだしてるわ」

彼女のあごから首にかけての線には、どことなく幼なさが感じられた。なぜか彼には、相手が小さな少女のような気がしてならなかった。「まだ十九にはなっていないんでしょう?」見当をつけかねて彼はきいた。

「もう二十一よ。秘書学校なんか、とっくに卒業したわ。ほんとは水泳をみっちり練習して、英仏海峡横断をやりたかったの。でも、堅実な道に進みなさいって、姉のバーバラが——慎重派なものだから」

「姉さんとは、あまり似ていないんだね」ややあって、「きみの水泳のことを聞きたいな」

「アマチュア体育連盟の一九七八年度女子遠泳チャンピオンよ。こんなことを話して、あなたの黄金の瞬間に何か役にたつの?」

「それはもう、はかりしれないくらいさ。でも、ちょっと劣等感を感じるな。ぼくなんか一マイルも泳げない」

「あなただってできるわよ、正しい泳ぎかたさえマスターすれば。歩くより、泳ぐほうがずっと自然なのよ」彼女はふたたび水泳帽をかぶり——もうぬぐ気はないとでもいうように——そして立ちあがった。「もうしわけないけど、もう約束の三分が過ぎてしまったわ。あたし、ほんとに行かなくちゃ」

彼も立ちあがった。「よし、いっしょに泳ごう」

二人は並んでとびこみ、しずくをきらめかせながら水面に顔を出すと、岸にむかって泳ぎだした。のびやかに水を蹴って進む彼女、となりで苦しげな横泳ぎをする彼。浜辺に着くと、その日焼けしたなめらかな肌に水滴を踊らせて、彼女はいった。「この瞬間が、あなたのコレクションのご自慢のひとつになるといいわね。たいへん、あたし、走らなくちゃ」

「待ってください。こんな黄金の瞬間をものにしておいて、これをもうひとつ望まないなんていうのは、本式の欲ばりじゃない」

「でも、もうひとつものにしたら、それでも足りなくて、もっと、ということになりそうだわ――そうじゃなくて？」

「そういわれれば、キリはないかもしれない。でも、しょうがないでしょう。時間は残りすくないんだし、ぼくは――」

「今夜、バーバラと公園のパビリオンに行くの」ヘレンはいった。「ビール一杯ぐらいならいただいていいわ――でも一杯だけよ」彼女は背を向け、小高い堤に建つ避暑客用別荘の階段めざして走っていった。「じゃ、今夜ね」肩ごしに、彼女が叫んだ。

「うん、さよなら」デイヴィッドは答えた。遅い午後の日ざしが肩に暖かく感じられ、体の奥深くでは彼女の詩《うた》がひびいていた。そう、彼女こそただひとりの女《ひと》だ。彼はいま確信していた。詩《うた》はくりかえしくりかえしそう語った。ビーチ・ハウスへと歩きながら、彼は自分の足音を遠く聞いていた。彼女のほかにはいない――だれひとり、詩《うた》はそう告げていた。彼女のほかには――だれひとり。彼女に比べれば、たなぼた式にとびこんだ遺産など、しぼんでころがっているたくさんのリンゴにすぎなかった。彼女は、大地にまだ落ちていないたったひとつの黄金のリンゴだ。なんとしてでも彼はその木にのぼり、彼女の黄金の甘みを嚙みしめ、孤独な歳月の飢えをいやすのだ。

伯父のビーチ・ハウス――新しい暮らしにまだなじめない彼は、受け継いださまざまな品目を自分の財産として考えることができなかった――は、老人がその長い人生の晩年に好んで住んだ三つの別荘のうちのひとつだった。ほかのふたつは、コネチカット州の人里離れた海岸にあるコテージと、珊瑚《さんご》海の小島ビジュー＝ド＝メール（フランス語で海の宝石の意）の豪華なバンガロー。また老人はバンガローのほかに、その島全土の所有者でもあり、趣味というものが数えるほどしかなかった彼が、若いころそのうちのふたつ――稲の栽培とコプラの生産――に熱中したのもその地だった。

ビーチ・ハウスはたんなる夏の住まいというより、ちょっとした邸宅であり、それに比べれば避暑地のなみのコテージなど、管理人の住居のようなものだった。湖のある側では、ニレやシダレヤナギを配した緑の芝生が、低い堤防のところまで続いている。草と樹木の基調は、建物の東西の側でも同様だが、裏側ではわずかに異なり、ハイウェイからそれた黒いアスファルトの私道がまがりくねりながら、車を三台収容できるガレージまでのびている。

屋敷は、アメリカ植民地時代風の三階建てだった。その一階には、建物のたて幅いっぱいを占める、天井の高いリビングルームがあり、そこからふたつのアーチ式廊下が、贅をつくしたダイニングルームと、キングサイズのキッチンに続いている。二階は、ゆとりのある書斎、古風な作りのバー、大きな書庫、台を三つそなえたビリヤード室、広いバスルーム、そして中央に広々としたメイン・ベッドルーム。三階は、フロア全体が、それぞれバスルームつきの客室にあてられている。召使いたちの住まいはキッチンのそばにあり、外から別の入口を通って三階の廊下に行けるようになっている。デイヴィッドが利用しているのは、その入口だった。中流階級の両親が、離婚する前、彼のなかに流しこんだ金持ちへの畏怖を、彼はまだ拭いきれないでいた。だから、こんな屋敷を目の前にすると、所有者より侵入者という考えのほうが先にたってしまうのである。加えて、リビングルームの一ヤード四方千ドルという絨毯に砂をまきちらすなど、彼にはとてもできないことだった。

伯父が死んで召使いたちは解雇されたが、週二回、近くにあるベイヴィルの村人に来てもらって、屋敷をきれいにしておくほかには、彼は代わりをだれも雇っていなかった。かりに執事やコックやメイドを雇う方法を知っていたとしても、彼はそんな考えにすくみあがっただろう。自分のことに他人を使うのは間違いである、といった信念からではなく、今までずっと自分でやってきたので、他人にそれをやってもらうという考えを本能的にしりぞけてしまったのだ。しかも、富だけがもたらしうるプライバシーに長いあいだ憧れてきた彼としては、ようやくそれを手に入れた今、他人に侵されたくはなかった。

自分の部屋に決めたこじんまりした客室で水着をぬいだあと、彼は隣りのバスルームでひげを剃り、シャワーをあびた。そして夕方に着るための、スラックスとシャツのアンサンブルを選びだした。それらは、むかし彼があつらえた背広上下よりずっと値のはる高級品だった。「カジュアル・ウエアに」と店員はいったが、姿見にうつした自分の姿はカジュアルにはほど遠かった。かたくるしく、ぎこちなく、身分不相応に感じられ、鏡にうつる自分を見てもまさにそのとおりだった。

食事をするため、彼は車でベイヴィルに出かけた。もどるころには、芝生に影が長くのびていた。彼は列柱を配したポーチにすわり、影がさらに長くなり、それらが夕暮れの静かな訪れとともに消えてゆくのを待った。やがて椅子から立ちあがり、浜辺におりると、パビリオンにむかった。まだ一度も足を踏みいれたことはなかったが、湖岸ぞいのだだっぴろいパビリオンは、見るとすぐにわかった。ポプラの木立ちのむこうにたくさんの明るい窓が見え、光が砂の上にこぼれている。なかにはいったとたん、彼は途方にくれた。カウンターやテーブルには、若者たちがひしめいていた。全員がいっせいに喋りだしたように思われ、騒がしい声がバックグラウンドで鳴りわたるジューク・ボックスの音楽とまじりあい、彼の神経を痛めつけた。これは子供の遊び場だ、おとなのものではない。まだ二十九なのに、四十にもなったように感じられた。

カウンターの狭いスペースにわりこむと、ほしくもないビールを注文した。来なければよかったと思いはじめたとき、ヘレンとバーバラがはいってきて、湖を見わたす大きな窓のそばのテーブルにすわるのが目にはいった。彼はビールをもうふたつ注文し、自分のグラスといっしょにかかえて、こみあった広間を横切った。そのあいだヘレンの目はずっと彼を見つめていた。危なっかしい旅を終え、テーブルに三つのグラスをおくと、「今晩は」というヘレンの温かな声が彼を迎えいれた。「バーバラ、こちらはデイヴィッド・スチュアート」彼女は連れにそういい、それからデイヴィッドのほうを向いた。「こちらは姉のバーバラ。雑誌に恋愛小説を書いているの」

バーバラはしばらく冷やかに彼を見つめた。彼女は古代ギリシャのチュニックを思わせる白いドレスを着ていた。ヘレンのドレスはパステル・ピンクで、彼女の黄金の肌に朝靄のようにまといついていた。〝なんぢの両乳房《もろちぶさ》は牝獐《めじか》の雙子《ふたご》なる二箇《ふたつ》の小鹿《こじか》が百合花《ゆり》の中《なか》に草《くさ》はみをるに似《に》たり……〟

「前に何かで読んだんだけど、あなたがあのデイヴィッド・スチュアートなの？」彼がすわると、バーバラがきいた。「黄金《きん》の穀物を刈り入れたという？」

デイヴィッドはうなずいた。「伯父の黄金の穀物をね」

「あなたがいやらしい金満家だといっても、ヘレンは信じないのよ」

「まるで金持ちになるのは犯罪みたいないいかただね」

「そうよ、ひがんでるんですもの。あたしには伯父さんなんかいないし、もしいたとしても、みんなあたしと同じようなしみったれな貧乏人にきまってるわ」

「あたしだって伯父さんはいないけど」ヘレンがいった。「今のままでいいな。あなたはお金持ちになってよかったと思う、デイヴィッド？」

「さあ、どうかな。実感がわかないよ」

「フィッツジェラルドを読むといいわよ」バーバラがいった。「金持ちへのコンプレックスがすごいから。もう読んでるわね、きっと」

デイヴィッドはうなずいた。

「かわいそうなデイヴィッド」ヘレンがいった。「もういじめるのやめてあげない、バブズ？」それからデイヴィッドに、「昼間あなたがいっていた、カモメと思い出だけを相手に過ごすという話——考えてみるとすてきだわね、だれもいない湖なんて」

「でも、きみがいなくなってしまったら、すてきでもなんでもないよ。もうすこしいればいいのに」

「あたしだっていたいわ。でも、あしたの夜が最後、バッファローに帰るの」

「そしてスティーヴのところにね」バーバラがいった。「スティーヴのこと忘れちゃだめよ」

「スティーヴ？」ディヴィッドはきいた。

「スティーヴはこの子の恋人なのよ。スティーヴのこと話さなかったの、ヘレン？」

「そんなうるさくいわないでよ、バーバラ。話す時間なんかほとんどなかったっていうこと、知ってるじゃない」

　ディヴィッドはビールのグラスをのぞきこんだ。そう、恋人がいることぐらい最初から考えてしかるべきだったのだ。いないはずがないではないか？

　バーバラがふたたび口をひらいた。「あなたは目のくらむような大金をにぎって、これから何をなさるの、スチュアートさん？　ヨットでも買う？」

　彼はむりやり微笑した。彼女はちょっとしつこすぎる。だが手を焼いていることを悟らせて、相手を喜ばせたくはなかった。「もうヨットはあるんだ。今したいと思ってるのは、タイプライターを買って〝偉大なアメリカ小説〟を書くことさ」

　バーバラは首をふった。「でも書けっこないわ。さしせまった生活をしていないから。偉大な小説の作者は、みんなお金がほしいばかりに書いたのよ。バルザックがそうだし、ドストエフスキーだって、それから――」

「フロベールはどうなんだい？」デイヴィッドがさえぎった。「彼にはさしせまった問題はなかった」

「そう――金銭的にはね。でも、おあいにくさま、ほかの面ではやっぱり苦労しているのよ」バーバラは鋭い眼差しで見つめた。「あなたはそのどれでもなさそうだわ、スチュアートさん。あなたは今までなんにも書いたことないんじゃないかしら、賭けましょうか？」

デイヴィッドはにやりと笑った。「まあね、ぼくはただ思いつきをいっただけだから。ほんとうにやるのは、たぶん、お城を買って、その堀いっぱいにカティ・サークを満たして、死ぬまで飲んで飲んで飲みまくることだろうな。こういえば、あなたが成金というものに抱いている先入観に、もっとずっとぴったりあてはまるんじゃないですか、オースティンさん？」

「そのとおりよ」彼女はグラスをとりあげると、ひと口飲み、テーブルにもどした。「きょうは気分直しに、早く帰って寝るわ」

「待ってよ、バブズ」ヘレンがいった。

「いいの、ほっといて。スティーヴのことは忘れないようにちゃんと話すのよ」

バーバラは歩き去った。ヘレンは腹をたてたように彼女のうしろ姿を見送った。「わからないわ――今まであんなことはなかったのに」

「どうやらぼくが嫌いらしいね」彼はグラスに手をのばした。「一杯だけときみはいったけど、それを飲んで、おかわりしないか？」

「ううん、もうだめ――一杯がリミットなの。どちらにしても、あたしもコテージに帰ったほうがよさそうだわ」彼の顔に失望がうかぶのが見えたのかもしれない、彼女はすぐつけくわえた。「でもご迷惑でなかったら、送っていただくわ。階段のところまで行けば、すわってお話しできるから」

「そうしよう。ぼくもここにはうんざりしてたんだ」

外に出ると、彼女は靴をぬいだ。「はだしで砂の上を歩くのって好き」

ディヴィッドは彼女の手から靴をとった。「ぼくが持とう」

星が輝いていた。だが月はなく、闇のなかに渚が青白く夢のようにのびていた。二人の足もとで湖が息づき、暖かな微風が頬をなぶった。毛布があちこちに黒いしみのように見え、そばを通りすぎる二人の耳に、恋人たちの夜のささやきが聞こえた。階段の前に来ると、ヘレンがいった。

「ここがあたしのいっていたところ。よくここにすわって、長いあいだ星を見上げているの」

「たったひとりで？」

「そうよ、たったひとりで。今年の夏会った男の子は、あなただけなんですもの」

デイヴィッドは笑った。「〝男の子〟はひどいな」

「あたしには、そう見えるわ。すわらない？」

階段はせまく、すこし無理をしなければすわれなかった。二人は肩を寄せあって腰をおろした。

「スティーヴのことを話さなくてはいけないんだろう？」デイヴィッドはいった。

「話すことってあんまりないわ。知りあって一年ぐらいかしら。何回かプロポーズされたけど、どうしてか〝イエス〟っていえなかった。ほんとうに好きだったかどうか、確信が持てなかったのね」

「好きだった？」

「あら、あたし、過去形を使った？　そうね、そうかもしれない。そのあたりが、今になってはっきりしたみたい」

「彼を愛しているということが？」

「ううん、愛していないということが」

デイヴィッドは、自分がずっと息を殺していたのに気づいた。彼はそっと息をついた。

「ぼくのこともすこしは話したほうがよさそうだね。ぼくは今、自分の富におびえてるんだ。心のなかでは貧乏人のままだからかもしれない。ずっと貧乏な暮らしをしてきて、それが自然なありかただとばかり思いこんでいた人間が、一夜あけたら金持ちになっていた。

彼は貧乏なころつきあっていた人たちとのつながりを保つことで自分を確かめようとする。ところが彼の目にうつるのは、そういう人たちのほんとうの姿だ。訪ねていけば羨望の目で見られ、敬遠され、街なかへ出ればたかられる。気がついたときには、ふたつの世界のあいだで宙ぶらりんさ――むかしの世界の住人ではないんだし、新しい世界に踏みこむには臆病すぎる。自分の気持ちに確信が持てないという点では、ぼくもきみと同じかもしれない。ただ、ひとつだけ、どういうわけか子供のころからかたく信じていたことがある。人間にとって、本は毎日のパンと同じくらい重要なのだという考えだ。これまでの人生の半分を、読書に費してきたといっていいな。良い本、悪い本、無意味な本――手あたりしだい読みあさった。父と母が離婚したときには――伯父が二人の相続権を廃除したのは、それが原因なんだけどね――ぼくは独立できる年ごろになっていたから、学校をやめて働きだした。それからは、ありとあらゆる場所で、ありとあらゆる仕事をしたよ。トラックを運転したり、郵便を配達したり、車にガソリンをいれたり、そうこうしているうちも、本を読みまくった。五大湖の鉱石輸送船に乗り組んで、暇を見ては半年ばかり航海術を勉強したこともある。けれど、けっきょく性に合わなくて、最後におちついたところは、ラカウォーナのベスレヘム鉄鋼さ。伯父が亡くなったとき、ぼくは早番《はやばん》の仕事から帰って、安下宿で『フォーサイト家物語』を読んでいたよ。こんな皮肉な――というか、哀れをさそう話って、ちょっとないだろう。多くの書物を読みながら、その意味するところを生かせぬものに心せよ。夢想家に心せよ、ということさ。ぼくについて、それだけは最初に注意しておくよ」

「ガール・フレンドはいなかったの？」

「いたよ、二、三人はね。だけど、ぼくがほんとうに魅力を感じたのは、本のなかで会った女性だけだったな」

「ご両親に遺産が行きわたらなかったのは、かわいそうね。お二人とも、遺言に不服の申したてはなさらなかったの？」

「父はしたよ——実の兄弟だから。でも勝ち目はなかった。財産の整理がついたら、父のために年金の口座をつくってあげるつもりなんだ。それから母にも。二人とも今では再婚して安楽な暮らしをしている。どちらも子供がいるから、ぼくなんかがのこのこ出ていったら迷惑がるだろう。だけど、なんにもしてあげないんでは、こちらの気持ちもおさまらないしね」

「ご両親には、できるだけのことをしてあげたほうがいいわ。あたしなんか両親の顔も知らないの」

「じゃ、きみはみなし子なのかい？」

「捨て子だったの。それも、ちょっと変てこな。バーバラのお父さん——ということは、あたしの義父《ちち》なんだけど——その人が、ある冬、休暇でフロリダに行ったとき、あたしを見つけたんですって。浜辺に打ちあげられた海草にくるまってころがっているところを拾われたんだけど、そのときには、ほとんど虫の息みたいに見えたっていうわ。でも、ほんとは虫の息なんかじゃなくて、ぴんぴんしていたのよ。ただ、ふしぎなのは、歩くことも話すこともできなくて、自分に何がおこったのか、それさえ覚えていなかったこと。今でも思いだせないわ。パパにひきとられて、家に連れていってもらったとき、十歳ぐらいだったらしくて、誕生日もそこからパパが逆算して決めてくれたの。奥さんは亡くなっていて、子供はバーバラひとりだけの家庭。バーバラとあたしは、バッファローにあるその家で何のわけへだてもなく育てられたわ。十一の〝誕生日〟より前のことは、だから、ぜんぜん駄目。そのころには、もう歩いたり話したりできるようになっていたけど、まだ人並みとまでいかなかった。それから、みるみる回復しはじめて、といっても何から回復したのかは、はっきりしないんだけれど。その点では、パパに連れていってもらったお医者さんたちも、みんな首をひねっていたみたい。とにかく知恵遅れというわけではなく、それにパパとバーバラが助けてくれたものだから、学校でみんなに追いつくのも早くて、十八になる前にハイスクールを卒業できたわ。ヘレンというのは、パパの奥さんの名前だったの。パパは三年前に亡くなって、遺言でバーバラとあたしが家を受け継ぐことになったの。すてきな家よ、今もそれがあたしたちの家。もちろん、家事のきりもりをしているのはバーバラ――あたしより三つ年上だから。若いときには、たった三つでもたいへんな違いなのね」

「八つも離れたら永遠だろうな」と、デイヴィッドはいい、とつぜん指を鳴らした。「そうだ、それで姉さんがぼくを嫌ってるわけがわかった――きみには年上すぎると思ってるんだ」

ヘレンは首をふった。「いいえ、そうじゃないわ。バーバラは、そういうことには鷹揚なの。それに、あなたを嫌ってるわけでもないみたいよ。ときどき、あたしにもわからなくなる」彼女は立ちあがった。「ごめんなさい、もう家にはいらなくちゃ。靴をとってくださる？」

「はかせてあげよう」

ヘレンが拒まないので、彼は砂の上に膝をついた。彼女の両足が、星かげのもとにほの白くぼんやりとうかんでいた。彼の指は、そのなめらかな冷たい肌にふれてふるえた。彼は靴をかたほうずつそっと素足にすべりこませた。星かげが明るさを増し、雨に変わると、暖かな夏の闇をつらぬいて、周囲一面に音もなく降りそそいだ。つかのま彼は息をつぐことができなかった。ようやく息がもどると、砂の上に膝をついたまま言った。「〝なんぢの足《あし》は鞋《くつ》の中《なか》にありて如何《いか》に美《うる》はしきかな！〟」ヘレンの手が彼の髪にふれ、一瞬そこにとどまり、ふたたびあがってゆくのが感じられた。デイヴィッドが立ちあがると、彼女も立ちあがった。階段の一段目に立っているので、彼よりもわずかに背が高い。星かげに照らされた彼女の顔が、すぐ目の前にあった。くちづけをすると、あのライトモチーフが前よりもいっそう強くひびきわたり、二人の唇が離れるにつれて消えていった。そう、まちがいはない。彼の心はうたっていた。彼女こそただひとりの女《ひと》、そして彼女のほかにはだれもいない。「おやすみ」そっと彼女の髪にささやく。「おやすみなさい」ささやきが返ってきた。彼は、遠のく足音を聞きながら、星かげのなかに立ちつくしていた。それから長い時間がたち、ベッドにはいってからも、彼の耳には、夜の深みのなかに消えてゆく足音が聞こえ、夢のなかで彼はふたたび星かげに照らされた優しい面だちを見つめ、星かげのなかの甘いくちづけをくりかえした。彼女のほかにはだれもいない。だれひとり。だれも。

2

結婚式は質素なものだった。式はその年の十二月二十四日、ヘレンとバーバラの家からあまり遠くない小さな教会でとりおこなわれた。新婦の付添いはバーバラ。新郎の付添いには、デイヴィッドが仲間入りした新しい世界で、たったひとりの友人といえるゴードン・ローリーが選ばれた――ゴードンは、デイヴィッドの伯父の財産をかつて管理し、その後デイヴィッドのものとなったそれを引き続き管理している法律事務所の、最年少の弁護士である。同じ日、デイヴィッドは飛行機をチャーターし、花嫁とともにコネチカットへ飛んだ。夜には、二人は断崖のふちに建つ小さなコテージにおちついていた。フロリダへ飛ぶのはたやすいことだったが、ホワイト・クリスマスが大好きな二人にとって、今年のクリスマスを――しかも、生涯でもっとも甘美なときとなるかもしれないクリスマスを――熱帯で過ごしてしまうのは、あまりにももったいない気がしたのだ。

二人は二週間コテージに滞在し、昼は雪のつもった断崖の頂きを散策し、夜は松があかあかと燃える暖炉のぬくもりのなかでドイツ・ビールをすすった。そして朝は、陽が高くのぼるまで眠り、そのあとキッチンの小さなテーブルで二杯目のコーヒーを前に時のたつのを忘れた。〝すばらしいインスピレーション〟が閃いたのも、そのキッチンにおいてだった。デイヴィッドのヨットネレイド号で長い航海に出て、珊瑚海の彼の島を訪れるのだ！

ネレイド号は、ボストン港に錨をおろしていた。二人は航海士と船員を雇い、一月二十九日に船出し、冬の荒涼とした海岸線にそって南下した。パナマ運河を過ぎると、デイヴィッドは太平洋が穏やかなときを利用して、航海士から手ほどきをうけ、自分で航路を決定できるようになるまで航海術の知識を補足した。時はみるまに過ぎていった。三月には、ネレイド号はソロモン諸島とニュー・ヘブリデーズ諸島のあいだを通過し、その後まもなく船の針路にビジュー＝ド＝メールが見えてきた。

デイヴィッドの伯父は、ちょうどスタンダールがミラノを愛したと同じように、ビジュー＝ド＝メールを愛した。だがデイヴィッドにとって、島は大きな失望だった。彼は旅行案内書の解説にあるような色彩豊かな南国の楽園を期待していたのである。代わりに、そこに見出したのは、茂りすぎたココ椰子のプランテーションと、打ち捨てられた広大な稲田だった。ココ椰子の林と稲田の背後には、うっそうとしたジャングルにおおわれた山々が連なっている。しかし港は手ごろな大きさで、小さな船が停泊するには水深も充分あり、浜辺はまじりけない珊瑚だった。海岸には古びた桟橋があり、桟橋から一本の道が稲田へと通じ、稲田のあいだには低いあぜ道があってバンガローのたつ丘へと続いていた。

バンガローの裏手には、発電機のある小屋がある。だが発電機はすでに寿命がきていて、デイヴィッドにはそれを動かすことはできなかった。さいわい、バンガローのほうはまだかろうじて住める状態にあり、ローソクはふんだんに備えられていた。二人は必要な修理をほどこすと、部屋の掃除をした。そして水泳と釣りとあてのない散歩だけの、のどかな暮らしを始めた。ヘレンは海を愛した。朝目をさました彼が、かたわらの枕がからっぽなのに気づいてベッドルームの窓をあけると、彼女が遠い渚で波と遊んでいたり、ときには投錨しているネレイド号より沖あいの青い海原を泳いでいるのが見えるのだった。新妻がもどるなり、デイヴィッドは彼女のむこうみずさを激しく叱る。しかし彼女はただ笑って、こういうだけだった。「そんなお婆ちゃんの小言みたいなのはよしてよ、デイヴィッド。海はあたしに何もしないわ」

二人は一週間、島に滞在した。雨季さえ来なければ、もっと長くいたかもしれない。雨季のことは、デイヴィッドも話に聞いていたが、それを納得するには、一度みずから体験する必要があった。空の底が抜けたように雨はとめどなく降りそそぎ、山々の斜面を流れくだって、せせらぎをさかまく奔流に変えた。稲田は水びたしとなり――そればかりでなく溢れだした。ときには湿気が大気にみちみちて、バンガローの外はいうまでもなく、室内にも雨が降っているように思えることがあった。何もかもがじっとりと湿ってきた――衣服、本、タオル、シーツ、食料。デイヴィッドは三日がまんしたのち言った。「もうたくさんだ、ヘレン――帰ろう」

今度はパナマ運河を通らず、ワシントン州タコマに寄港して、そこでネレイド号をリース・アンド・ハリスン社――彼が株を持っている造船会社である――にまかせることにした。ヨットには無数の修理が必要だった。同社に船をあずけたとしても、それで浮く金はタカがしれたものだが、一部は自分のものでもある会社と取引関係を持つのはわるい気がしなかった。航海士と船員は常雇いにしておく代わりに、旅の終点でボストンへの飛行機代を払い、家に帰した。ネレイド号を造船会社にわたし、ドックにいれたあと、彼は飛行機のチケットを買い、ヘレンとともにバッファローに帰った。二人はビーチ・ハウスで夏を過ごし、秋になるとデラウェア・アヴェニューの重層式アパートを借り、市中に引越した。

これから何を目的に生きてゆくか考えもまとまらぬままに、デイヴィッドはいろいろなものに手をつけはじめた。しかし働かねば食べていけないというさしせまった必要がないので、することはみな趣味の域を出ないのが常だった。彼は手にはいるもっとも高価な電気オルガンを買い、夫婦ともどもレッスンを受けはじめた。その方面の才能が二人にないことは、一カ月足らずで明らかになり、ヘレンの提案で彼らは音楽から絵画に転向した。デイヴィッドは、この第二の分野でもいっこうに上達しなかったが、ヘレンにはある種の隠れた才能があったらしく、数週間のうちにつぎつぎと描きあげられた作品は、題材だけをとってもなかなか優れたできばえだった。そのなかには、デイヴィッドを動転させた絵もあった。ひとつは文字どおり戦慄を催すほどだった。それは巨大な洞窟の内部を描いたもので、ごつごつした石塊を積みあげた異様な城が風景の中心を占めている。屹立するいくつもの塔は不釣合いに高く、どこか蔦《つた》を思わせるぬらぬらした緑の植物におおわれていた。〝蔦〟はところどころで壁面からはがれ、風になびくすりきれたペナントのように長く尾をひいている。窓はどれも高く、細く、その奥にある闇をつらぬくひとすじの光も見えない。大気は、この世のものとも思えなかった。それはコバルト・ブルーの色あいを帯びていて、上からは奇妙な光線がさしこみ、燐光が霞のようにうかんでいる。そして全景の不気味さをいっそう強調するかのように、ヘレンは魚に似た奇怪な鳥の群れを各所にちりばめていた。

デイヴィッドは、なぜかシェリーの詩「世界の漂泊者」の一節を思いうかべた——

語れ、星よ、光の翼もて
炎の天路翔ける星よ
いかなる夜の洞《ほこら》に
汝《なれ》今その翼を休めんや

その絵が何を意味しているのかデイヴィッドがたずねると、ヘレンはとまどった表情をした。

「意味がなくてはいけない？」彼女は問い返した。

「そうさ、何かなくっちゃ！　でなければ、なんのために描いたかわからない」

彼女はその異様な情景にしばらく目をこらしていた。そして首をふった。「描いてたらこうなったのよ——それだけみたい。シュールレアリスムとか、そういうのなんでしょう。何か意味が隠されているとしても、あたしにはわからないわ」

彼はそれ以上つきつめなかった。しかし、その絵に対する強い嫌悪はその後も消えず、彼は二度と近づこうとはしなかった。

それまでの数カ月、背景のオーケストラにかき消されていたあのライトモチーフがふたたび鳴りわたったのも、そのときだった——今度のそれは彼にもはっきりと聞こえた。

数週間前からデイヴィッドは、ヘレンの習慣におこった変化に気づいていた。だが、その原因までは彼も知ることはできなかった。以前は週に一、二度必ずバーバラのところを訪ねていたし、土曜にはよく姉と連れだってマチネーに行き、夕食をそとですまして帰宅したものである。しかし今ではヘレンは、ほとんど一日じゅう家にこもりきりで、彼が一度クラインハン・ミュージック・ホールのコンサートに誘ったときも、驚くほど激しい態度で出かけるのを拒んだ。そんなできごとがあってからまもなく、デイヴィッドは、彼女が好んでローヒールの靴をはくようになったのに気づいた。理由をたずねると、最近背中がこるので、あまり無理をしないようローヒールにかえたのだ、と彼女は答えた。

彼はそれで納得した。だが、それからまもないある日の午後、郵便物に目を通していた彼は、一枚の計算書に出くわして愕然とした。それはヘレンがひいきにしているところとは違うドレス・ショップから届いたもので、金額はゆうに四桁に及んでいた。といっても、彼を驚かせたのは金額ではない——彼女がそこで買い求めた品物のリストが問題だった。たんに新しく揃えたにしては、そのリストは異常すぎた——むしろ衣装室を丸ごと買い占めたといったほうがいい。

妻のほしがるものには口をはさまない主義なので、彼女はすでにもてあますほどの衣装を持っている。なのに、なぜ新しいコート、新しいドレス、新しい靴、新しいネグリジェ、新しい下着を山ほど買いこむ必要があったのか？　しかも、なぜ買物のことをひた隠しにしているのか？

いや、隠しているわけではないのかもしれない。衣装が届けられた日、たまたま外出していたので、彼にはそう見えるのかもしれない。それにしても、ヘレンが一言もふれないのは奇妙だった――彼を驚かそうという気なのか？　だが、そのつもりなら、もっと早く驚かせてくれていてもよさそうなはずだ。

計算書をデスクにおいたまま、彼は書斎をはなれ、リビングルームを横切って階段をのぼった。三つあるベッドルームのひとつはアトリエに改装されており、ヘレンはそこで新しい制作に没頭していた。彼は戸口に立ちどまると、彼女の愛らしさの果汁をこころゆくまで味わい、最後の一滴まで汲みつくした。その日は、この季節でも特に暖かな小春びよりで、彼女は靴をぬぎすて、スリップ一枚の姿になっていた。彼女の足は今までになく長く美しく見え、腕から胸、首筋にかけての線は女神のようだった。開いた窓から吹きこむいたずらな十月の風が、ひたいにこぼれる前髪を即興的に踊りあがらせている。

夢中で描いていたのだろう、デイヴィッドが歩いてゆき、となりに立つと、ヘレンははじめて彼に気づいた。しかしそれでも目を上げようとせず、描きつづけた。不気味な情景が、カンバスにかたちをとりはじめていた。大地が裂けたような大きな谷間が見え、異様な緑の植物がいっぱい茂っている。重力の法則を無視してまっすぐ上空にのびた薄膜のような細長い葉。谷底には数百の小さな緑の円盤が一面にちらばり、そのかなた、背景の奥深くには、人間の肋骨を思わせる船の残骸がかすかに見分けられる。そして前景には、十七世紀の海賊と縁の深い銅の帯金のついた櫃《ひつ》。櫃の上には、髑髏《どくろ》がひとつのっている。

ヘレンはようやくパレットをおくと、わきにのいて彼を見た。「なにかご用、ダーリン？」

彼はカンバスからむりやり目をそらした。「うん。今夜はきみといっしょにどっかへ行って食事をしようと思ってね。きれいなドレスを着て、街に出ようじゃないか」

彼女は一瞬ブルーの瞳をそらした。「ごめんなさい。あたし、今夜はそとに出たくないの、デイヴィッド」

「だけど、どうして？　最近はぜんぜん二人で出たことがないじゃないか……新しく買ったドレスを見せてくれてもいいだろう？」

ヘレンはこちらを向き、つかのま彼を見つめると、ふたたび目をそらした。「じゃ、計算書を見たのね。あなたに話そうと思ってたんだけど、どうしてか——」彼女はふいに背を向けると、窓べりに行き、通りを見おろした。「どうしてか話す勇気がでなかったの」

彼女はいいおえた。

デイヴィッドは歩いてゆき、彼女の肩に手をかけて、こちらを向かせた。「そんな顔をしないでくれよ――とがめだてしているんじゃないんだから」

「買わなくてすませられるなら、そうしていたわ、でも――」彼女はとつぜん目を上げた。「あたしを見て、何か気づかない？」

「今までどおりのきみさ。何に気がつけばいいんだい？」

「よく見て」ヘレンはさらに彼に近づいた。「今までは、あなたのあごのところに、頭のてっぺんがきていたわね――おぼえてるでしょう？　今それがどうなっている？」

デイヴィッドは思わず吹きだしそうになった。だが、つぎの瞬間、ヘレンのひたいが自分の唇にかすかにふれ、髪が自分の目と同じ高さにあるのに気づいた。本能的に彼はあとずさりし、爪先立ちしているのではないかと彼女の足もとを見た。足はふつうに床を踏みしめている。つかのま彼は言葉もなかった。

「これで、あたしがどこへも出ないわけがわかったでしょう。それからバーバラに会いに行かないわけも。いつも見ているから、あなたは気がつかなかったのよ。でも、ほかの人たちが見れば、すぐにわかるわ。特にバーバラなら。しばらく離れていて会ったときには、小さな変化でも目にとまりやすいのよ」

「それで――それで、新しい服を買い揃えたのかい？」

「そうするしかなかったの――そうでしょう? それは最初は、ドレスの裾をおろしたりしていたわ――そんなことは簡単だから。でも、とうとう今までのドレスが着られなくなってしまったの。自分ではどうすることもできないし、だれかを雇って仕立てなおしてもらうにしても、その人から話が漏れるのがこわくて。見てごらんなさい、ただ背が伸びただけじゃないことがわかるわ――体ぜんたいが大きくなってるの。足も、手も、結婚指輪だってもうはめられないのよ。あたし――」

ヘレンの目に涙がこみあげる前に、デイヴィッドは彼女を抱きしめた。「バカだな、きみは。そんなことで悩んだりして。ごくあたりまえのことじゃないか。人間は二十五歳までは成長しつづけるんだぜ!」

「太ることはあるかもしれないわ――でも背まで高くなるかしら」ヘレンは彼の肩に頭を休めた。「ほんとのことをいうわ、デイヴィッド。背がのびていることは、ずっと前からわかっていたの――成長がとまるようすがないことも。だけど今までは、ほんの少しずつだったので、それほど重大には考えていなかったの。それが今になって、急に速くなってきたみたい。この二ヵ月で二インチものびたのよ! あなたと結婚したときから三インチ! 体重も十ポンド増えたわ!」

「だとしても、きみが珍しい例外だというだけだろう。このままずっと背が高くなることが証明されたわけじゃない」

ヘレンは聞いていないようだった。「ハイヒールをはけば、あなたと同じくらいになってしまうわ！」彼女は身震いした。「ああ、デイヴィッド、そんなのいや！」

「よし、じゃ、こうしよう。明日、かかりつけの先生のところへ行って、きみの不安をとりのぞいてもらうんだ。だけど、とにかく今晩はきれいなドレスに着替えて、夕食に出かけようじゃないか。そして何か映画でも見るんだ。あんまり長いあいだ閉じこもっていたものだから、背が高くなりすぎたような錯覚をおこしているんだよ。ちゃんと計りさえすれば、のびたのはせいぜい半インチぐらいだってわかるのがオチさ！」

「あたしが計りちがえたんだと思う？　ほんとに――」

「それはやめよう――きみは正しく計ったんだ。だけど心配するほどのことじゃないさ。さあ、用意して、早く行こう。もし何か心配しなければならないことがあるんだったら、ぼくが心配してあげるよ」

着替えのあいだ、デイヴィッドは、心配はないのだと自分に納得させようとした。だが、あまり成功はしなかった。巨人症について詳しく知っているわけではなかったが、レストランでの夕食とそのあとの映画の楽しみをぶちこわすには、現在ある知識で充分だった。かりにヘレンがそんな病気にかかっているとすれば、彼女の成長は、三インチや十ポンドでは終わらないはずだ。いつまでもいつまでも成長しつづけ、自分を異常者あつかいする彼女の錯覚がやがては現実となってしまう。

だが、ヘレンのかかりつけの医師ボナー博士の診断は、デイヴィッドの予想とは逆だった。総合検診が終わると、ボナー博士は、こんなに健康な女性はめったにいないと太鼓判をおした。正常な骨化がおこらなかった徴候もないし、巨人症にふつうともなう肉体的な衰弱も見られない。デイヴィッドと同様、ボナー博士も彼女の身長ののびを言葉どおりには信じず、よけいな心配はしないようにと忠告した。「身体的には健康そのものだ。わたしが保証します。このあとまだ成長の不安が消えないようなら」そういって、医師はニヤリと笑い、つけ加えた。「わたしに知らせてください」

「あたしの言うことをひとことも信じていないんだわ」帰り道でヘレンはいった。「まるで子供あつかい!」

「しかし、きみの空想にも多分に原因があるとは思わないか? 一インチ、いや、一インチ半ぐらいは高くなったかもしれない。だけど三インチとなると、ちょっと信じられないよ」

「でも、ほんとうよ。たしかに三インチのびたのよ! 正確にいえば、三インチと四分の一!」

デイヴィッドは笑った。「わかったよ──そこまでは信じよう。だけど完全に健康でそれだけのびたんだから、ぼくはなんとも思わないね。近ごろでは背の高い女の子がはやりなんだぜ」

とつぜんヘレンはほほえんだ。「あなたがなんとも思わなければ、あたしはいいわ。そうだ――きょうの午後バーバラのところへ行ってみるわ」

ヘレンは姉の家へ行った。もどってきた彼女は、晴ればれとした顔をしていた。「あたしがローヒールをはいているのを見るまで、バーバラは気がつかないの。ふしぎね、自分こそ宇宙の中心だと思いこんでいて、髪のかたちをちょっと変えさえすれば、みんな立ちあがって自分を見てくれるものと思ってる。何かお祝いしたいわ。同じ女性と二日続きのデートはおいやかしら、スチュアートさん？」

「もしその人が、わたしの心から愛している例の女性なら、喜んでおともさせていただきますよ。よし、きまった。このまま行こう――そういうことにあまりやかましくない小さなレストランを知ってるんだ」

「ちょっとお化粧をなおすわ。一分待ってね」

あとになって考えると、それは、二人がこころおきなく家の外で過ごした最後の晩だった。翌週ヘレンの身長はさらに一インチのび、月の終わりには、デイヴィッドと同じ高さになっていた。

3

ボナー博士の職業的な陽気さも、二人の二度目の訪問には充分な効果を発揮しなかった。ボナー博士がただちに推薦してくれたその方面の専門医リンデマン博士も、あらためて総合検診は行なったものの、どこにも異常を見つけることはできなかった。リンデマン博士は、ヘレンのこれまでの生活を聞きたがった。話がひととおり終わると、博士はさらに十一歳の〝誕生日〟以前のことについて質問した。彼女は答えられなかった。けっきょく博士の勤めている病院に一週間ほど入院してようすを見ることになり、博士みずからその手続きをした。しかし一週間が過ぎても、彼女の成長の原因をつきとめることはできなかった。

二人は、バッファローやその他の都市の専門医にもあたってみた。だがヘレンの巨人症には、みな首をひねるばかりだった。そのあいだもヘレンは成長しつづけ、成長に比例して彼女はますます感じやすくなっていった。妻の困惑をいくらかでも和らげようと、デイヴィッドは中ヒールの靴をはきはじめた。それでしばらくは彼女と比べて見劣りしないという錯覚を維持することができたが、ヘレンの身長はのびる一方で、錯覚をすこしでも長びかせるため、彼は靴屋に出かけ、かかとを厚くしてもらわねばならなかった。だが、それも急場しのぎでしかなく、やがて彼はそうした努力をすっかり放棄した。そのころにはヘレンは彼よりも二インチ高くなり、体重もほぼ彼と同じくらいになっていた。

ヘレンがその病気に耐えることができたのは、ひとえに自分が美しい均整を保ちながら大きくなっているという事実だった。すでに小さな巨人となった今も、かつての優美さと調和は失われていず、比較できる馴染みの物体のない、すこし離れた場所に彼女が立っていたりすると、数ヵ月前とまったく同じに見えるのである。だが、そんな風景をながめられたのも、つかのまだった。いつかはおこることだと予想していたが、とうとう彼女はアパートから出ようとしなくなったのである。

食物には今のところ不自由はないが、衣類のほうは問題だった。靴、ドレス、コート——何もかも注文しなければならないのだ。もう外出する気はないのだから、コートは不必要だし、彼女自身、デイヴィッドにそういった。だが彼は耳をかさなかった。必要のあるなしにかかわらず、妻の服をすべて揃えておかなければ気がすまないのだった。

最初の結婚記念日がめぐってきたとき、ヘレンは六フィート六インチになっていた。今では部屋に立ちいりを許される外来者はバーバラだけで、ヘレンがこのような暮らしに耐えられるのも、夕方一日おきにバーバラがアパートを訪ねてくるからだった。ヘレンの気力をくじけさせまいと、デイヴィッドはできるかぎりのことをし、彼女を愛する気持ちが今まで以上であることをくりかえしくりかえし訴えた。しかし彼の言葉にいつわりはないとわかっていても、それだけではヘレンの心の支えにならなかった。彼女には、自分もまただれかの心の支えになっているのだということを知る必要があり、その役を担っているのがバーバラだった。

どちらかといえば、最初の結婚記念日を迎えたヘレンは、一年前よりもなお美しく見えた。日ざしのなかに出ないため、本来なら肌は色あせてくるはずである。ところが逆に、見事な小麦色なのだ。そればかりか金色がうっすらと加わって、あたかも彼女の内部で奇妙な火が燃えているかのように、全身が輝いて見える。数週間前から、デイヴィッドはこの日に期待をかけていた。二人にとって記念すべき日とあれば、夕食に誘ってもきっと受けてくれるだろうと思ったのである。だが当日になってみると、彼自身、妻をそのような試練にさらすことに疑問がわき、彼女が出たくないといいはったときには、むしろほっと胸をなでおろした。

彼はシャンペンの大びんを届けさせ、レストランに特別ディナーの配達を頼んだ。そして、その日の午後買ってきたクリスマス・ツリーを、ヘレンの手を借りて部屋に据え、二人で飾りつけをした。それがすむと、プレゼントの交換をした。ヘレンは――バーバラに頼んで買ってきてもらった――カレンダーつき腕時計をデイヴィッドに贈った。デイヴィッドは、新しい画架――今まで持っていたのより大きいが、目ざわりなほどではない――

と、カンバス一ダースをヘレンに贈った。二人はシャンペンで乾杯し、夕食の席についた。コネチカットのコテージで過ごした最初のクリスマスとは比べものにならないイブだったが、それだけに時間はいっそう貴重であり、デイヴィッドには生涯忘れられない思い出になりそうだった。

クリスマスは過ぎていった。新年はけたたましい金ぴかの角笛の音とともにやってきたが、それもすぐに静まった。ヘレンは成長を続けた。成長は等比級数的に加速し、彼女は毎日目に見えて大きくなってゆくように思われた。身長ののびに比例して、彼の絶望もまた深まった。彼にできることは何ひとつないのである。そのころにはヘレンは病状にすっかり敏感になっており、力になれるかもしれない専門医をかりに見つけたとしても、もはや診察をうける気をなくしていた。容赦なく進む巨大化とともに、彼がもっとも心配したのは、社会との絶縁からおこる精神的障害だった。さらに、もうひとつ悩みがあった。彼は今まで以上にヘレンを愛しているし、それに応える彼女の愛にも変わりはない。しかし現在の二人の関係に、どこかしら滑稽な感じがつきまとうのはいかんともしがたいことだった――その滑稽さが、すでに勝敗の見えだしたレースになおさら心理的ハンディキャップを押しつけるのである。冬がしだいに遠のき、春がそれに代わり、彼のアパートに住む若い巨人がおそるべき大きさに成長してゆくにつれ、もはや勝敗が決まるのも遠い先ではないという考えが、心にますます重くのしかかるようになった。明けがた目覚め、眠れぬまま冷たいシーツのなかに横たわり、となりの超大型ベッドをながめながら彼女の寝息に耳をすます——そんな習慣がいつのまにかついた。ときには彼の思いは、夜明け前の空と同じ灰色に染まり、それが終日続くこともあった。

いや、いつまでもこうしているわけにはいかない。巨大化はどうすることもできないが、彼女の生活環境のほうは何か打つ手があるはずだ。当座はビーチ・ハウスがいいかもしれない。あそこなら天井も高いし、間取りもゆったりしている。永久的な施設はそのあと考えればよい。だが彼には助けが必要だった。もはやひとりの力では無理な段階に来ていた。

四月もなかばを過ぎたある雨の夜、彼はバーバラを訪れた。

デイヴィッドは彼女の家の車回しに自動車をとめると、篠つく雨のなかを芝生からベランダに走った。階段をのぼりだしたとき、ふと既視感《デジャ・ヴュ》をほのかに感じ、彼は眉根を寄せた。バーバラの印象が、記憶のどこかで雨と結びついているのだろうか？　それとも、いつかそんなできごとがおこるのか？……

ドアのむこうから、タイプライターをたたく音が聞こえてくる。ベルを鳴らすと、音はやんだ。ややあってバーバラの姿が廊下の奥に見えてきた。スラックスをはき、着古したセーターを着ている。とかすのに苦労しそうな、癖のある濃いとび色の髪は、今夜はなおさら荒れほうだいで、肩のなかばあたりまでもつれあい、こぼれおちていた。冷たいグレイの瞳は、おもてのライトがつく前からガラスをすかしてベランダにいる彼を見ているようだった。一瞬、驚きの色がうかんだが、目はすぐにまた冷たいグレイにもどった。「おはいりなさい、デイヴィッド」彼女はドアをあけた。「犬だってこんな夜に出歩きはしないわよ」

彼はその場で計画を投げだしたくなった。バーバラの皮肉は、大のにがてだった。そうした皮肉のうちのどれほどが彼自身に向けられたもので、またどれほどが世の中一般に向けられたものなのか、さっぱり見当がつかないのである。耐えぬいたのは、ひとえに絶望のせいだった。

バーバラはトレンチコートをぬがせると、廊下の洋服かけにかけ、彼をリビングルームに招じ入れた。「ヘレンはどう？」

彼は首をふった。「相変わらずさ」

バーバラは背もたれの低いソファに腰をおろした。デイヴィッドは、ソファにむかいあう、背もたれの低い椅子にかけた。右手の開いた戸口のむこうに、今まで仕事をしていたらしい部屋が見える。紙のちらかったデスクの上に、改造されたスタンダードのタイプライターがのっていた。参考書がいたるところに積みあげられている。リビングルームの奥に戸口がもうひとつあって、暗いダイニングルームがのぞいている。ソファの上の壁には、サージェント（アメリカの肖像画家）の〈エドワード・D・ボイトの娘たち〉のコロタイプ版が、額縁に入れて飾られている。ヘレンと何度も来たことがあるので、ディヴィッドはその絵をよくおぼえていた。

彼は体をかがめると、太腿に腕をのせ、両手を見おろした。「バーバラ、きみの力を借りたいんだ。ぼくひとりでは、もうヘレンの世話ができなくなった」

沈黙がおりた。ややあってライターの音がし、二人のあいだに青味がかったタバコの煙がただよった。ようやく彼女は口をひらいた。「あなたも、世間の人たちみんなと同じように、おもちゃのユートピアの王様なのね。世界は自分だけのためにあると思いこんでいて、まわりの壁にひびわれができたときには、きっとだれかが仕事も何もほうりだして助けにきてくれると思ってる」

彼は目を上げてバーバラの顔を見つめた。彼女のグレイの瞳は、今まで以上に冷たく見えた。

「仕事は続けられるよ。それほど負担にはならないはずだ――それに、きみが不自由しないだけのお金も払う」

「お金さえあれば、どんな傷でも治せるとおっしゃいますの、おお、気高いお医者さま？　あたしの傷は、ぜったいにお金では治せないことよ。でも、それは別の話ね」彼女は立ちあがると、マントルのそばに行き、もたれかかって壁を見つめた。そして、ふいにディヴィッドのほうを向いた。「わかりました、お受けいたしますわ、気高いディヴィッドさま。

でも、おことわりしておきますけど、あたしがほんとうにやりたがってるように見える仕事が、合間にできるから引きうけるわけじゃないのよ。無意味な仕事からぬけだすうまい口実になるから、というほうが真相に近いわね。あなたは、生活のために甘ったるいおとぎ話を書かなければならない義務からあたしを解放してくれる恩人というわけ。おとぎ話を書きつづけてだんだんバカになってゆくより、洗濯、アイロンかけ、料理、裁縫のほうがずっとマシだわ。飛行機や列車や浮き台の上で、うすっぺらな紙人形たちがばったり出会って、ラッキー・ストライクとベティ・クロッカーの広告（それぞれタバコとケーキの広告）のあいだで二次元的な恋をする話なんて、もうたくさん。ええ、喜んであなたのお力になりますことよ、気高いデイヴィッドさま。嘘いつわりは申しません！」

彼は狼狽していった。「小説を書くのをやめろといってるわけじゃないんだよ、バーバラ。そんなことは毛頭考えてない」

「これだけいってもわからない？――あたしはもう書きたくないの。信じてやっているのなら、まだ何か意味があるかもしれない。でも信じられなくなったら、やめるほうがいいの。やめる潮時が来たことは前からわかっていたんだけど、きっかけがつかめなくて。これで決心がついた……ヘレンは今どれくらいの大きさ？」

彼は肩をすくめた。「きみがこのあいだ会ったときから一、二インチかな。このまま永久に大きくなっていきそうだ」

「もうあのアパートには住めないわね──ヘレンからみれば牢屋みたいなものだもの。どこかへ連れていかなければ」

肩にのしかかる重荷が早くも軽くなったのを意識しながら、彼は勢いよくうなずいた。「そうなんだ。避暑客が来ないうちはビーチ・ハウスを使える。あそこならたっぷり手足をのばせるし、ぼくは適当な場所をそのあいだに捜す。必要なら、農場を丸ごと買って、まわりに柵をはりめぐらしてもいい。近くに人家がなくて、大きな屋敷のついた農場をね。ベイヴィル付近の山あいに、そういうのがたくさんあるんだ」彼は腰をあげた。「明日ビーチ・ハウスに行って、きれいにしておくよ。きみは荷物をまとめて、アパートを出る用意をしてくれ。今週ちゅうに小型トラックを買って引越しだ」

バーバラは壁を背にしてデイヴィッドを見た。「コーヒーをごちそうするわ。お口に合わないかもしれないけど、飲んでからお帰りにならない？」

「このつぎにしよう。今日のところは雨天引換券《レイン・チェック》をもらって家に帰るよ」（なぜ雨にこだわるのだろう？）「ヘレンが待ってるから」

「相変わらずお熱いのね」

「あたりまえさ」

「ヘレンが百フィートの巨人になっても、あなたはきっと心変わりしないと思うわ……そうでしょう？」

彼はいやな気分になった。「だろうね」

冷たいグレイの瞳がじっと彼を見つめていた。「〝爰《こゝ》に夕暮《ゆふぐれ》にダビデ其床《そのとこ》より興《お》きいで王《わう》の家《いへ》の屋蓋《やね》のうへに歩《あゆ》みしが屋蓋《やね》より一人《ひとり》の婦人《をんな》の體《からだ》をあらふを見《み》たり、其婦《そのをんな》は観《み》るに甚《はなは》だ美《うつく》し……〟というわけで、ダビデ（デイヴィッドの名は聖書のダビデに由来する）はバテシバに一目惚れするの。ただ本人は気がついていないんだけれど、そのとき彼はいろんなできごとが重なって、心が不安定だったものだから、女ならべつにバテシバでなくてもだれでもよかったの」

「どういうことなんだい？」デイヴィッドは眉根をよせた。

「バテシバは、ぴったりの瞬間に、ぴったりの場所にいたということよ。コートをとってあげるわ」

彼はバーバラのあとについて廊下に出た。おもてでは、雨がベランダの屋根を激しくたたき、ごぼごぼと音をたてながら雨樋を流れくだっていた。コートを着せようとして、バーバラの手が彼の手にふれた。ほんの一瞬のできごとだったが、彼はとつぜん悟った。こうして彼女といっしょにいることの意味を、また彼女にとって、かつてそうであった――いや、現在もそうであるかもしれない――彼といっしょにいることの意味を。と同時に彼は、この訪問が問題を単純にするどころか、いっそう複雑にしたにすぎないことにも気づいていた。

バーバラがドアをあけた。「おやすみ」彼はふりかえりもせずそれだけいうと、雨のなかにとびだした。

4

笑われながら最後の靴屋を出てから、何時間も歩きつづけているように思えた。だが主観にはそう感じられても、それほどたっていないことは知っていた。数時間も歩けば冬の夜が来ているはずなのに、まだあたりは夕暮れなのだ。だが街には明かりがちらつきはじめていた——街灯と、車のヘッドライトと、モミの木や観賞用ニオイヒバにつるされた色つき豆電球の光。バラバ（群衆の選択によってキリストの代わりに獄中から釈放された強盗。新約聖書）なら、こんなけばけばしい飾りも気にいるだろう。世の中が狂いだしたのは、そもそものあたりからではないのか。あちらでは口先だけのおせじを使い、こちらでは人の足もとにはいつくばる。両刃の剣のようにきらめく金銀の飾り、商人は店を構えるおいはぎだ。今は商いの世なれば、われらに日々の金を今日もあたえたまえ。これはバラバのイブだ——クリスマス・イブではない。

デイヴィッドは、鈴を鳴らすやせこけたサンタの鉄鍋に小銭を投げいれると、街角を曲がった。街中の明かりが、赤、緑、黄、色さまざまに咲きほこりはじめていた——豆電球、ヘッドライトのまばゆい光芒、商店のウィンドウの蛍光灯。この都会の園《その》はゲッセマネ

(キリストが苦難に会い裏切られた地)を知らない、しかし栄華は知っている。商店の戸口は、急ぎ足の買物客でごったがえしていた。キャロルを歌う人びとが星にむかって敬虔な声をはりあげていたが、気にとめるものも、聞くものもなかった。恒例の感動的なバカ騒ぎの幕は、すでに切って落とされていた。明日は親戚家族との七面鳥パーティ、腹のもたれる午後、そして夕暮れ、眠り……宿酔《ふつかよ》いの目覚め。黄金と宝石が、必ずしもすがすがしい夜明けを約束してくれるわけではない。それだけはバラバも思い知るべきだったのだ。

林立するビルのあいだをぬって、大きな雪ひらが舞いおりてきた。〝大地の詩《うた》は消ゆることなし(ジョン・キーツの詩の一節)〟……ああ、しかし新しい靴の詩《うた》は!行く手に靴屋が見えてきたが、デイヴィッドの足は速くならなかった。彼が捜しているのは靴の製造人であり、販売人ではなかった。今日〝靴屋《シューメイカー》〟という言葉には、その本来の意味はない。〝修繕人《リペアラー》〟ではあっても〝製造人《メイカー》〟ではないのだ。今日では靴は機械が作り、似たりよったりの工場で似たりよったりの人びとが機械の手助けをしている。だが、その仕事に単身とりくむ人間、靴をわが手で作る靴屋はいるだろうか?――「ご冗談でしょう!　靴は修繕いたしますよ――はい。ですが、靴を作ってくれとおっしゃられてもねえ。しかも、そんなに大きな靴では。冗談をおっしゃらないでください!」

店先まで来ると彼は足をとめ、ふたつのウィンドウのうちの片方をのぞいた。こちらは女性靴のウィンドウで、あらゆる種類のはきものが陳列されていた。ハイヒール、ローヒール、爪先のとがった靴。スリッパ、ステップイン、サンダル。白いパンプスが目にとまり、それを見つめたまま、寒さと雪と人ごみのなかで背をこごめて立ちつくした。頭上のスピーカーから愛想よく流れてくるクリスマス・キャロルもまったく耳にはいらなかった。岸辺をあらう湖のため息が、心に甘くよみがえった。彼はかぐわしい夏の夜のにおいをかいだ。砂の上に膝をつき、彼女の足にパンプスをはかせたのだ。なめらかな冷たい肌にふれて、彼の指はふるえた。星かげが明るさを増し、雨に変わると、周囲一面に音もなく降りそそいだ……〝なんぢの足《あし》は鞋《くつ》の中《なか》にありて如何《いか》に美《うる》はしきかな！〟……

その日の午後、彼は家でくつろぐうち、とうとう気持ちをおさえられなくなったのだった。春に買った家、広い農場を見おろす丘の上の小さな家。彼とバーバラが兄妹のように住む、ベイヴィルにほど近い小さな家。リビングルームの窓から、彼は雪におおわれた斜面に建つ大きな家をながめていた。ヘレンはそこに住んでいる――彼自身の手による改修が終わり、小型トラックにヘレンをのせてそこに連れてきたのは、村人たちが週末の草刈りにとりかかるころだった。超大型の玄関のドアと、高くした天井と、見上げるような壁のある大きな家。ヘレンが孤独な巨人の生活をおくる家。まわりはすべて森で、敷地には電流の通じた金網柵がはりめぐらされている。小さな湖があって暖かい季節には泳ぐことができ、野原を走りまわることもできる。近くの村ティンバーヴィルの人びとは、まだ彼女の存在に気づいていない。そして神のご加護さえあれば、将来もこのまま無事に過ごせるだろう。ヘレンの衣服や食事はバーバラが作り、ベッドや椅子やテーブルはデイヴィッドが作った。彼はヘレンのためにたくさんのものを作りだしたが、靴だけはどうにもならなかった。もしサイズを話して注文しても、靴工場の人びとは笑いとばすにちがいない。そればかりか、理由を探りだそうとするかもしれない。そう、今夜はバラバのイブだ——クリスマス・イブではない。

買物のパッケージが、彼の肩をかすった。「失礼」と、だれかがいった。相手の顔を見ようともせず、デイヴィッドは通りを歩きつづけた。ピックアップにのって街に出る前、バッファローの電話帳を見て靴屋の住所を全部書きとめたのだが、リストにはあと一軒名前が残っているだけだった。その店は、つぎのブロックにある。そこに最後の望みをかけるほかはなかった。

それは、けばけばしい装身具店とけばけばしい雑貨店にはさまれた、間口の狭い店だった。ウィンドウには小さな明かりがひとつともっている——天井からつるされたわびしい小さな電球は、天井に修理が必要なことを強調しているだけで、営業中であることを示す役目はほとんど果たしていなかった。ウィンドウのかすれた文字は、こういっていた。少しのお待ち時間で修繕いたします。そして狭い入口の上には、別のすりきれた文字が店の名をあかしていた——**フランコーニ靴店**。

こじんまりしたカウンターのうしろに、腰の曲がった老人がいて、オクスフォード・シューズを電気つやだし機にかけている。デイヴィッドがはいると、老人はオクスフォードをわきにおき、つやだし機をとめてカウンターに向いた。そして目にとまるかとまらないほどかすかに頭をさげた。「いらっしゃいませ」老人は音節をひとつずつ区切るようにして言った。「わたしがフランコーニです」

「今晩は」と、デイヴィッドはいった。「お願いしたいものがあるんですが」

フランコーニ氏はすこし姿勢をただした。そうしても大して背は高くならないが、曲がった腰をいくらかでものばすことが彼の健康によいのはたしかだった。「靴がお入用で？」その声に、急に熱がこもった。

「ええ」

「新しい靴が？」

「手作りの靴です。女性用の。しかし――」

フランコーニ氏はさらに姿勢をただした。興奮がその顔を赤く染め、若者のように生きいきとさせた。「あなたはよい店にいらした。もう何年もむかしのことだが、わたしアンソニー・フランコーニは靴屋としては一流中の一流だったのですぞ。わが手が習い覚えたわざはそう簡単には忘れんものだ。いつごろまでに仕上げればよろしいですかな？」

デイヴィッドの胸中に希望が生まれた。「それが今夜なのです。クリスマス・プレゼントにしたいので」

「今夜！」フランコーニ氏は大きく息を吸い、吐きだした。「いや、それは――いくらわたしだとて、そんなに――」

「あなたが考えている以上に手間がかかるかもしれません。ふつうの……靴ではないから」

「ふつうのではない？」

デイヴィッドはつばを呑みこんだ。「色は白。相当に大きいんです」

「どれくらい？」

ふたたびデイヴィッドはつばを呑みこんだ。ノートブックをポケットから出すと、街に出かける前にていねいに計り、サイズを書きとめておいたページをひらいた。数字を読みあげると、店のなかにひととき沈黙がおりた。

やがてフランコーニ氏がきいた。「クリスマス・プレゼントとおっしゃいましたな？」

デイヴィッドはうなずいた。「本気である証拠に、引きうけてくださるなら代金はこの場で支払います。作れますか？」

「無理ですな」

心に重いものがずしりとのしかかった。今までに感じたことのない疲労だった。「どうもありがとう、笑わないでくださったことだけでも感謝します」そういい、店から出ようとした。

「どうしてこんなにぎりぎりになっていらしたのですか？　時間さえあれば、できない相談ではないのに」

「思いつかなかったんですよ。今まではありあわせでなんとか――。できるはずが――。要するに思いつかなかったのです。すみませんでした、フランコーニさん」

「待ってください」と、フランコーニ氏はいった。「思いだした。あるのです、そういう靴が」

デイヴィッドは半信半疑でふりかえった。「今あるんですか？」

「ええ。ちょうどあなたがおっしゃるくらいのサイズで、しかも白いのが。神の摂理とは、このことをいうんですかな。五年前、ある靴会社の宣伝用に作ったのです。ところが、キャンペーンが終わったら、潰して、その皮をふつうの靴のほうに使うという。だから、わたしは自分で買いもどしました。傑作がばらばらにされてしまうのでは、こちらとしても浮かばれませんからな――工場では、これほどのものはまずできません……二階においてあるのだが、ごらんになりますか？」

「ええ、ぜひ見せてください」

彼はフランコーニ氏のあとについて狭い階段をのぼった。老人が天井の明かりをつけると、がらくたのちらかった細長い部屋が光のなかにうかびあがった。「あそこです」

老人は埃をかぶった薄暗い片すみに行き、帆布のおおいをつまみあげた。「見事なものでしょう、え？」

デイヴィッドは息を呑んだ。そして進みでると、靴の表面にさわった。泡のようにやわらかな肌ざわりだった。かかとや甲の線は、大型ヨットの船体のように均整がとれていた。爪先はわずかに上を向いている。ヒールの高さは、相対的にいえばミディアム。材料は子牛の皮で、新雪のようにまっ白だった。「バークはこれがわからなかったんだ」

「バーク？」と、フランコーニ氏がきいた。

デイヴィッドは微笑した。冷えきっていた心に、いつのまにかぬくもりがよみがえっていた。

「バークは、十八世紀のイギリスの政治家です、美についての権威と自負していた……買います、フランコーニさん、もし売っていただけるのなら」

老人はふしぎそうに彼を見つめた。「お知りあいに、どなたか靴屋さんでもいらっしゃるのですか？　こういうものを店に飾りたいと考えておられるようなかたが？」

「いいえ。まあ、ある意味では人に見せるわけですけど。売っていただけますか、フランコーニさん？」

「切り刻むようなことはなさいませんな？」

「決してしません。約束します」

「それさえ聞ければいい。何年も埃をかぶったままおいてあったのです。よい靴は、やはり使っていただかなくては。もちろん、人がはけるようなものではないが、有効に使うことはできるはずだ。車でいらしたのですか？」

「ピックアップがあります。ここから十ブロックばかりいった駐車場に」

「では下まで運びましょう。あなたはピックアップを取りに行ってください、店の前で積みますから」

それぞれ片方ずつ靴をかかえて、二人は階段をくだった。近くの電話ボックスでデイヴィッドはタクシーを呼ぶと、それに乗ってピックアップをおいた駐車場にひきかえした。世界の様相は一変していた。キャロルの合唱が耳にこだましていた。色とりどりの光が美しかった。バラバはこの街を見限ったのだ。人びとは家族が待ちわびる家にむかって、暖かな炉ばたにむかって急いでいた。これで彼も帰ることができる。クリスマスのストッキングを満たすものが、とうとう見つかったのだ。〝なんぢの足《あし》は鞋《くつ》の中《なか》にありて如何《いか》に美《うる》はしきかな！〟

小さな家の裏にピックアップをとめると、バーバラの姿がポーチに現われた。「デイヴィッド、今ごろまでいったいどこにいたの？　もうそろそろ十二時よ！」

彼は運転席からおり、トラックの荷台のほうにまわった。「バーバラ、来てごらん！

まるで奇蹟なんだ。早くこっちへ。ほら！」

両手で体を抱き、寒さをこらえながら、彼女はポーチの階段をおりた。彼は荷物にかぶせた防水布をはぎとり、「ほら！」とくりかえした。

雪はやみ、星空がのぞいていた。彼の目には、星かげのなかにほの白くうかぶその靴は、シンデレラのガラスの靴のように見えた。だがバーバラの見かたは違っていた。彼女はちらっとながめると、いきなり彼のほうを向いた。「デイヴィッド、あなたはバカよ！　ヘレンのことを秘密にしておくために今までどれだけ気をつかったと思う？　買物をするにもあちこちの町に行ったり、だれも近づかないように変人の作家夫婦のふりをしたり。なのに、こんなものを買ってきて！　看板をつりさげたみたいなものじゃない、〝巨人〟という字と家までの矢印を書いた看板を！　人間がどういうものか、新聞がどういうものか、あなたにはわからないの？　どうしてこんなドン・キホーテみたいなことができるのかしら？」

むっとして彼はいった。「バッファローで買ってきたんだ。だれにもかえりみられないようなちっぽけな靴屋でね。うたがう人間なんていやしないさ」

「あなたはそう思うでしょうけれど、わかるもんですか。こうなってしまったら、万にひとつの危険もおかせないのよ。まだまわりがそんなにうさんくさく思っていないから、ようやくプライバシーを保っているんじゃない。あたしたちは――」デイヴィッドに目をやった彼女は、そこで口をつぐんだ。ほんの少し前まで、彼は背をまっすぐにのばしていた。だが、いま彼の肩は沈み、目は足もとの地面を見つめていた。「かわいそうなディヴィッド」彼女は声をやわらげた。そして、「でも、きれいな靴ね、ほんとに。行きましょう、運んで何かに包まなくちゃ」

彼は肩を上げると、思いつめた表情で彼女を見た。「これがはいるくらいの大きな箱はあるかい？　それから包装紙も？」

「新しいミシンを買ったときの箱がとってあるわ。それでまにあいそう。なんとかなるわよ」

二人はキッチンからリビングルームに靴を運びこんだ。床には、サラサ、亜麻布、ジャージーなどの反物がちらかっていた。ディヴィッドがそれらをかたづけ、二人は作業にとりかかった。ミシンの箱は充分な大きさだったが、買っておいたクリスマス用の包装紙は、箱を包みおわるときれいになくなった。「たいへん！」バーバラは驚きの声をもらした。「あなたへのプレゼントを包む紙がもうないわ」

「きみのを包む紙もない」

彼女は、クリスマス・ベルとヒイラギをあしらった包装紙のむこうからほほえんだ。「あたしたちのほうのプレゼントは、それぞれ相手がいないときにツリーの下に隠せばいいわね。さあ、キッチンに行って食事をすましたら――オーブンに入れてあたためておいたわ」

彼はキッチン・テーブルについた。バーバラはむかい側にすわり、コーヒーをすすった。料理はすばらしかった。バーバラの料理にまずいものはない。彼女にできないことは何ひとつなく、何をしてもみごとなできばえだった。食べおわると、彼は椅子をうしろに押しやり、立ちあがった。

「皿洗いを手伝おう。それから大きな家にプレゼントを持っていくんだ」

デイヴィッドが食べているあいだ、バーバラはずっと彼を見守っていた。だが、いま彼女の視線はそこにはなかった。「お皿はいいわ。あなたはプレゼントを運んで。あたし、あとで行くから」

「うん。ピックアップを使うよ」

荷台に箱をのせると、彼は運転席にはいってエンジンをふかし、曲がりくねった道を大きな家にむかった。以前は、その大きな家に彼自身も住んでいた——しかし今やそこには、もうひとりが住む余裕はなかった。窓にはシャッターがおりている。だが、シャッターがぴったりとおさまっていない場所もあり、ところどころで黄色い光が闇のなかに漏れていた。玄関の前に着くと、ピックアップの向きを変え、荷台を正面の階段に寄せた。ブレーキをかけ、エンジンをとめ、車からおりる。尾板は、玄関の床と同じ高さだった。箱を肩に背負うと、見上げるようなドアに近づいた。ヘレンがドアをあけたとき、彼は誇らしい気持ちだった。彼女の巨大な美が、しきいをまたぐ彼の上に降りそそいだ。箱をかついで広大な部屋を横切ると、彼女が飾りつけをした大きなモミの木の下にそれをおいた。彼女は、デイヴィッドが買ったパラシュート布からバーバラが仕立てた白いドレスを着ていた。ドレスは襞となって彼女のウエストに手ぎわよくまといつき、そこから幾層もの薄い雲となってふくよかな胸をつつみ、渦巻く雪さながら二本の柱を思わせる美しい両足のまわりに舞いおりていた。彼女の顔にうかんだ驚きと喜びは、のぼる朝日のようだった。

「メリー・クリスマス、ダーリン」とデイヴィッドはいった。「結婚記念日おめでとう」

ヘレンは幼い少女のように箱のそばにすわった。そして巨大なかわいい指で包装紙を破った。靴を見たとたん、彼女は泣きだした。

5

その春、ヘレンはデイヴィッドの反対を押しきって、雪解けが始まるとすぐ湖で泳ぎだした。低い水温もいっこうにこたえないようすで、巨大化のほかにも体に何か変化がおこっているのではないかと、デイヴィッドは案じはじめた。だが、その考えを煮つめる時間はなかった。農場を売りはらい、西海岸にむけて出発する決心を、一夜にして彼にかためさせるできごとが、四月の末になっておこったからである。

あとになってそのできごとをふりかえったデイヴィッドは、家のまわりの電流柵と立入禁止の立札を、ティンバーヴィルの村人たちが永久に尊重すると思いこんでいた自分のうかつさに気づいた。ほとんどの人びとはそのとおりであったかもしれない。だが、それを無視するものがいつか出てくるのは、当初から避けがたいことだったのだ。そうした例外のひとりを、ヘレンは「案山子《かかし》そっくりの灰色の髪の中年男」と形容した。彼女の話によると、どうやったのか男は柵を通りぬけ（おそらく針金の下を這ったのだろう）、森を抜けて湖岸にやってきた――ちょうどそのとき彼女が水面に顔を出したのだという。ヘレンを見て、男はほんとうに案山子になってしまった。うすよごれた白い顔が文字どおり白くなり、やがて青くなった。右腕に二二口径のライフルをかかえていたところをみると、狩猟をするつもりだったらしい。だが、その日の狩猟はおあずけになった。ライフルを地面に落とすと、自分が撃ちに来た小動物顔負けの速さで森にかけこんでしまったからだ。

ヘレンは当惑するというより、むしろ愉快そうだった。彼女への影響は少なかったものの、事態の深刻さがそれで救われるわけではない。男が自分の見たものを他人に話すことは、はじめからわかりきっている。と同時に、そんな話をうのみにする人間がどこにもいないことも想像がつく。しかし人びとの好奇心がかきたてられ、農場がいちはやく注目の的になることは大いにありそうである。遅かれ早かれ、また柵をくぐりぬけるものが現われる。だれかがヘレンの足跡やヘレン自身を見つけるのは、もう時間の問題だ。そのときには石はころがりだしており、それを記事にする新聞も出てくるだろう。ヘレンのプライバシーを保つことのできる場所はひとつしかない。それはデイヴィッドも以前から気づいていた――ビジュー＝ド＝メール、珊瑚海の彼の島である。彼がその決断になかなか踏みきれないでいたのは、彼女にとってそこが不帰の島であるからだった。しかし、もうぐずぐずしているときではない。

また彼女を人目にさらさずに島に移す方法がひとつしかないことも、彼は知っていた。

そのできごとがおこった翌日、彼はピックアップでバッファローに行くと、車を売り払い、全長三十フィートのトレイラー・トラックを買った。トラック運転の免許証は忘れずに更新していたので、あとはナンバー・プレートをとりつけ、保険をかけるだけだった。手続きをすますと、彼はゴードン・ローリーを訪れ、大きな家と小さな家の鍵をあずけ、ふたつの農場の売却を依頼した。そして、ローリーに白紙の小切手をわたし、真正偽造を問わず船長免状をとってリース・アンド・ハリスン社タコマ造船所宛てに送るよう命じた。ローリーははじめしぶったが、とうとう首をたてにふった。デイヴィッドは、また連絡するといいのこし、そこを出た。

つぎに立ちよったのは、公衆電話ボックスだった。そこからリース・アンド・ハリスン社にダイアルすると、金をたっぷりとはずんで、一週間以内に、ある特別な改装をネレイド号に施す約束をさせた。そしてトレイラー・トラックに乗り、農場に引きかえした。ヘレン、バーバラ、デイヴィッドの三人は、その日の残りいっぱいを費して、食料その他必要品をトレイラーに積みこんだ。ボックスや、トランク、スーツケースはルーフに積みあげ、大きなボルトと太いロープで荷を固定した。使えるマットレスが八枚——そのうち六枚はヘレン、残り二枚はデイヴィッドとバーバラが使うことになった。それらはトレイラーのフロアに二列にして並べ、その上に毛布をかぶせた。そして余ったスペースに、ミシンと山ほどの反物をおいた。

夕食がすむと、デイヴィッドは、家にあった六ボルトの懐中電灯三個をトレイラーの内壁にとりつける枠作りの作業にかかり、バーバラは冷凍庫に残っていた牛肉の大きな三つの塊をヘレンのために焼いた。枠作りが終わると、デイヴィッドは懐中電灯をとりつけ、トレイラーの側面に目立たない空気穴をいくつかあけた。夜明けが近づくころ、バーバラは髪をブロンドに染めかえ、一方ヘレンとデイヴィッドは大きな家に行き、超大型の家具をおもてに出して、それらを焼却した。陽がのぼるころには、彼らはすでに車をとばしていた。

ベイヴィルから数マイル西に来たところで、デイヴィッドは小さなガソリン・スタンドに立ちより、給油した。何か手落ちはないか？　心あたりはなかった。タコマの架空の工場に送る架空の家具製品の発送書は、バーバラが偽造した。彼の使っている名前は本名であり、彼女は妻のヘレンということになっている。現金の持ちあわせが千ドルと、必要のさい五桁までの金額はいつでも引きだせる小切手帳。トレイラーに積んだ必要品のなかには、組立て式の簡単なテントがあり、夜は彼がそのなかで眠り、バーバラはゆったりした運転席で眠らせることにした。何ひとつ見落としはない——彼には確信があった。

しかし見落としはあった。三人がうしろの橋を焼きはらい、果てしない前進を決意したとき、それまで彼らをつなぎとめていた道徳の引き綱が、ともすれば切れる可能性があることを彼は忘れていたのである。

積荷の性質上、デイヴィッドは高速道路《スルーウェイ》を避け、通常のハイウェイを走った。ハイウェイであれば、どこにでもとはいえないまでも、夜を過ごすのに都合のいい寂しい場所が見つかるからである。それには、もちろん本道からそれ、交通の少ないいなか道をかなり奥まではいる必要があるが、そうした場所ならヘレンがすこしぐらい運動しても見つかる心配はなかった。

三日目の夜、広大な森のなかの曲がりくねった道をぬけると、小さな湖のほとりに出た。むこう岸に見捨てられたコテージがいくつか見えるほかは、人間が住んだ形跡さえない理想的な野営地だった。岸からすこし離れた空地にトレイラー・トラックをとめると、水ぎわすれすれまで茂るヤナギの木立ちのなかにテントをはった。季節など知らぬげにヘレンは水泳を始め、バーバラは出発後二日目に買った小型のガソリン・ストーブで夕食の仕度をした。三人は湖岸に行き、北から吹きつける冷たい風のなかで食事をした。ヘレンは水からあがったばかりの体だったが、寒さをまったく感じていないようだった。しかしディヴィッドには風は身にしみ、バーバラに目をやると彼女はふるえていた。

二人にとって、きょうは悪日だった。正午すこし前、トレイラーの後部内側のタイアのひとつがパンクし、バーバラの手を借りても取り換えるのに一時間半かかってしまったのである。一時間後、そのスペアがまたパンクした。最初からそうしておけばよかったと後悔しながら、彼はいちばん近い自動車修理店まで走りつづけた。新品のタイアをとりつけ、はじめのをスペア用に修理して、ふたたび道路に出たのはそれからさらに一時間のちだった。ところが小一時間たって、牽引車《トラクター》の内側のタイアのひとつがまたもやパンク、一時間半が無為に過ぎ去った。そう、これ以上の悪日はなかろう。

バーバラも同じように疲れた顔をしているのだろうか。気力をなくし、ふさぎこんでいるのだろうか。彼女のほうを見たが、あたりはすでに闇につつまれ、顔はほとんど見えなかった。ヘレンはトレイラーにはいり、いま岸辺にいるのは二人だけだった。「火をたこう」と彼はいった。

二人はたき木を集めた。テントの前に積みあげ、火が勢いよく燃えはじめると、テントの入口にすわり、体をあたためた。バーバラを横目で見ながら、デイヴィッドは、ブロンドの髪が彼女に似合っているだろうかと考えた。結論は否定的だった。「ビジュー＝ド＝

メールに着いたら、最初に髪をもとの色にもどしたほうがいいね」と彼はいった。

バーバラは彼を見つめた。「なぜ？」

「もとの色のほうが、きみには合っているよ。というより、ブロンドだと――ブロンドだと――」彼は言葉につまった。

「どうぞ――最後までいっておしまいなさいよ」

デイヴィッドは心を決めて、冷たい視線と向かいあった。「べつに大したことじゃない。要するに、同じ家にきみといっしょに住むのに慣れてしまって、料理を作ってもらったり、洗濯してもらったりしているうちに――つまり――」

「あたしが奥さんみたいに見えてきた――そういうことでしょ？」

彼はみじめな気持ちで踊る炎に目をこらした。「きちがいじみてるだろう？」

「ええ、完全に狂ってるわ」

目のなかにある光を悟られるのがおそろしく、彼は火を見つめつづけた。だが目をのぞきこまれるまでもなかった――バーバラはすでに気づいていた。デイヴィッドは、彼女の冷たい指が頬にふれるのを感じた。「かわいそうなデイヴィッド。誠実な、気高い、かわいそうなデイヴィッド。あなたはやっぱりあたしを見ていたのね」

「見ていた？　いつ？」

「浮き台にあがってきたとき。あなたが知らん顔をしているものだから、あたし、あのとき腹をたてたのよ。それからずっと腹をたてつづけだわ。あたしのほうは、とっくにあなたを見ていたから」

それはダムだった。彼の肉体はそのコンクリートであり、補強スチール材であり、今それはしだいに高まってゆく数万トンの水の圧力に必死に抗していた。「あなたは、あたしとは違う種類の人間なのよ」バーバラは続けた。「あなたたちをかけ離れたものにしているのは、その理想主義。ただ、そのほうが人間的に立派だということに、あたしたちは心のなかで気づいているの。だから一所懸命、こちらのレベルにあなたたちを引きずりおろそうとする。でも、ほんとは引きずりおろしてるんじゃないわ――そう見えるだけ。ほんとは自分たちを向上させようとしているのよ」

それでも彼はバーバラに目を向けなかった。しかし、その必要はなかった。彼女は夜のように彼を包みこんでいた。彼の黄金の瞬間は、愚者の黄金（黄金のように見えながら、そうではないもの、たとえば黄鉄鉱、黄銅鉱）でしかなかったのだ。こうなることが、あらかじめ定められた運命であったのだ。ようやくバーバラに目を向けたとき、彼女の顔は唇にあたたかい息を感じるほど近くにあった。その瞬間ダムは崩れ、水がすさまじい勢いで彼をのみこんだ。星々が溶け、空は切り裂かれ、すべてが闇、すべてが光、すべてが愛となった。

それからの西海岸への旅は、長い緊張の昼と、待ちこがれた夜のくりかえしとなった。

日の出から日没まで、彼のとなりにはバーバラがすわり、肩には自己嫌悪の重みがのしかかっている。そして恐怖の時間がやってくる――ヘレンが人跡まれな峡谷をのぼりおりしたり、見捨てられた谷川ではしゃぐのを見守らねばならない夕暮れの時間。二人を見おろすとき、ヘレンは彼らの顔にうかぶやましげな表情と、自分が十輪車のベッドで眠りこんだあとテントの闇のなかでおこるできごとに気づいたかもしれない。だが気づいたにしても、彼女はそんなそぶりを見せなかった。

一行はとうとうタコマに着いた。船長免状がすでに到着ずみとわかると、デイヴィッドは一刻も無駄にしなかった。リース・アンド・ハリスン社と話をつけ、トレイラー・トラックを同社の空き倉庫に格納する手続きをすますと、彼はビジュー＝ド＝メールで必要になる予備の物資や機械を買い、ネレイド号が停泊している専用ドックに直接届けさせた。その夜遅く、ドックに人影がなくなるころ、彼はトレイラー・トラックをそこまで運転し、農場から持ってきたものも含めて、三人で荷をすべて積みこんだ。新しく買いいれた品目のなかには、冷蔵庫二台のほか、冷凍庫、洗濯機、発電機、ガソリン二十罐があった。ヘレンはそれらをおもちゃのように扱った。仕事が終わると、ヘレンはヨット前部を改造した特別キャビンにこもり、デイヴィッドはトレイラー・トラックを運転してリース・アンド・ハリスン社の造船所にむかった。夜警にトラックを引きわたすと、彼はドックにもどった。そして陽がのぼるころには、ネレイド号は入江の出口にむかっていた。

ビジュー＝ド＝メールへの船旅は、西海岸への旅以上に神経をすりへらすものとなった。航海術はマスターしていたし、機関室の整備に必要な知識も充分あったが、海上で何か故障がおきた場合、自分以外頼れるものがいないという状況には慣れていなかった。さらにまた、ヘレンが、二人の関係に気づくのではないかという恐怖も常に存在した。昼と夜の単調なくりかえしのなかで、唯一の救いは、ヘレンの不在がますます長くなってゆくことだった。はじめ彼女はヨットの周囲を泳ぐだけで満足していた。しかし時がたつにつれて、彼女は陽光のさんざめく海をはるかかなたまで泳いでゆくようになり、ときには金髪がきらめく波にまぎれて見えなくなることもあった。デイヴィッドが緊張から解放されるのは、そのときである。ヘレンの属すべき場所がもしあるとすれば、それは陸よりもむしろ海であることを、今では彼は確信していた。そして、彼が当番のときにはバーバラが舵取り室に来たし、彼女が当番のときには彼が出かけていった。

　六月二十日、水平線のかなたにビジュー＝ド＝メールが見えてきた。物資や機械の積みおろしは、ヘレンのおかげで簡単に終わった。だがバンガローを補修し、新しい発電気をとりつけ、ヘレンのためのカマボコ型住宅《クォンセット》を組みたてるのには、一週間近くかかった。あとは夢のような平穏な日々となり、それを破るのは、ニュー・カレドニアから燃料と新鮮な物資を運んでくる補給船の定期的な——もちろん、周到に計画された——訪れだけとなった。ヘレンはますます長い時間を海で過ごすようになり、以前から彼が疑っていた変化が、彼女の上にはっきりと現われはじめた。数カ月が過ぎ、クリスマス・イブがきた。三人はしきたりどおりシャンペンで乾杯し、デイヴィッドとヘレンは結婚記念日を祝いあった。その夜、彼は一睡もせず渚を歩き、彼女ははるかな沖を泳いで過ごした。新しい年の元日がやってきたが、気にとめるものはなく、いつかそれも過ぎ去った。

やがて雨季が始まった。

6

その日も、デイヴィッドはバンガローにいた。雨はもう何世紀も降りつづいているように思われた。読んでいた本から目を上げると、彼は窓ごしに、雨にけぶる稲田のかなた、ネレイド号が錨をおろしている港をながめた。ヨットより先は、雨の厚いカーテンに閉ざされている。しかし彼の心には、そのカーテンを通してはるかな沖あい——灰色のあばた面の波に金色の髪をそよがせながら泳いでいるヘレンの姿が映っていた。ときおり周囲でたわむれるイルカたち、彼女の白い行跡を横切るトビウオと同様、ヘレンはすでに海の一部と化し、プランクトンが唯一の食物となっていた。ヘレンは自分の世界を見出したのだ。しかし、それがどのような世界であるか、彼には想像もつかなかった。

デイヴィッドはふたたび本に注意を集中した。それは、巨人のことを書いた本だった。本国から持ってきたのだが、これまで何度か読みかえしたにもかかわらず、有益な知識はほとんど得られなかった。それが扱っている巨人は、すべて神話中の巨人である。しかし彼に関心があるのは、現実の巨人なのだ。

歴史は巨人の存在を否定している。しかし伝説には、多くの巨人が登場する。ポセイドンの子で、オデュッセウスによって盲目にされたポリュフェーモス。ゼウスによってタルタロスの奈落に幽閉された——といわれる——ティタン族。さらにまた、アスガルドの巨神たち。

だが、そもそも歴史とは何なのか？　あいまいな遠い過去に関するかぎり、歴史とは、それがもっとも軽蔑する伝説そのもののまことしやかな解釈にすぎないのではないか？それら伝説のどの部分が真実で、どの部分が虚構か、明確に識別できる人間がいるのか？もしかしたらティタンのような種族はかつて現実に存在し、ゼウスに象徴された何らかの自然力によって滅ぼされたのかもしれない。いや、絶滅をまぬがれ、海に帰った可能性もある。全生命が海から発生したという仮説が成り立つなら、全生命がいつか海に帰ることもありうるはずだ。

だが、かりにヘレンが幼いころ浜にうちあげられた現代のティタン族の一員であるとしても、なぜ彼女は陸地で生きながらえることができたのか？

「いいかげんにしたら、デイヴィッド？　ヘレンにもわからないことが、あなたにわかるわけがないでしょう？」

彼は本をわきにおき、バーバラが横になっている長椅子に目をやった。彼女はこちらを見ていた。「そうかもしれない」

「そうにきまってるわ」彼女は起きあがり、素足をのばして床におろすと、細身のサンダルにすべりこませた。彼女は手製の白い夏着を着ていた。肌は日焼けしてコーヒー色に近く、もとの濃いとび色にもどった髪は、相変わらず強い癖を見せていた。「あたし、歩きたくなった」

「この雨のなかを？」

「ほかに歩くところがあって？」

彼は沈黙した。彼女はそばにくると、椅子のかたわらに立ち、彼の目を見おろした。

「ヘレンの今度の遠出、ちょっと長いと思わない？」

「きのうの朝からだね」

「どこにいるのかしら」

「さあ、どこだろうな」

「ヘレンは心のなかまで変わりはじめているみたいよ――そう思わない？」

「どうしてそんなことをいいだすんだ？」

「あたしたちを見る目が変わってきたの。冷たい、科学者のような目」バーバラは身震いした。「何もかも知っていて、あたしたちピグミーがどういった動きをするか研究しているような感じ」

「ヘレンが知るわけがない」彼はおこったようにいった。「疑ってもいないさ！」

「うん、そうかもしれない。だとしても、あの目にはぞっとするわ。もう人間とはいえないんじゃないかしら。首の両側にある細長い穴がだんだん大きくなっていくし、皮膚にも変な光沢がでてきたし、陸にいることなんかほとんどない……」

デイヴィッドは立ちあがった。「歩きたいといったね。じゃ、歩こう」

彼女はドアへむかい、かやぶき屋根の下のベランダに出ていった。彼は二人のレインコートをとって、あとに続いた。ベランダに出ると、雨の音はいっそう大きくなった。「あたしはレインコートいらない。このままのほうがさっぱりしていいわ。着ていると、よけいぐっしょり濡れてしまうみたい。着たければ、どうぞ」

彼女はベランダの階段をくだり、雨のなかに立った。すこしためらったのち、彼はレインコートを放りだし、彼女と並んだ。あたたかい雨だった。雨は彼の髪をずぶ濡れにし、スラックスやシャツにしみこんだ。雨は顔から首へと流れくだった。彼は唇で雨を味わった。何日も続いていた緊張がやわらぎ、心が屈託なくふくらむのを感じた。

二人は、山から流れでるたくさんの小川のひとつにかけられた小さな橋をわたった。小川は泥の濁流に変わり、すさまじい勢いで海に流れこんでいる。かつての緑の山々も、今ではその肩に灰色の霧のシーツをかぶっていた。バーバラはカマボコ型住宅《クォンセット》のわきをまわり、あぜ道を海岸へむかった。ディヴィッドがすぐうしろに続いた。稲田は手入れするものもなく、稲はのびほうだいで、葉の先がのばした手にふれそうなほど高くなっているところもあった。雨がよびさました大地の肥沃さが、じかに肌に伝わってくるようだった。

かつて広かった道は浸蝕されて歩きにくい細道になっており、途中でバーバラは足を踏みはずした。ディヴィッドは抱きとめようとしたが、その拍子に自分も足を踏みはずした。つかのま二人は抱きあったまま、バランスを取りもどそうとあがいていた。だが努力も空しく、急な傾斜をころがりおちた。泥まみれになり、あえぎながら、二人は膝まである水のなかからようやく立ちあがった。バーバラが笑いだした。ややあってディヴィッドも仲間入りした。彼が笑うのは、この何カ月かではじめてだった。

バーバラの頰に、泥がべっとりとついている。彼の手がそれをぬぐうと、あとにはもっとたくさんの泥が残った。彼女の髪は黒い筋となって顔や首にはりつき、純白の夏着は見るかげもなくなっていた。「まるで溺れたネズミだぜ」と彼はいった。

「あなたの笑い声をまた聞けたんだから、それだけの値打ちはあったわ。それに、あなただって、同じようなものよ」

二人は苦労して斜面をよじのぼった。道に着いたときには、前よりなお泥まみれになっていた。

「あたし、洗ってくる」浜辺にたどりつくなりバーバラはいうと、短い浅瀬をかけぬけ、服のまま海にとびこんだ。

デイヴィッドはあとを追った。海水は雨よりも暖かだった。彼はバーバラのすぐそば、彼女の髪が顔にかぶさるほど近くに浮上した。彼はバーバラにくちづけした。降りしきる雨のなかで、二人は力のかぎり抱きあった。海水が頭上高く盛りあがり、からみあう二人を打ち倒した。その機をとらえてバーバラは彼の腕から逃がれ、水を蹴って渚にたどりつくと、背景にココ椰子の茂みの見える浜辺を走りだした。ほどなく彼女は茂みにとびこみ、姿を消した。

デイヴィッドは息を切らし、ころがるようにあとを追った。のびほうだいの椰子の木立ちのなか、濡れそぼつ下ばえをかきわけながら、彼はバーバラを捜し求めた。姿は見えなかったが、道しるべは残っていた。はじめはサンダル、つぎは夏着……最後は下着。彼女は茂みのなかの小さな空地で待っていた。椰子の葉をたたく雨音を聞きながら、二人はくちづけをかわした。濡れた草が、二人を引きずり倒そうと伸びあがったように見え、二人の息づかいが雨音をのみこんだ。

長い時間ののちバーバラの息づかいがやんだのに気づいて、彼は体をおこすと彼女の顔をのぞきこんだ。バーバラは真上の空を見つめている。その目には恐怖がうかんでいた。

彼女の視線を追ったが、はじめディヴィッドには、二人の閨《ねや》を屋根のようにおおう椰子の葉のほか何も見えなかった。つぎの瞬間、屋根が両側にかきわけられ、その隙間からだれかがのぞいているのに気づいた。そこにはブロブディングナグ人を思わせる顔があった。そして途方もなく大きな紺碧の瞳。空がみるみるおりてくるように思われた。海からは、あのライトモチーフの不気味なひびきが聞こえていた。考えをめぐらすまもなく、葉は閉じ、顔は消えた。

二人が丘にもどったとき、あたりにはすでに夜がおりていた。カマボコ型住宅《クォンセット》はからっぽだった。彼らはヘレンが海に去ったことを知った。

そして今度こそ、彼女は帰ってこなかった。

7

巨大は、崇高とはきわめて融和しやすいが、美とは対立するものである。巨人を愛の対象として捉えることはできない。われわれが物語の世界へと空想の翼をひろげるとき、その大きさから必然的に呼びおこされるのは、圧制、残忍、非道、その他恐怖と嫌悪をともなう観念ばかりである。われわれの描く巨人は、土地を荒らし、罪もない旅人に略奪行為をはたらき、のちには旅人を生きながら丸呑みにしてしまう。物語や英雄詩において大きな役割を演ずる巨人たちは、ポリュフェーモス、カークスをはじめ、すべて例外ではない。われわれが大いなる満足をもって臨む光景は、彼らの敗北と死である。

——エドマンド・バーク『美と崇高について』

デイヴィッドは両手を見おろした。暖炉の熱で手が乾き、きらめく水滴は消えていた。彼は注いだままキッチン・ストーブの上においてきたコーヒーを思いだし、不承不承思い出多い部屋に引きかえした。コーヒーはもう冷えていたが、入れかえる気力はなかった。そのままカップを手にリビングルームへもどると、それをマントルの上にのせた——そして、たちまち忘れてしまった。

リビングルームの窓から、断崖のへりに立ち、海を見わたしているバーバラが見える。その周囲では雪が舞い狂い、風がスカートのすそをひるがえしていた。コテージのなかでさえ、断崖のすその狭い浜辺に打ちよせる波の音が聞こえた。

彼は思わず視線をバーバラからそのわきの小型榴弾砲に移した。〝ダビデは五《いつつ》の光滑《なめらか》なる石《いし》を拾《ひろ》ひ……手《て》に投石索《いしなげ》を執《と》りて……〟

彼は窓から目をそらし、炎を見つめた。そして、ふたたび煩悶のなかに没入した。

太平洋艦隊に通報するという措置は、それがたまたまビジュー＝ド＝メールの付近を航行中であったとはいえ、結果的に正しかったのだろうか？　彼の依頼した捜索がいずれは行なわれるものであったとしても、三日間のうちにまたも愛する女を裏切った事実は拭い去れない。

提督に彼女の存在を納得させるのは、かなり面倒だろうと覚悟していた。しかし提督はすでに知っていた。デイヴィッドを旗艦に呼びよせ、事情を聞いたのち、提督は一枚の写真を見せた。

「これがあなたの奥さんですかな、スチュアートさん？」

デイヴィッドは写真を見つめた。それは航空写真をひきのばしたもので、ビジュー＝ド＝メールの珊瑚の浜辺に、バーバラの仕立てた夏着をきて寝そべっているヘレンが写っていた。「どこで――？」と彼はいいかけた。

「四、五日前のことだが、わが軍のパイロットが航空写真の実習訓練に出かけた。これは、そのときの一枚をひきのばしたものですよ。最初見せられたとき、浜辺に女が寝そべっているだけのことで、べつにおかしいとも思わなかった。草におおわれた島だと一人合点し、大きさの比率に異常を感じなかったのです。ところが、もう一度見なおすと、今まで草だと思いこんでいたものが実は樹木で、それが巨人の写真であることに気づいた。もちろん、わが目を疑ったが、写真が本物であるからには信じないわけにはいかない。そこへあなたがいらして、この話を持ちこまれた。彼女が逃げたので——なぜそう考えるのか理由はわからんが——捜してほしいとおっしゃる。かりに見つかったとして——どうします？」

「ビジュー＝ド＝メールに帰らせます。ですから、このことはできるだけ内密にしてください」

「しかしビジュー＝ド＝メールに帰りたくないと彼女がいったら？」

「説得します。ほかに何のすべもないことはわかってくれるはずです」

「帰ったあとは？」

「残りの生涯をそこで送らせるだけですよ。ほかに何ができます？　プライバシーを保つ方法がほかにありますか？」

「残念だが、ことはそれほど単純ではありませんな、スチュアートさん。絶対に秘密を守るとわたしが約束したとしても——もっとも、そんな約束はできないが——その程度ではどうにもならない。すでに秘密は漏れはじめているのです。今朝《けさ》、ニュージーランドの貨物船の乗組員が、深海の怪物を目撃したという情報がはいっています。彼らの話では、〝足のある巨大な人魚〟だったという。これが新聞ダネになることは避けられないし——あなたの奥さんがビジュー＝ド＝メール周辺の人目のない海にもどらないかぎり——これこれからも目撃例は増えていくと思いますよ。しかし長い目で見れば、ビジュー＝ド＝メールの周辺も決して安全とはいえない。遅かれ早かれ、あなたはカーディフ巨人（一八六九年、ニューヨーク州カーディフで発掘された先史時代の巨人の骨。のちに偽造とわかった）のでっちあげ犯人すら及びもつかない騒ぎにまきこまれることになる。そうなったら島での彼女は、ニューヨーク駅にいるほどのプライバシーも持てなくなる」

「そのときには、べつの場所を捜します。いま重要なのは、彼女を見つけることです」

「見つかりしだい、もちろん、ただちにご連絡します。しかし、なにぶん前例のないことなので、それからあとは保証しかねますよ。ところで、これまでのくわしい事情もご存じのわけですな」提督はデスクからのりだした。「スチュアートさん、あなたのおっしゃることが本当なら、こうした状況のなかで長いあいだ暮らしておられたわけでしょう。奥さんがどうして巨人になられたのか、思いあたることはないのですか？」

デイヴィッドはティタン族についてのひとつの仮説を思いうかべたが、口には出さなかった。それを話すのは、ヘレンが人間ではないことを認めるのと同じような気がしたからである。「いいえ、まったく見当もつきません」

続く数ヵ月間に、ヘレンは各地で目撃されるようになり、デイヴィッドがあれほど骨折って隠そうとした秘密はしだいに一般社会にひろがっていった。ヘレンがかつて診察を受けた各方面の専門医師たちは、新聞記者の総攻撃を受け、数知れぬインタビューに狩りだされた。うちひとりは、それほど急激な体重の増加に骨格が耐えられるはずがないという単純な理由で、ヘレンの大きさは報道されるほどではないと主張した。べつのひとりは、彼女の骨格が代償的変化を遂げるなどと考えるのはばかげていると公言した。湖で彼女が泳ぐのを目撃した密猟者も名乗りでた。男はあちこちでそのときの模様を語りはじめ、一回ごとに話の内容は微妙にふくらんでいった。代作者の手になるその目撃譚「わたしは湖で海の怪物を見た」は、世界中の新聞に掲載され、また男は「わたしの秘密」「これが真相だ」といったテレビ番組にもみずから登場した。さらに彼が直観的記憶力の持ち主であり、ハロルド・ベル・ライトの小説を一言一句ぬかすことなく暗誦できるとわかると、「世界びっくりショー」にまで出演した。

オーストラリアが捜索に参加した。フランス、オランダ、日本があとに続いた。ヘレンの目撃報告が続々ともたらされた。フロリダ諸島とガダルカナルのあいだのコリ・ポイント沖で。ベラ・ラベラの沖あいで。ビスマーク諸島で。ギルバート諸島とエリス諸島のあいだで。しかし、目撃例はすべて非公式であり、捜索隊が現場に到着したときには、その姿はないのだった。

彼女を捜すにもヨットしかないデイヴィッドは、バーバラと島にとどまり、ラジオで捜索活動を追いつづけた。はじめのうち彼女の行動はまったく行きあたりばったりに見えたが、やがてひとつの識別できるパターンをとりはじめた。しかしそれに気づいたのちも、その意味するところがデイヴィッドには理解できなかった。ツアモツ諸島の南で目撃されて数週間後、彼女はドレーク海峡に現われた。そしてマゼラン海峡で目撃されたという情報が伝わったとき、彼はやっとヘレンの目的地に思いあたったのである。

ビジュー＝ド＝メールとそれが象徴するすべてを嫌悪する彼女は、いまの自分に手のとどく唯一の安らぎの場——コネチカットの海岸にあるあのコテージをめざしているのだ。目撃されることによって、彼女はデイヴィッドにヒントを与えようとしているのだ。そこに泳ぎつくとき、ちょうどデイヴィッドが待っているように。

失望させてはならない。

その年の九月、彼とバーバラはビジュー＝ド＝メールを発ち、サンタクルスに針路をとった。そこへ着くと、彼は船員を雇い、本国へむかった。帰りも、またタコマ経由で行くことにした。急ぐ必要はなかった。ヘレンの今のペースではコテージに近づくのは十二月ごろになるはずだし、実際に到着するのは、その月下旬、クリスマスの直前だろう。すべてがひとつの意味を持ったのは、そう考えたときだった。ことの重大さに彼は愕然とした。ヘレンはただ彼と会うためにコテージへの途方もない旅を始めたわけではなかった——彼女は、四回目の結婚記念日にまにあわせようとしているのだ。

陸地に住まねばならない身の不幸を、彼はこれほど厭《いと》わしく思ったことはなかった。

ネレイド号は、十月のはじめにタコマに到着した。入港の日、これまでの〝目撃譚〟のクライマックスともいえる大事件が、全国各紙の第一面を飾った。アメリカの捕鯨船が南大西洋でヘレンに遭遇し、前進を妨むためキャッチャー・ボートを出動させたところ、彼女はキャッチャー・ボートに襲いかかり――報道によれば、ボート側は挑発行為をしなかったにもかかわらず――それを転覆させたというのだ。工船が救助のため現場に到着すると、彼女はダイブし、姿を消した。だが問題はそれだけでかたづかなかった。キャッチャー・ボートの乗組員のうち二人が行方不明になり、いまだに発見されていないというのだ。

真相は――人びとの言葉を信じるとすれば――明らかである。〝ゴリアタ〟（旧約聖書サムエル前書に、ダビデの敵として現われる巨人ゴリアテの名の女性形）は二人を深みにひきずりこみ、むさぼり食ってしまったのだ。

そう、彼女は巨人の名声とともに巨人にふさわしい名前をも頂戴していた。その行動は大衆を興奮と歓喜のなかにおとしいれた。国民の士気がこれほど高まったことはなかった。隣人同士がこれほどたがいに理解を示しあったことはなかった。今こそいくら憎んでもあきたりぬ共通の敵――その〝敗北と死〟に、国民が〝大いなる満足をもって臨む〟ことのできる怪物が現われたのだ。

デイヴィッドにとっては、すべてが恐怖だった。ゴリアタの捕獲を予想して、上院が特別刑務所と特別法廷を設置する予算を計上したというニュースは、恐怖を倍増させた。彼女の存在を社会は挑戦とうけとり、〝目には目を〟の措置に出たのである。そしてこの場合明らかなのは、被告の罪状が決定するや否やにかかわらず、復讐はなされるということだった。法廷は動物園の観を呈し、裁判は原子爆弾に劣らぬ力を持って彼女を破壊しつくすにちがいない。社会とはそれが恐れている巨人以上に、血に飢えた、恐るべき巨人なのである。

なすべきことはひとつしかなかった。デイヴィッドは、愛するものをみずからの手で殺さねばならないのだ。

彼とバーバラは、人目を忍んでワシントン州からコネチカット州に移った。そして秘かに榴弾砲を購入し、断崖のへりに据えつけさせた。

風が彼の名を呼ばなかったろうか？ 彼は耳をすました。「デイ……ヴィッド！ デイ……ヴィッド！」

彼は窓辺へ行き、おもてを見た。バーバラが激しく手をふっていた。彼女は背を向けると、海を指し示した。

待ち望んだ時が来たのだ。

呆けたように靴とオーバーシューズをはく。マッキノーをひっかけると、吹きすさぶ風と雪のなかに帽子もかぶらずとびだした。断崖のへりで彼は足をとめ、海を見わたした。

はじめカモメが見えた——低くたれこめた雲の下に、数知れぬカモメが舞っている。つぎに鉛色の波間でおどるイルカの群れが目にはいった。そして最後に、陸棚に繁茂する海草《ケルプ》のように豊かな黄金の髪。

彼は榴弾砲のかたわらに膝をついた。〝今日《けふ》ヱホバなんぢをわが手《て》に付《わた》したまはん…

……〟あのライトモチーフがふたたびひびきわたり、彼女が海から立ちあがるにつれ、しだいに高まっていった。彼女の全身はまばゆい黄金で作られているかに見えた。黄金の肌にマッチした黄金の布が、乳房と腰をおおっていた。黄金の頭には黄金の王冠をいただき、黄金の髪はきらめく黄金の撚り糸のように肩にまつわりついていた。彼女は水面から体をおこし、朝の海にさながら灯台のようにそびえたった――〝月《つき》のごとくに美《うる》はしく、日《ひ》のごとくに輝《かが》やき……畏《おそ》るべきこと旗《はた》をあげたる軍旅《つはもの》のごとし〟。

　彼女は断崖から十ヤードあまりのところで止まった。その黄金の手には、三叉《みつまた》の戟《ほこ》が握られていた。背後ではイルカが海面からおどりあがり、頭上ではカモメが輪を描いている。デイヴィッドは彼女の顔を見あげた。それはもはや彼の知っている顔ではなかった。戦慄を催すような要素がそこにはあった。しかし彼女の目はまだ九月の空の青さをたたえていたし、その唇はまだ夏の夜の優しさを残していた。

　そして声にも、彼が覚えていたとおりの暖かみがあった。「もうわたしのことは心配なさらないで、デイヴィッド――仲間が見つかったの」

　投石索も石も忘れて、彼は立ちあがった。「すると、やっぱりティタン族は海に帰っていたのか！」

「ティタン族かもしれない。あまりにも遠い昔のことなので、わたしたち自身、祖先のことはほとんど知らないの。ただひとつわかっているのは、わたしたちがもとは陸に住んでいたということ。海面が上昇を始めたとき――氷河期の終わりごろだと思うけれど――人びとは陸地がぜんぶ海に沈んでしまうと考えたらしいわ。とにかく海底に住めるように体を適応させて、それは成功したんだけれど、そのときには陸地への再適応ができなくなっていたの」

「じゃ、なぜきみだけが陸に住むことができたんだ?」

「わたしは先祖返り――祖先が新しい生活様式に適応する過程にあったころの姿で生まれてきたの。適応には何世紀もかかったらしいわ。子供たちはみんな陸で成長して、それからじょじょに適応する方法をとったの。海に住めるようになるのは、完全におとなに成長してから。ちょうど今のわたしみたいにね。両親が陸に押しあげてくれなかったら、わたしは生まれたその日に死んでいたわ。わたしを海草にくるんで海面にうかびあがり、人がいないのを見すまして、見つかりやすい海岸においてくれたんですって。あと両親にできたのは、わたしがおとなになるまで生きながらえるのを祈るだけ。義父に拾われたときには、まだ生後一日もたっていない、生まれたての赤ん坊だったのよ。わたしたちは、陸の人びととはちがうの。生後二年で思春期になり、四年で青春期、八年で完全に成熟するわ。そして思春期から青春期へと年をとるにしたがって、成長が早くなっていく。わたしはこ何千年かではじめての先祖返りらしいわ、むかしはたくさんいたというけれど。だから、あなたたちの民間伝承には、巨人がたくさん現われるのよ」

デイヴィッドは、彼女の黄金の肩のむこう、雪の斑点をちりばめた灰色の海を見わたした。彼は身震いした。「しかし、この寒さ。暗闇と恐ろしい水圧。海底にどうして住めるんだ？」

「海底に住んではいないわ。ギョー（頂きのなめらかな海底の山）の頂きや、大陸棚、それから陸棚斜面にできた海底谷の洞穴が、わたしたちの住まいなの。といっても陸地の生活とそれほどちがってもいないわ。海底農場では藻類の一種を食用に栽培しているし、ほかの食物や、海草を加工して衣類を作る海底工場だってあるのよ。わたしたちの大部分は、小さなコミュニティを作って暮らしているんだけれど、大きなギョーには都市もあるわ。すばらしい生活よ、それに安全だし。ただし宿敵もいないわけじゃなくて——ひとつはホオジロザメ、もうひとつはシャチ——でも武器さえあれば追い払うのは簡単、特に最近なんかはね。昔は船の帆柱や肋材で三叉戟《みつまたほこ》を作っていたというけれど、今は折れる心配のないいい材料があるの」

デイヴィッドは巨大なブルーの瞳の奥をのぞいた。「きみはキャッチャー・ボートを襲ったんだろう？」

「あの場合はほかにどうしようもなかったの、デイヴィッド。彼らは銛を打つつもりでいたし、ボートをひっくりかえさなければ、わたしが殺されていたわ。そのあと深みにもぐったとき、船員が二人渦に巻きこまれて……そのことは後悔しているわ」

彼女は腰につるした金色の袋に手をいれると、なにか小さなものをつまみあげ、バーバラの足もとにおいた。バーバラは拾いあげた。それはヘレンの結婚指輪だった。「はじめは悲しかったわ。ビジュー＝ド＝メールからできるだけ遠く離れたかった。でもその悲しみに打ちかったとき、あなたたち二人が愛しあうのは当然なんだと気づいたの。わたしがここへ来たのも、それを返したかったから。あなたたちがきっとわたしの行先を知って、来てくれると思って」ヘレンはバーバラを見た。「さようなら、姉さん」巨大な紺碧の瞳がおだやかにデイヴィッドに向いた。「さようなら、やさしいデイヴィッド」

そしてヘレンは背を向けた。カモメが空高く舞いあがった。イルカが波間からはねあがった。深みへと歩む彼女の周囲で、海水が盛りあがった。

「まだ行かないでくれ」デイヴィッドは叫んだ。「行かないでくれ――おねがいだ！」

彼女は立ちどまらなかった。海水がさらに盛りあがり、腰のあたりで渦を巻いた。彼はもうヘレンを愛してはいなかった――今ではそれに気づいていた。少なくとも、むかし愛したようには。だが別の意味で――おそらく、より崇高な意味では――やはり彼女を愛しているのだった。果てしない荒涼とした海原にひとり歩を進める彼女を見るのは、耐えられなかった。彼はふたたび呼びかけた。「行かないでくれ！　行かないで――おねがいだ！」

そのときヘレンはふりかえった。彼女は微笑し、首をふった。その微笑には、悲しみのかげがあった。だが、そこには喜びもあった。彼にはうかがい知ることのできない秘かな幸福……見守るうち、彼女のすぐ近くの水面が渦を巻きはじめ、やがて盛りあがると、巨大な黄金の頭が現われた。金色の浅瀬と見えるのは両肩、キュクロープスの腕……そしてすさまじい泡とともに、彼女の新しい恋人が海中からうかびあがった。彼女はふりかえり、相手の巨大なブルーの瞳を見つめた。降りしきる雪を通してたがいを見かわす目には、愛が輝いていた。二人は肩を並べると、沖へむかって泳ぎだした。

イルカが海面でおどり、カモメが空に輪を描いていた。風は勢いを増し、雪を荒れ狂う吹雪に変えた。二人が深みへダイブするため波の上に跳躍したとき、とつぜん雲の切れ間よりさしこんだひとすじの陽光が、彼らの全身を目もくらむ輝きで包んだ。そして陽光がふたたびさえぎられ、輝きが消えたとき、そこにはもはや波間におどるイルカと降りしきる雪があるだけだった。

バーバラの頬には涙が伝っていた。デイヴィッドは彼女の肩に腕をまわした。「もういいんだ。ヘレンはとうとう自由になったんだよ」

彼の目は、うねる波のかなた、広大な海原を見わたした。彼は遠い良き日、ヘレンが描いた一枚の絵を思いだしていた――不気味な宮殿、屹立する塔、異様な光線、たなびく燐光、そして魚に似た鳥。それは、まるでシェリーの詩の一節のようだった。「〝いかなる海、海の洞に〟」彼はつぶやいていた。

「〝汝《なれ》今その翼を休めんや？〟」

訳者あとがき

ロバート・F・ヤングを紹介しよう。〈SFマガジン〉の読者には、もうおなじみの名前かとも思うけれど、彼の作品が一冊の本にまとまるのは、これがはじめてなのだ。

しかし、どこから手をつけていいものか。初紹介の外国作家について語るときには、まず作風の紹介とか、どの本が賞をとった、または派手に売れたというデータが冒頭におかれ、そこからおもむろに、この作家はおもしろいとなるのが常識である。そのほうが読者の買い気をそそりやすいし、だいいち箔がつく。ところが、ロバート・F・ヤングの場合――しかも、わが国での最初の短篇集とあってはなおさら――その方法をとるのは、あまり得策でないような気がするのだ。

理由はさておいて、とにかく、ぼくがロバート・F・ヤングという作家を知ったいきさつから、話を始めることにする。

ヤングとのつきあいは、考えてみるとけっこう長い。〈SFマガジン〉に「ジャングル

・ドクター」で彼をはじめて紹介したのは、一九六六年の夏である。もともとたくさん仕事ができる人間ではないうえ、気が多くてクラーク、ホイルから、ヴォネガット、ブラッドベリまで、SFのスペクトラムをひととおりみんな訳そうとしてきたので、ここまでこぎつけるのに何と十一年かかったことになる。だが、それは別の話。それよりさらに三年前の夏、ぼくは大学生で、ろくに学校に出席もせず、すでにかなり溜まっていたSFの洋書を、暇にまかせて読み暮らしていた。

翻訳もいくつか〈SFマガジン〉にのせてもらっていた。今から見れば冷汗ものだが、SFが好きでわざわざ訳そうとする人間などめったにいない時代である（もっとも今でもそんなに多くはないが）、だから翻訳チェックの目も比較的らくにかすめることができ、まがりなりにもその仕事で収入があるので、大学をサボってSFを読むことにも立派な大義名分があったわけである。

そのころの好きな作家は、クラーク、ハインライン、ベスター、ヴァン・ヴォクト、ブリッシュ、クレメント、レイモンド・F・ジョーンズ、どちらかといえばハードSF派。ブラウン、ブラッドベリも嫌いではなかったが、代表作の大半は訳出されており、翻訳者としての食指は動かなかった。そんなある日、ぼくは下宿のベッドに寝ころがって、当時手にはいったばかりのジュディス・メリル編『年刊SF傑作選』一九六一年版（創元推理文庫版の第二巻にあたる）を読みはじめた。

その時期もうメリルは、後のニュー・ウェーブ運動につながる編集方針を見せており、彼女のアンソロジイは、従来のSFになじんだベテラン読者の反発を買い、一方SFの改革を望む若い世代には好意的に迎えられていた。訳書では省かれているが、ミュリエル・スパーク、ジョン・ドス・パソス、ロレンス・ダレルといったノンSF作家の短篇もぽつぽつとまじり、首をひねりながら読んでいったのを覚えている。その中で何の予備知識もなくぶつかったのが、名前だけは雑誌でよく見かける作家ロバート・F・ヤングの“The Dandelion Girl”だった。

　家庭向きの週刊誌サタデイ・イヴニング・ポストにのった短篇で、内容はひと目でわかる甘い恋愛小説、文章も、小説にあまりかたくるしいものを求めない主婦の好みに合いそうに、そうした作品に特有の常套句《クリーシェ》がならんでいる。はじめは編者の趣味を疑いたくなるほどだった。筒井さんの小説の主人公ではないが、「ん。なんだ何だなんだ」である。

　辟易する感じは、読みおえたときにはすっかり吹きとんでいた。「こんなSFも書けるのか！」という理性的な驚きが、その下の感情レベルから湧きあがるセンチメンタルな興奮を正当化した。この作家は職人だ、緻密な構成、結末を盛りあげるために周到に選ばれた言葉。冷静になって考えれば、なるほど歯の浮くような表現が多すぎる気もしないではない。だが、これだけ物語にのめりこませてくれるなら、そんなことはどうでもいいではないか。それに作者は、自分がどのような小説を書いているか、ちゃんと知っている。

といったことをそのとき考える余裕があったのかどうか、ぼくには記憶がない。いずれにしても、以来ヤングという作家が大好きになり、手もとの雑誌の中から彼の作品を熱心に拾い読みしはじめたことは確かである。一九五三年、アスタウンディング誌に、"The Garden in the Forest" という短篇で登場してから、あちこちの雑誌に発表した短篇中篇は百近くあっただろうか。二、三年のうちに、ぼくはそのうちの三分の二ぐらいを読んでいた。いま挙げた処女作も、この作家らしい心あたたまる物語で、細部はもうはっきりしないが、たしか地球を訪れた異星人と幼い少女の奇妙な友情を描いたものだったと思う。そのあたりで気がついたことがある。ヤングの小説世界は、幅が非常に限られており、しかも彼の追い求めるテーマが、感情的にすれっからしになった現代人には、公然と讃嘆するのもためらわれる種類のものであるということだ。

話は相前後するけれど、メリルの傑作選でヤングに出会った翌年、ぼくはその作品を翻訳し、「たんぽぽ娘」と題をつけてSF同人誌〈宇宙塵〉に持ちこんでいる。それは、一九六四年三月号に、筒井康隆の「幻想の未来（第三回）」、山野浩一の「X電車で行こう（下）」とともに掲載された。創元推理文庫の『年刊SF傑作選2』よりも三年早く、もちろんロバート・F・ヤングの日本初紹介。版権の関係もあって、改訳してここに収められなかったのはしゃくだが、今のところは、ぼくの訳でヤングの存在を知った読者が、少なくとも何人かいるという事実に満足しなければなるまい。〈宇宙塵〉の編集発行人、柴野拓美（小隅黎）さんも、訳文のできはともかく内容には感心してくれ、その号のあとがきには、「一般むきの傑作……みごとですねえ。ただしこの感動がSFのものかどうか……」とある。

その後、石川喬司さんと会ったときにも、「あれはおもしろかったよ」という言葉を聞いた。翻訳者にとって、作品は他人のものではあるが、一度は自分の中を通し、自分なりの感情をこめたものであるだけに、ほめられれば自分の意図が成功したわけで悪い気はしない。ただ、そのとき石川さんの顔にふしぎな微笑がうかんでいたのを覚えている。こんなことを書いていいのかどうか、だが行きがかり上書かないわけにもいかない。それはにこにこした妙に明るすぎる笑みで、「おもしろかったよ」という気のない口ぶりとは、どこかそぐわなかった。石川さん、どの程度この作品が気にいってくれたのだろう。ぼくは疑問に思ったものだ。しかし今になるとわかる（以下はぼくの当て推量であり、事実に反する可能性もあることをお断りしておく）、石川さんの微笑――あれは、文学には縁遠いセンチメンタルな通俗作品に不覚にも感激し、それをほめたとき、思わずうかんだ照れ笑いだったのだ。

SFの分野では、この種の作品は意外に少ない。だからSFしか眼中になかった柴野さんやぼくが素直に感動できたのだろう。一方、石川さんがなぜそんな反応を示したのかも、ぼく自身いろいろ読み、その年齢になったいまでは納得がいく。ロバート・F・ヤングは、まともにほめ言葉を書きつらねるには、少々照れくさい小説を書く作家なのだ。

本が派手に売れるのでもなければ、批評家が声援を送ってくれるわけでもない。SFというたいして大きくもないジャンルの中でも、やはりマイナー作家だろう。しかし、目立たないながらも読者の根強い支持を受け、アメリカSF界の一角に特異な地位を築いている——ロバート・フランクリン・ヤングはそんな作家である。

一九一五年生まれだから、現在六十二歳。一九五三年のデビュー以来、SF専門誌を中心に書きためた作品は百五十篇以上。短篇集が二冊あり、*The Worlds of Robert F. Young*（1965）と*A Glass of Stars*（1968）に、そのうち二十九篇が収録されている。それらはハードカバー版があるだけで、ペーパーバックでは出版されていない。

作品数のわりに著書が少ないのは——もう少し立ちいった説明をすれば——ヤングが、SFの常識的なイメージにおよそ似つかわしくない、反時代的ともいっていい作風を持っているからだ。

この「反時代的」が、時代に逆らうという積極的な意味のほかに、時代おくれのニュアンスをともなうことはいうまでもない。アメリカでも、さがせば、けっこう彼のファンはおり、代表的なSF誌のひとつ〈ファンタジイ・アンド・サイエンス・フィクション〉に彼の中篇が掲載されるときには、わざわざ表紙にフィーチャーされるほどなのに、人気がもうひとつ盛りあがらない理由はそこにある。

その文章は、SF雑誌では比較的抑えられているが、レイ・ブラッドベリ、シオドア・スタージョン、ジャック・フィニイの一部の作品よりなお甘い。しかも、これらの作家たちはさまざまなテーマに多彩な才能を見せるのに対し、ヤングの場合は、それがきわめて狭い分野に限られている。

彼が偏執的ともいえるほどに追い求めるテーマは、現代社会では時代おくれと思われがちなロマンチックな愛のかたちなのである。ロマンチックな愛ほど、この世界で使い古された題材はない。しかし彼は、それにSFの枠組みを与えることによって、その重要性をあらためて問おうとするのだ――最大の効果を上げるため、ときには常套句《クリーシェ》になりかねない言葉を使って……。

問題はそのあたりにあるのだろう。彼の第一短篇集がアメリカで出版されたとき、アメージング誌にのったロバート・シルヴァーバーグの冷淡な批評は、こうした作品を生理的に受けつけない人びとが一方でたくさんいることを示している。しかし、それでもいいではないか。ぼくはロバート・F・ヤングが好きだし、〈SFマガジン〉等で彼の作品に魅了された読者は決して少なくないと思う。たとえば、ヨコジュンこと横田順彌の近著（というほど大げさなものではないか？）『SF事典』（広済堂出版）には、このヤングの項目が、ハインライン、ブラッドベリなど、取捨選択ののちの数少ない海外作家にまじって堂々と設けられている。

しかし先の柴野さんの言葉に対する答の意味で、一言強調しておきたい。ヤングの小説の魅力は、ロマンチックな愛への彼の偏執が、SF的発想と切っても切れない関係にあることだ。現実離れしたシチュエーションへの憧れが常にあることはSF作家として当然だとしても、表題作「ジョナサンと宇宙クジラ」、そして「九月は三十日あった」に顕著に見られるように、それは多くの場合、文明批評となって現われる。テクノロジイの進歩とひきかえに人間が失いつつあるものに向ける鋭い観察の目――ナイヴテを喪失した現代人への哀悼、組織への不信と怒り、善意と愛の最終的な勝利、それが彼に作品を書かせる動機となっているのだ。ヤングはSF雑誌より一般誌に書いたほうがいいのではないか――ときおりそんな文章をむこうの雑誌で見かけるが、これは当を得た評とは思えない。彼の発想はあくまでサイエンス・フィクションのものであり、その形式以外に彼の小説は存在しないのである。

本書『ジョナサンと宇宙クジラ』は、ぼくがこの十年あまりに訳してきたヤングの作品を、ぼく自身の好みで一冊にまとめたものである。先に書いたように著書の少ない作家なので、本国版の二冊の短篇集との重複は、「九月は三十日あった」「リトル・ドッグ・ゴーン」「空飛ぶフライパン」のみ。ほかは、さまざまなアンソロジイや雑誌からとった。

むずかしい内容のものはないはずだが、ひとつだけ、巻頭においた「九月は三十日あった」という不思議な題名については、説明が必要かもしれない。

イギリス（のちにアメリカ）には、十六世紀ごろから次のような童謡があり、人びとに親まれている。

ひと月が三十日あるのは九月
四月、六月、そして十一月
残りの月は三十一日だが
二月だけは例外
この月はたったの二十八日で
閏年《うるう》のたびに二十九日となる

Thirty days hath September,
April, June and November;
All the rest have thirty - one,
Excepting February alone,
And that has twenty - eight days clear
And twenty - nine in each leap year.

邦訳は詩の体《てい》もなしていない不細工なものになってしまったが、意味はこのとおりだ。

作品の原題は、“Thirty Days Had September”――過去形であることにご注意いただきたい。主人公ダンビーにとって、その童謡が意味を持っていた時代は遠い過去のものなのだ。

一九七七年五月

解説

作家
久美沙織

ロバート・フランクリン・ヤング（一九一五年〜八六年）は、ニューヨーク州生まれ。太平洋戦争に従軍した三年半以外は、ほぼ一生を、エリー湖畔にある自宅で奥さんと共に暮らした。

表題作の「ジョナサンと宇宙クジラ」をはじめとして、数多くの短篇をファンタジー・アンド・サイエンス・フィクション誌に発表したが、その一方、サタデー・イブニング・ポスト誌などの一般雑誌にも、およそ百篇の短篇小説を提供した。

先端的《エッジー》なアーチストであることよりも、むしろ、通俗的大衆的エンターテイナーたらんと欲したのかもしれない。オタッキーな趣味の要塞に宝物のようにコレクションされる雑誌だけでなく、ふつうの家庭の居間のソファに一時置かれ老若男女区別なく家族全員を愉しませ、次の号がくればあっさり読み捨てられるような雑誌にも、価値を認めていた、と言えるだろう。

そんなヤングは、同世代の作家やＳＦファンダムからは、やや距離をおいた人生・生活を、たぶん意図的に、いとなんでいたように見受けられる。四十歳近くになってからパートタイム・ライターとして創作をはじめたことは知られていたが、鉄鋼会社を定年退職したあと地元バッファローのとある学校法人で約十年間校務員をしていたことは、米国ＳＦ界でも、彼の死の直前になってはじめて明らかになったものだったらしい。

バリー・ノーマン・マルツバーグ——我が国では、ビル・プロンジーニとの共著『裁くのは誰か？』などの超絶技巧ミステリで知られるが、怪作「ローマという名の島宇宙」（ＳＦマガジン一九七六年九月号）や長篇『アポロの彼方』（早川書房〈海外ＳＦノヴェルズ〉）などもあり、もともとはＳＦ作家——は、こう言っている。

「もし彼（ヤング）が、（生活のためなどに）校務員をせざるを得ない作家であったなら、彼の人生はみじめなものだったろう。しかし、時に小説を書く校務員であったなら、かれはきわめて驚くべき、そして勝利に満ちた人生を送ったといえる」

ＳＦ業界での交流を好まなかったことや、保守的で善良な家庭生活を重視していたらしいことは、作家性の低さや、資質や能力の欠如を物語りはしない。たとえばこの本に収録されている「ジャングル・ドクター」は、あるアメリカの評論家によれば、女性救世主を描いた近代ＳＦ作品の嚆矢《こうし》であるそうだ。彼の主張では、一九六〇年代の性革命や女性作家たちの台頭の時代より遥かにはやく、ヤングは性差別的偏見から脱していたということになる。

一九八二年に発表された *The Last Yggdrasill*（『最後の世界樹』未訳）は、あのディズニーに版権が買われ、高額の支払いをうけたものだそうだ。残念ながらいまだに映画化は実現していないようだが、もしも、これが彼の死にさきだって公開され、世界的大ヒットになるようなことがあったならば、ヤングの晩年はまったく違うものになっていたかもしれない。

ちなみに、参考にできる情報がないかとアマゾンで『ジョナサンと宇宙クジラ』を検索してみたところ、在庫はなかったが、マーケットプレイスでは古書を扱っており（合計何冊あったかは確認しなかった）価格がなんと、六千円越えだった。しかも二度めに見た時には売り切れていた！　ヤング、実はひそかに、かなり熱狂的な人気があるのではないか。

ヤングの存在のしかたや、我が国での受け取られかた、各方面にひそかに浸透している影響の大きさには、どこかしら、ダニエル・キイスを思わせるものがある。ピュアでナイーヴな登場人物たち、ほのかに甘酸っぱく読者の情感を震わせるようなストーリー。ふだんは特にＳＦを好まないひとにも受け入れられるような親しみやすさ。そういえば『アルジャーノンに花束を』も、最初に書かれたのは一種のワン・アイディアの中篇であった。

キイスにとっての「アルジャーノン」は、ヤングにおいては「たんぽぽ娘」となるだろう。その「たんぽぽ娘」は、残念ながらこの文庫には収録されなかった。河出書房新社が二〇〇三年から随時刊行している作家別日本オリジナル短篇集〈奇想コレクション〉の巻末広告によれば、やがてヤングの一冊が編まれることになっている。そのタイトルが『たんぽぽ娘』なので、くだんの作品はまちがいなく収録されるだろう。まだ刊行日は未定のようだが、そちらもおたのしみに。

たとえばもし、この世にロバート・F・ヤングがおらず、「たんぽぽ娘」を執筆していなければ、松任谷由実作詞作曲、原田知世歌で知られる《ダンデライオン—遅咲きのたんぽぽ—》は存在しなかったのではないだろうか。当時、まさに『時をかける少女』であった知世さんの、もうひとつの主演作『あしながおじさん』に、またしても主題歌を提供するにあたって、〝タイムトラベラー知世ちゃん↓ロマンチックで青春で叙情的でかなりあま〜いテイストの恋愛モノ↓「たんぽぽ娘」〟と、もし、とっさに連想してしまったとするなら、ユーミンはまちがいなくすこぶる炯眼で正当なSFファンであろう。

マンガ家竹宮恵子（現在は改名して惠子）の代表作のひとつ『私を月まで連れてって！』の第四話「パラドックスの匣」にも、梶尾真治の『クロノス・ジョウンターの伝説』（演劇集団キャラメルボックスが二〇〇五年クリスマス・ツアーで上演した《クロノス》の原作であり、同時に、映画《この胸いっぱいの愛を》の原作でもある）にも、「たんぽぽ娘」についての言及がある。

また、ネットでみつけたネタなのだが、「おとといは兎をみたわ。きのうは鹿、今日はあなた」という、「たんぽぽ娘」中もっとも有名なセリフは、恋愛シミュレーションゲーム（いわゆるギャルゲー）『CLANNAD（クラナド）』に引用されているらしい。ロバート・F・ヤングそのものはこれまで一度も読んだことがなかったひとにも、その作品世界から派生した波紋のほうは、届いていたかもしれない。

ヤングの日本への紹介者である伊藤典夫さんが、いまからおよそ三十年ほど前に編まれたこの短篇集『ジョナサンと宇宙クジラ』には、ヤングの、余人の追随をゆるさぬ魅力にあふれた物語がギッシリ詰まっている。

ただし、書かれたのはたいがい約半世紀前という作品ばかりだから、それはそれは古風である。

上品で上質。健全、安心。俗悪なものや刺激の強いもの、残酷さ、不潔さ、あてこすり的な皮肉は、ここにはない。つまり（最近のエンタテインメント作品とはちがって）暴力やセックスはどこかに厳重にしまってあるということだ。

設定も人物造形もいたってシンプル。登場人物たちの間にはウィットと教養のある会話がかわされ、ストーリーは、へんにひねったり難解にせずすんなり進み、やがてほんの少し意外で洒落たエンディングをむかえる。

ここに描かれているのは、シビアな事実や等身大のキャラのリアルな日常ではなく、一種の寓話あるいはおとぎ噺だ。悪者はやっつけられ正直者がむくいられるような場所、未来が明るく楽天的で希望にあふれているような時代の世界観。

ちょうど、モノクロームのころのオードリー・ヘップバーン映画のようだと思う。おしゃれでリッチで、当時の日本の観客にとっては、淡い憧憬の対象であるような洋風で近代的な暮らしぶりが覗き見できるものだった。シーンやエピソードには茶目っ気とユーモアがあり、人間の崇高さが信じられており、恋は甘酸っぱい奇跡だった。

SFのメインストリームは、本来、もっと意地悪で冷血で奇人変人的なものなのではないかとわたしは思う。ハードSFにしろ、「それぞれの時代」の最も新しいSFにしろ。科学そのものがそうであるように、SFは厳格で懐疑的だ。多数派に対して反逆的だったり、大衆に対して排他的なものとなったりすることを忌避しない。なにせ科学的であるということは、いったん反証されたらそれまであったものがすべて根底から崩れるということであるのだから。天動説から地動説へのパラダイムシフト、いわゆるコペルニクス的展開こそが、科学の醍醐味である。科学的思考を是とするなら、思い込みや長年準備してきたものが、ある日突然全否定されて無駄になることを覚悟しなければならない。素朴でゆるぎない信仰やら、常識的であることへの信頼、波風たてず安泰に暮らしてゆきたい気持ちなどは、科学の目からすれば、無知蒙昧でおろかな、啓蒙の必要のある生きかたになってしまう。

とすると、SFなのに古風、などというのは、一種のパラドックスだ。

だからこそ、その複雑なテイストが絶妙なバランスで成立すると、このうえもなく魅力的になりうる、というあたりが、SFの、実はこう見えて案外懐が深いところでもあるのだが。

ヤングは（もしかするとキイスも）その難しい地点にもともと立ち位置のある（あるいは、そこにしか居場所のない）希有《けう》な作家のひとりであるのかもしれない。

伊藤典夫さんの「訳者あとがき」に詳しいように、ヤングは、はじめて紹介されたころの（つまり先覚者であるところの）日本のSF読者たちからみても、原典の発表されたころのアメリカのコモンセンスからいっても、実に微妙なラインだった。恥ずかしくなるほど叙情的、素直に褒めるのをためらいたくなるほどロマンチック。ナイーヴで、イノセントで、あまりに純情すぎて、汚れちまった手で触るのが申しわけなくなるような存在だった。

それだけに、逆に、まったくSFズレしていない一般読者や若年層、読書そのものに初心者であるひとびとなどに、歓迎されるものとなりえたのではないか。

それゆえ、先に書いたようなユーミンからギャルゲー製作者まで……SFっぽいのが好きではあるがSFに義理はなくSFモノであることに殉じようなどとはこれっぽっちも考えることがないひとびと……に、おおいに愛された。重宝もされたのだろう。

だがこの無垢っぽさは、はたして、彼の天然なのだろうか？


本書の「リトル・ドッグ・ゴーン」は、天才的な役者・演技者・興行者でありながら、愚かしく自暴自棄的なふるまいのせいで、華やかな経歴やら中央の舞台やら……つまり成功……から弾き出されたものの物語だ。自尊心を傷つけられたニコラス・ヘイズは、すさんだ生活をおくっているが、ふとしたきっかけから立ち直り、復讐を果たそうとする。自分を拒んだものたち見損なったものたちに、おのが価値を知らしめ、思い知らせようと計画する。その復讐のための道具として選ばれたのが、アマゾンのゾンダと不思議な犬バー・ラグなのだが……。


——なぜ、自分は正当に評価してもらえないんだろう？

——なぜ、ひとに受け入れてもらえないんだろう？

――いつまでこんな辺境で、つまらない暮らしをおくらなければならないんだろう？
ニックの不満は実に現代的だ。いま日本に生きるおおぜいが共感できると思う。このように鬱屈して不満を抱くものは、おりおり、そばにいてくれるもの、味方してくれるものを不幸にしてしまう。尊大な自分を仰ぎみてすすんで奉仕してくれるものを、無意識のうちに踏みつけ、道具にし、使い捨て、犠牲にしてしまう。そして、その宝物のようなやさしい存在たちを喪失してからようやく、どんなに大切だったのか、かけがえがなかったのかを、思い知らされ……同時に、自分がどんなに傲慢なエゴイストだったかを、発見することになる。

もしや、ヤングは自分を描いたのではないのか。

本来ならもっと人気ものになって大成功できるはずなのに、もっとチヤホヤされてしかるべき資質や才能を持っているのに、なぜか、華やかな舞台から遠ざかってしまっているものの姿のうちに。

同世代のなかまたちの中には、大御所然として輝くスタアたちが何人もいた。彼らは偉大な作家として尊敬され、有名になり、名誉のある賞も数々もらった。作品はテレビ化されたり映画化され、世界じゅうにひろがった。もっと積極的にその輪に加わろうとすれば、それはかなうのだろうか。それとも、しょせんいまのこれが自分の限界なのか。思い切ってあと一歩を踏み出さないのは、慎ましさか。臆病さか。やってみるべきなのか。ここにとどまるべきなのか。

〝校務員をせざるを得ない作家〟なのか。

〝時に小説を書く校務員〟だったのか。

おそらく自分自身にも決めかねるだろうこの相生・相剋こそが、あの涙なしに読めぬ作品に結実したとするなら……それを生み出した精神はただの単純な無垢などではない。まったくそうではない。

彼が勤務したというバッファローの学校法人には、文芸部はなかったのだろうか。ヤングが校務員をつとめていたのと時を同じうしてその学舎にかよった多数のこどもたちのうちに、のちにSF作家になるような、あるいは、すくなくとも「なりたい」と思っているような、ゆえに、おそらく若いころから周囲とあまりうまくやっていくことのできない少年が、いたりはしなかっただろうか。

——ある日少年はその偏狭さや孤独さのゆえにグレた態度をとって……たとえば野良猫に残酷なことをするなどして……初老の校務員氏にみつかり、やさしく、だがきびしく、たしなめられる。上辺は恐縮してみせたが、内心腹をたてた。ブルーカラー職員を下僕のように思っているから、えらそうに意見などされて面白くなかったのだ。少年は教師や父親に作り話をし（なにしろ作家志望、あることないことでっちあげるのは大得意！）校務員氏を陥れる。校務員氏は不遇のうちに退けられる。十数年後、少年は華々しく作家デビューした。猫似の異星人と猫ぎらいの少年の物語は驚くほどヒットするのだが、第二作が書けない。自分はおしまいだ、もうこれ以上なにもできやしないと悩みながら出席した地方コンベンションで出会ったひとりの年寄りファンが、古い小説のコピーをくれる。きみの作品、とても良いけれど、少しこれに似てると思う。とてもマイナーな作品だから、剽窃だというわけじゃないけれど。

もらったコピーを読んでみる。内容は古くさい。だが、より素朴で、だから、ある種の真実味がある。作者名をかえりみて、少年は驚く。

……ロバート・F・ヤングだって……!? あの『宇宙クジラ』の？

作品の最後にそっと記された献辞のあてさきは、少年そのひとのペンネームだ。つい去年、でっちあげたばかりの。

ミスター・ヤングは亡くなって久しい。当然、このペンネームなど、知るはずがない。

なのに……いったいどういうことだ？

作品を読めば、そのひとが、驚いたことに、あの日であった校務員にほかならなかったことが確信できる。そのひとが自分の幼い嘘も裏切りも軽蔑もみなわかって飲み込んだ上で許してくれていたことが理解できる。

そしてそのひとが、時間の中を自由に行き来することができたことも。あのころすでに「この未来」を、可能性のひとつとして見通していたことも。

そこで、行き場をなくして立ち止まってしまった自分のために、道しるべをたててくれたことも……。

などという……それこそ、ヤングの小説にありそうなエピソードは、ありはしないのだろうか……？


もしもほんとうにタイムマシンがあったなら、ヤングをぜひ、いまの日本に連れてきてあげたいと思う。

彼が知らない（知ろうともしなかった？）国に、彼を愛するようになったひとたちがこれほどおおぜいいることを……その作品が大切にされ、宝物のように語りつがれ、数々のこだまを響かせて、いまなお、多くの若者たちや魂の若いものたちを愉しませているのだということを……実感させてあげられたらいいのになぁ、と、とてもとても思う。

二〇〇六年九月

〔二〇一三年七月　新装版発刊にあたって、追記〕

今年五月、河出書房新社《奇想コレクション》は最終回配本を完了してめでたく完結した。十年にわたったレーベルの幕を閉じる大役をになったのが、伊藤典夫編ヤング傑作選『たんぽぽ娘』であった。

三上延による『ビブリア古書堂の事件手帖』（メディアワークス文庫、以後『ビブリア』と略）は古書店や古書をめぐる謎を扱ったミステリとして、本好きの間で評判となり、大ヒット作となったが、人気がおおいに高まった二〇一二年六月に刊行された第三巻第一話でキーアイテムとなっていたのが、これまた、ほかでもない、われらがヤング先生の「たんぽぽ娘」であった！

『ビブリア』は、この後テレビドラマやマンガにもなり、いっそう周知度を上げ、ファン層を広げた。作中で扱われる書籍の売り上げや復刻に、おおいに影響・貢献しているそうだ。ただでさえ待たれていた（前の解説参照のこと）幻の名作「たんぽぽ娘」が、より多くのひとに、いっそう激しく、渇望されたはずである。

ちなみに『ビブリア』に登場するのは集英社文庫コバルトシリーズ、《海外ロマンチックSF傑作選》（風見潤編）の二巻めだ。希少価値は絶版文庫にあるかもしれないが、「たんぽぽ娘」を読みたくてうずうずしたひとには、単行本『たんぽぽ娘』発刊は、まことに絶妙のタイミングであったことであろう。

さて、この『ジョナサンと宇宙クジラ』にもさまざまな版が存在する。一九七七年六月にハヤカワ文庫SFで刊行され、二〇〇六年に〝読みやすい大きな活字の新装版〟である《ハヤカワ名作コレクション》で復刊、今回さらに読みやすいトールサイズになった。ちなみにカバー替えもあったため表紙のバリエーションは四つになる。イラストを担当したのは新井苑子さん↓川原由美子さん↓後藤啓介さん。今回の網中いづるさんのアットホームでいながらユニバースな表紙もふくめ、かえすがえすも、ヤング本人にあまたの日本語版を見てもらえないのが残念でしかたがない。

かたちあるものはすべて古びて滅び、生命はみなかならずいつか死ぬ。が、名作はかくも永遠である。時を越え、文化も世相も越え、六千万キロを越え、とにかくなんだって越えてしまう！

物語の魅力と威力を改めて思い出させ信じさせてくれる故ヤング氏と、なんとも魅力的なその作中人物や生物に、こころから感謝である。

本書は、一九七七年六月にハヤカワ文庫ＳＦから刊行された『ジョナサンと宇宙クジラ』の新装版です。

SFマガジン700【海外篇】

山岸 真・編

〈SFマガジン〉の創刊700号を記念する集大成的アンソロジー【海外篇】。黎明期の誌面を飾ったクラークら巨匠。ティプトリー、ル・グィン、マーティンら各年代を代表する作家たち。そして、現在SFの最先端であるイーガン、チャンまで作家12人の短篇を収録。オール短篇集初収録作品で贈る傑作選。

ハヤカワ文庫

訳者略歴　1942年生，英米文学翻訳家　訳書『地球の長い午後』オールディス，『ノヴァ』ディレイニー，『3001年終局への旅』クラーク，『猫のゆりかご』ヴォネガット・ジュニア（以上早川書房刊）他多数

HM=Hayakawa Mystery
SF=Science Fiction
JA=Japanese Author
NV=Novel
NF=Nonfiction
FT=Fantasy

ジョナサンと宇宙《うちゅう》クジラ

〈SF1584〉

二〇〇六年十月十五日　発行
二〇一六年五月十五日　三刷

（定価はカバーに表示してあります）

著者　ロバート・F・ヤング
編・訳者　伊《い》藤《とう》典《のり》夫《お》
発行者　早川浩
発行所　株式会社　早川書房
郵便番号　一〇一 - 〇〇四六
東京都千代田区神田多町二ノ二
電話　〇三 - 三二五二 - 三一一一（大代表）
振替　〇〇一六〇 - 三 - 四七七九九
http://www.hayakawa-online.co.jp

乱丁・落丁本は小社制作部宛お送り下さい。
送料小社負担にてお取りかえいたします。

印刷・株式会社精興社　製本・株式会社川島製本所
Printed and bound in Japan
ISBN978-4-15-011584-5 C0197

本書は活字が大きく読みやすい〈トールサイズ〉です。